民國文化與文學_{研究文叢}

研究
文叢

十三編　北京師範大學特輯

李怡　主編

第 3 冊

自我闡釋的向度與限度
——中國現代作家創作序跋研究

王 玉 春 著

國家圖書館出版品預行編目資料

自我闡釋的向度與限度——中國現代作家創作序跋研究／王
玉春 著 -- 初版 -- 新北市：花木蘭文化事業有限公司，2020
〔民 109〕
目 2+174 面；19×26 公分
（民國文化與文學研究文叢　十三編；第 3 冊）
ISBN 978-986-518-231-1（精裝）
1. 序跋　2. 文學評論
820.9　　　　　　　　　　　　　　　　　109010942

ISBN-978-986-518-231-1

9 789865 182311

特邀編委（以姓氏筆畫為序）：

丁　帆	王德威	宋如珊
岩佐昌暲	奚　密	張中良
張堂錡	張福貴	須文蔚
馮　鐵	劉秀美	

民國文化與文學研究文叢
十三編　北京師範大學特輯　第 三 冊　　ISBN：978-986-518-231-1

自我闡釋的向度與限度
——中國現代作家創作序跋研究

作　　者　王玉春
主　　編　李怡
企　　劃　四川大學中國詩歌研究院
總 編 輯　杜潔祥
副總編輯　楊嘉樂
編　　輯　許郁翎、張雅淋　美術編輯　陳逸婷
出　　版　花木蘭文化事業有限公司
發 行 人　高小娟
聯絡地址　235 新北市中和區中安街七二號十三樓
　　　　　電話：02-2923-1455／傳真：02-2923-1452
網　　址　http://www.huamulan.tw 信箱 hml810518@gmail.com
印　　刷　普羅文化出版廣告事業
初　　版　2020 年 9 月
全書字數　155326 字
定　　價　十三編 6 冊（精裝）台幣 15,000 元

自我闡釋的向度與限度
——中國現代作家創作序跋研究

王玉春 著

作者簡介

王玉春，山東威海人，文學博士，大連理工大學人文與社會科學學部副教授，碩士生導師。主要從事中國現當代文學與文化研究，主持國家社科基金、教育部人文社科項目等多項，發表論文 30 餘篇，出版專著 3 部。曾獲卓越大學聯盟高校教學能力大賽二等獎、全國高校微課比賽二等獎、遼寧省教育教學信息化大賽一等獎等各級教學獎勵二十餘項，「遼寧省高等學校青年教師教學能手」榮譽稱號獲得者。

提　要

　　創作序跋指作家為自己的作品，包括小說（集）、散文（集）、詩歌（集）、劇本（集）、選集、全集等所作的序跋，以區別於其為他人的作品所作的序跋。作為一種動態的具有生命力的言說方式，創作序跋既是作家自我言說的重要方式，也是文學闡釋鏈條中的第一環，不僅具有重要的史料價值、文學理論價值和文學審美價值，更因其對作家、作品的自我闡釋，而在讀者的閱讀接受、批評者的他者認同以及文學史的書寫方面產生深遠影響。本書關注作家的自我詮釋在文學傳播與文學接受過程中的互動與影響，以此考察中國現代文學的發生與發展，探索文學創作與文學批評的內在理路，以期在現代文學研究、作家創作批評等方面有所創新。

中央高校基本科研業務費資助，
項目編號 DUT20RW210

「平民主義」與理想堅守——
民國文化與文學・北京師範大學卷序言

李　怡

　　「民國文化與文學」叢書推出以大陸高校為單位的專輯儼然已經成為一大特色，到目前為止，我們先後組織了南京大學專輯、蘇州大學專輯、四川大學專輯，它們都屬於近年來「民國文學」研究的代表性學校，產生了為數不少的代表性學人。而北京師範大學無疑是這一研究領域的重鎮，這不僅僅它曾經在我任教的 10 多年中成立了「民國文化與文學研究中心」，召開了有影響的「民國歷史文化與中國現代文學」學術研討會，也不僅僅是有一大批的青年博士生紛紛加入，在「民國視野」中提出了關於中國現代文學研究的重要話題，結出了一個又一個的學術成果，更重要的還在於，北京師範大學在百餘年學術歷程中所形成的氛圍、氣質和追求，似乎與「民國文學」研究所倡導的「史學意識」與社會人文關懷，構成了某種精神性的聯繫，值得我們治學者（至少是北京師範大學的治學者）深切緬懷和脈脈追念。

　　「百年師大，中文當先」。描繪北京師範大學中文學科的發展歷史，這是一句經常被徵引的判斷，在一個較為抽象的意義上，它的確昭示了某種令人鼓舞的氣象。不過，「百年」來的中國社會文化實在曲折多變，中國學術的發展也可謂是源流繁複，「當先」的真實意義常常被淹沒於時代洪流的連天浪淘之中，作為「思想模式」與「學術典範」的北京師範大學中文傳統尤其是現代文學的學術傳統期待著我們更多的理解與發揚。

　　現代中國的高等教育肇始於京師大學堂，由京師大學堂而有 1908 年 5 月的京師優級師範學堂，進而誕生了 1912 年 5 月的北京高等師範學校，當然同

樣的 1912 年 5 月，也由京師大學堂誕生了中國現代高等教育翹首的北京大學，北京師範大學秉承「辦理學堂，首重師範」理念，引領現代教育與文化發展的首功勳績由此銘篆於史。但是，這一史實絕非僅僅是證明了北大與北師大「一奶同胞」，或者說北師大的歷史與北京大學一樣的「古老」，它很快就提醒我們一個十分重要的事實：與作為「時代先鋒」的北京大學有別，北京師範大學走出了另外一條教育之路，形成了自己的文化品格，雖然它和北大一樣背負著近代歷史的憂患，心懷了五四新文化的理想，也可以說共同面對了現代教育與現代文化建設的未來。

從京師優級師範學堂裡走出了符定一，京師中國語言文學的優質教育讓這位著名的教育家與語言文字學家在後來創辦湖南省立一中、執掌嶽麓書院之時胸懷天下、垂範後學，培養了包括毛澤東在內的一代青年；北京高等師範學校的中文學科更是雲集了當時中國的學術精英，如魯迅、黎錦熙、高步瀛、錢玄同、馬裕藻、沈兼士，不時應邀前來講學的還有李大釗、蔡元培、胡適、陳獨秀等思想名流，可謂盛極一時。京師優級師範學堂、北京高等師範學校、北京（北平）師範大學、北京女子師範大學、國立北平師範大學、國立西北聯合大學、輔仁大學，京師中文學科的漫漫歷史清晰地交融著中國現代語言文學的學術歷程與教育歷程，這裡，活躍著眾多享譽中外的學術巨匠，書寫了現代中國語言文學研究的華章：從九十餘年前推行白話文、改革漢字，奠定現代漢語的基石到半個多世紀以來開創現代中國民俗學與民間文學的卓越貢獻，諸多學科先賢都將自己堅實的足跡留在了中國現代思想文化發展的旅程中。值得注意的是，同樣置身於相似的歷史進程之中，北京大學常常更主動地扮演著「時代弄潮兒」的角色，佔據學術的高地振臂吶喊，以「文化精英」的自信引領時代的前行，相對而言，北京師範大學的知識分子更習慣於在具體的社會文化問題上展開自己的探索和思考，面對時代和社會的種種固疾，也更願意站在相對平民化的立場上進行討論，踐行著更為質樸的「為了人生」的理想，這就是我所謂的「平民主義」。

就中國現當代文學而言，我們目睹的也是這樣的事實：民國以來北京師範大學知識分子參與現代中國學術的社會背景是近百年來中國社會發展的風波與激浪，這裡交織著進步對落後的挑戰，正義對邪惡的戰鬥，真理與謬誤的較量，作為「民眾教育」基本品質的彰顯，北京師範大學的學術精英似乎沒有將自己的生命超脫於現實，從來沒有放棄自己關注社會、「為了人生」的

責任和理想，中國語言文學學術哺育了一代一代的校園作家，從黃盧隱、馮沅君、石評梅到蘇童、畢淑敏、莫言，他們以自己的熱情與智慧描繪了「老中國兒女」的受難與奮鬥，為現代語言文學的學術思考注入了新的內容；同樣，在「五四」運動，在女師大事件，在「三一八慘案」，在抗日烽火的歲月裡，北京師範大學的莘莘學子與皓首窮經的教授們一起選擇了正義的第一線，在這個時候，他們不僅僅以自己的思想和智慧，更是以自己的熱血和生命實踐著中國士人威武不屈、身任天下的人格理想，他們的選擇可以說是鑄造了現代中國學術的另一重令人蕭然起敬的現實品格與理想堅守。這其中的精神雕像當然包括了魯迅。雖然魯迅作為教育家的歷史同時屬於北京大學與北京師範大學，但是就個人生活的重要事件（與女師大學生許廣平的戀愛）、政治參與的深度（女師大事件、「三一八慘案」）以及反精英的平民立場這些更具影響力的生命元素而言，魯迅無疑更屬於北京師範大學的知識群體。

魯迅式的「為人生」的精神傳統也在北京師範大學的學術脈絡中獲得了最充分的繼承和發揚。在新時期，魯迅精神的激活是中國學術開拓前行的旗幟，這面旗幟同時為北京大學和北京師範大學的學者所高擎，北京大學努力凸顯的是魯迅的先鋒意識和複雜的現代主義情緒，在北京師範大學這裡，則被一再闡述為「為人生」的「立人」的執著，新時期之初，北京師範大學中國現當代文學的帶頭人之一楊占升先生最早闡述了魯迅的「立人」思想，而北京師範大學培養的新中國第一個文學博士王富仁則將「立人」的價值推及到思想文化的諸多領域，並在此基礎上構建了他獨特的「反封建思想革命」的學術框架、「中國文化守夜人」的啟蒙理想。今天，北京師範大學中國現當代文學的學術成果，可能並不如北京大學等中國知名高校學術群落的那麼炫目，那麼引領風騷，或者那麼的咄咄逼人，但是，仔細觀察，我們就能夠發現其中浮現著一種質樸的「為人生」的情懷和方式，這肯定是十分寶貴的。

民國文學研究，無論學界有過多少的誤讀，都始終將尊重歷史事實，在近於樸素的歷史考辨中呈現現代文學的面貌作為自己的根本追求，這裡也體現著一種「平民主義」的學術態度，當然，對歷史的尊重也屬於現代中國人「為了人生」的基本訴求，屬於啟蒙文化「立人」理想的有機構成，北京師範大學的學術場域能夠容納「作為方法的民國」思想，能夠推出一大批的「重寫民國文學現象」的成果，也就是學術空間、精神傳統與個人選擇的某種契合，值得我們緬懷、記憶和總結。

　　在既往的「民國文化與文學」叢書中，我們已經收錄過北京師範大學學人的多種著述，今天又以專輯的形式予以集中呈現，以後，還將繼續關注和推出這一群體的相關成果。但願新一代的年輕的師大學人能夠在此緬懷我們的歷史，從中獲得繼續前行的有益啟示。

2020 年春節於峨眉半山

目

次

緒　論

　　何為創作序跋？從寫作者的角度，序跋可以分為兩類，一類是為自己的作品所作的序跋，另一類是為他人的作品所作的序跋。本書中的創作序跋特指前者，即作家為自己創作的包括小說（集）、散文（集）、詩歌（集）、劇本（集）、選集、全集在內的作品所作的序跋。作為正文外最重要的副文本，創作序跋既是作家自我言說的重要方式，也是文學闡釋鏈條中的第一環，不僅具有重要的史料價值、文學理論價值和文學審美價值，更因其對作家、作品的自我闡釋，而在讀者的閱讀接受、批評者的他者認同以及文學史的書寫方面產生深遠影響。

　　現代作家的創作序跋寫作空前繁盛，一方面，意味著序跋的文體功能日益受到作家的認可與關注，序跋文體在情感表達、自我言說等方面展現出的特殊媒介功能與現代作家自我闡釋的需求之間達到契合；另一方面，創作序跋在對作品進行介紹、分析或解讀的同時，更是對意義的強調和彰顯的過程，這種自我闡釋或直接或間接地對讀者、批評者、研究者產生深遠影響。根據筆者的統計，中國現代文學史的注釋中序跋引文占引文總數的 1／5 之多。由此，創作序跋與作品正文、文學史之間形成饒有意味的「互文」結構：一方面，創作序跋的「紀實性」與作品文本的「虛擬性」之間構成潛在張力；另一方面，作家的「自述」與文學史的「史實」之間，作家的「自評」與文學史的「他評」之間構成多重張力，作家自我闡釋中的虛與實、真與偽、遮蔽與彰顯等，皆有待於研究者的深入發掘。

　　本文的研究以現代作家創作序跋為主要研究對象，但決不侷限於創作序跋本身，而是將其作為作品正文的補充和延伸進行互文參照研究。現代作家

創作序跋是本課題考察中國現代文學史、現代文學接受史以及現代文學研究史發展進程的一個切入點。具體而言，以文本細讀為基礎，借鑒闡釋學的研究方法，將現代作家創作序跋作為一種動態的具有生命力的言說方式，重點關注創作序跋中作家的自我言說、自我詮釋與作品正文、文學史之間的張力結構，探究創作序跋在作品的傳播與接受，尤其是文學史的建構與書寫等方面的意義與影響，以此考察中國現代文學的發生與發展，探索文學創作與文學批評的內在理路，以期在現代文學史研究、作家創作批評等方面有所創新。

一、問題的提出

序跋寫作由來已久，「凡經傳、子史、詩文、圖書之類，前有序引，後有後序，可謂盡矣」（徐師曾《文體明辨》）。在中國序跋創作的發展歷程中，「五四」運動可說是一個分水嶺〔註1〕，由於現代出版事業的發展，「五四」以後書籍出版大量增多，各種書籍的序跋也應運而生呈現繁榮景象。現代作家大都對序跋十分看重，魯迅就曾指出一本書要有序文才算完整，〔註2〕「沒有木刻的插圖還不要緊，而缺乏一篇好的序文卻實在覺得有些缺憾」（魯迅《鐵流》編校後記）。從寫作者的角度，序跋創作可以分為兩類，一類是作家本人為作品所作的創作序跋，另一類是他人為作品所作的批評序跋。本文關注的主要是前者，即作家為自己創作的包括小說（集）、散文（集）、詩歌（集）、劇本（集）、選集、全集在內的作品所作的創作序跋，具體而言，包括自序、序言、前言、題記、小引、題辭、跋、後記等等。

我國序跋發展史上較早出現的是批評序跋，因為「古書既多不出一手，又學有傳人，故無自序之例」〔註3〕，古代典籍中的批評序跋往往承載著歷代品評者的豐厚累積，而成為後人參考的重要史料，但其中存在的「妄探作者之意」等弊端也常為人詬病。相比之下，「直造本人精微」的創作序跋則更能抉書之精義所在，而漸開風氣。中國序跋發展史上第一篇嚴格意義上的創作

〔註1〕樓滬光《我國序跋的優良傳統》（代序），樓滬光、孫琇主編《中國序跋鑒賞辭典》，石家莊：河北教育出版社，2003年，第3頁。

〔註2〕魯迅在1927年為臺灣青年張我軍的《勞動問題》寫序時，曾說過「自己是不善於作序，也不贊成作序的」（魯迅《寫在〈勞動問題〉之前》），但是此處的「作序」特指那些礙於人際關係而寫的華而不實的他序，即批評序跋。

〔註3〕余嘉錫《古書通例》，《余嘉錫說文獻學》，上海：上海古籍出版社，2001年，第186頁。

序跋應是司馬遷的《史記·太史公自序》〔註4〕，到了現代，幾乎所有的作家都寫過創作序跋，較為典型的如巴金，僅《家》一部小說就寫過不下八篇序跋文，其為《愛情三部曲》所作的近三萬字的自序更被評論者稱為「新文學創作中惟一的第一篇長序」〔註5〕。創作序跋的繁盛，一方面意味著序跋的存在價值與意義受到應有的重視與肯定，對於創作序跋現代作家已經具備了文體上的自覺意識，另一方面也有力地證明了序跋文體與現代作家對自我闡釋與身份認同的追求的完美契合。

　　事實上，為自己的作品寫作序跋並不是件容易的事，「誇獎自己吧，不好；咒罵自己吧，更合不著」（老舍《貓城記》自序）。況且，如俗話所說「旁觀者清，當局者迷」，作家們可能會有這樣的體會，為別人的書寫序跋時話很快就湧到筆端上來，為自己的書寫序跋「卻感到有些迷惘、惆悵」（孫犁《文集自序》）而無從下筆。因此有些作家如老舍、葉聖陶認為給自己的作品寫序跋「是多餘的事」，因為「要說的話已在書中說了」（老舍《貓城記》自序）「要是怕作品裏有些沒有說，有些沒有說清白，因而想另外說幾句；這種求工好勝的心固然可邀諒解，但是，同樣的一支筆，在另外的地方就會高明得多麼？」（葉聖陶《倪煥之》作者自記）「莫若不言不語，隨它去」（老舍《貓城記》自序）。到了當代，有作家則乾脆表示「作家不應該解釋自己的作品」，因為「這是讀者和批評家的事情」〔註6〕。

　　儘管費力不討好，大多數現代作家仍忍不住於正文之外「贅言」幾筆，「盡了九牛二虎之力去寫一篇小小的小序」（周作人《看雲集·自序》）。據有學者的粗略統計，現代文學作家的序跋已遠遠超過千萬字。如胡適一生所寫的序跋至少在 50 萬字以上，魯迅有 30 萬字，周作人近 30 萬字，郭沫若 40 萬字以上，茅盾有 40 萬字以上，巴金有 60 萬字以上。僅這六位作家的序跋文字就超過 250 萬字以上。〔註7〕對於這些作家來說，序跋早已超越了作為書寫慣例的形式上的意義，而散發著某種不容抗拒的魔力。更加耐人尋味的是，如

〔註4〕在這之前的《詩經》《尚書》等序為後人注經之作，而《呂氏春秋》《淮南子》則為門客集體所撰，序文並非出自一人之手，也不應歸為自序的範疇。

〔註5〕常風《巴金：〈愛情三部曲〉》，陳思和、周立民選編《解讀巴金》，瀋陽：春風文藝出版社，2002 年，第 179 頁。

〔註6〕李皓《阿來：我不缺寫小說才能　作家不該解釋自己作品》，載《西海都市報》，2009 年 7 月 14 日。

〔註7〕彭林祥《序跋與中國現當代文學研究》，載《中國圖書評論》，2010 年第 3 期。

上述老舍、葉聖陶等認為自序多餘的作家依然留下了不少重要的創作序跋。
而這些創作序跋又往往成為文學研究中繞不開的引用率極高的重要材料，甚
至成為文學史中的「經典」論斷。這就為研究者提供了一個值得探究的論題：
現代作家為何執著於創作序跋的撰寫？較之正文文本，創作序跋的存在有何
獨特的、不容取代的意義？作家在這塊「自己的園地」上的自我闡釋對讀者
（批評者）的閱讀以及經典的形成會產生什麼樣的影響？作者的創作意圖與
讀者（批評者）的期待視野、閱讀接受之間有怎樣的落差？對中國現代文學
史而言，作家自序中所展現的「身份意識」與「身份認同」又為研究者提供
了哪些新鮮的材料和視角？這些疑問正是筆者選擇「中國現代作家創作序跋」
這一研究對象的出發點和切入點。

二、選題意義

創作序跋所具有的巨大價值是毋庸置疑的，作為正文本之外最重要的「副
文本」〔註8〕，創作序跋既介紹了作品的大致內容和謀篇布局，又闡釋了作者
的創作背景與創作意圖；既為正文本的閱讀提供了一種引導，參與文本意義
的生成，又反映了作家的創作觀、文學觀以及社會觀，成為探索作家一生文
學活動的脈絡。具體說來，創作序跋的學術價值與意義主要表現在以下幾個
方面：

首先，創作序跋具有重要的文獻史料價值。周作人曾將序跋的內容分為
「書裏邊」與「書外邊」（周作人《看雲集》序）兩大部分，創作序跋中不僅
有關涉作品的人物介紹、情節提示，主題分析等內容，還有與作品緊密相關
的寫作時間、地點、背景等情況的相關信息，往往還會交待作家生平、創作
緣起、寫作甘苦以及審美旨趣等重要內容，為讀者和研究者更深入地瞭解作
家作品、考證作者生平，乃至撰寫作家年譜、文學史編年等提供了重要的依
據。因此，無論是在具體作家的專題研究中，還是新文學的版本研究中（不
同版本的序跋往往成為版本批評的重要依據），創作序跋都是其中不容忽視的
一個重要考察方面。

需要指出的是創作序跋中的「信息」往往十分瑣碎，但是仍然為現代作
家研究提供了大量的一手材料。如葉紫在《星》的後記中記敘的自己在寫作

〔註8〕法國文論家熱奈特在談跨文本類型的一篇文章《隱跡稿本》中提出了「副文本」
　　　的概念。

中的窘境：「本來，我還準備在最近一兩年內，用自己親人的血和眼淚，來對那時候寫下一部大的，紀念碑似的東西的。可是，我底體力和生活條件都不夠，每一次的嘗試都歸失敗了。我不能夠一氣地寫下去；為了吃飯和病，我只能寫一段，丟一下，寫一段，又丟一下；三四年來，結果還僅僅是那麼一大堆的材料，堆在一個破舊的箱子裏。然而，我又不能停下筆來，放棄寫作生活。於是，除了寫一些現時的短篇作品之外，便在那一大堆的材料裏面，割下了一點無關大局的東西來，寫了兩個中篇：一個便是這一篇《星》，另一個是正在寫作中的《菱》。」（葉紫《星》後記）由此，讀者不僅瞭解了作品的創作過程，更對作家的寫作背景有了真切的感受。

　　其次，創作序跋具有重要的文學理論價值。現代作家在創作序跋中往往不經意間就闡發了自己的文學觀點與學術見解，如周作人在《雜拌兒》序中就頗為扼要地概述了現代散文的歷史背景與特徵：「明代的文藝美術比較地稍有活氣，文學上頗有革新的氣象，公安派的人能夠無視古文的正統，以抒情的態度作一切的文章，雖然後代批評家貶斥它為淺率空疏，實際卻是真實的個性的表現，其價值在竟陵派之上。以前的文人對於著作的態度，可以說是二元的，而他們則是一元的，在這一點上與現代寫文章的人正是一致，……以前的人以為文是『以載道』的東西，但此外另有一種文章卻是可以寫了來消遣的；現在則又把它統一了，去寫或讀可以說是本於消遣，但同時也就傳了道了，或是聞了道。……這也可以說是與明代的新文學家的意思相差不遠的。在這個情形之下，現代的文學——現在只就散文說——與明代的有些相像，正是不足怪的，雖然並沒有去模仿，或者也還很少有人去讀明文，又因時代的關係在文字上很有歐化的地方，思想上也自然要比四百年前有了明顯的改變。」（周作人《雜拌兒》序）

　　創作序跋是作家「收捲」之後的切身總結，其中的創作經驗談本身就具有極高的含金量和說服力。例如，對書名的緣起和含義的闡釋是現代作家創作序跋中的常見內容，這在表面上是在陳述為何用作書名，實則透露出自己的文學觀以及人生觀。周作人在《陀螺》集的序言中不僅闡釋了「陀螺」的含義，更「順便說及」了自己的直譯觀。創作序跋與作家的相關文學創作論形成鮮明的「互文性」。這些帶有生命體驗的感悟，雖然不及學術論文的嚴謹、系統，但是卻「往往無意中三言兩語，說出了精闢的見解，益人神智；把它

們演繹出來，對文藝理論很有貢獻」〔註9〕。如錢鍾書在《管錐編》中所指出的，「文藝批評和鑒賞，形式不一定都採用理論性文章這一種體例，內容精彩者更不限於論文一體之內。詩、詞、隨筆、謠諺、寓言、小說、戲曲中，常有精闢見解活潑妙文的閃光。」〔註10〕更何況現代作家尤其是五四一代，往往本身即是文學批評家、理論家甚至是著名學者，他們既有敏銳的藝術感受能力，又有很好的思辨表達能力。在文學理論研究中，現代作家創作序跋的引用率也是非常高的，它作為闡釋學鏈條中的「第一環」，已成為文學研究中繞不開的一個重要組成部分。

需要指出的是，創作序跋的這些彷彿「無意中」的對作品的評論以及對文學觀點、學術思想的闡發，與中國傳統文論批評中的「點、悟」式批評可謂一脈相承。但另一方面，創作序跋的出發點又往往有別於傳統文論的以美學上的考慮為中心，而重在提煉文學作品的生命價值與社會意義。

這也就涉及到了創作序跋研究的第三個重要意義，即創作序跋展現了現代作家的心路歷程而被賦予了生命史的意義。創作序跋既是作家正文文本創作後的延續，又是歷經艱辛寫作後的完美「謝幕」，在這片「自己的園地」中，既有「得失寸心知」的有感而發，又有「不足為外人道」的喃喃自語；既有「多少工夫築始成」的真誠傾訴，又有「畫眉深淺入時無」的忐忑等待。如果說作品是作家對現實世界的闡釋，那麼創作序跋就是作家進行自我闡釋的重要載體。

魯迅曾在序跋中將「轉輾而生活於風沙中的瘢痕」（魯迅《華蓋集》題記）一一呈現，郁達夫的創作序跋可以說概括了他多年來生活與創作的生命歷程，特別是其對二十年代的內心剖析與展示尤其令人動容。郭沫若為自己的著譯寫下了數十篇自序，這些撰寫於不同時期的序言不僅是學習和研究郭沫若著譯的指南，也是瞭解郭沫若思想歷程的重要文本。巴金則將序跋文視為自己在不同時期的「思想彙報」，他指出「《序跋集》是我的真實歷史。它又是我心裏的話。不隱瞞，不掩飾，不化妝，不賴帳，把心赤裸裸地掏了出來。不怕幼稚，不怕矛盾，也不怕自己反對自己。事實不斷改變，思想也跟著變化，

〔註9〕錢鍾書《讀〈拉奧孔〉》，《七綴集》，上海：上海古籍出版社，1985年，第29頁。

〔註10〕錢鍾書《讀〈拉奧孔〉》，《七綴集》，上海：上海古籍出版社，1985年，第29頁。

當時怎麼想怎麼說就讓它們照原樣留在紙上。替自己解釋、辯護，已經成為多餘。五十四年來我是怎樣生活的，我是怎樣寫作的，我究竟是個什麼樣的人，我究竟做過些什麼樣的事，等等等等，在這本書裏都可以找到回答。……至少我的思想的變化在這裡毫不隱蔽地當眾展覽了。」（巴金《序跋集》跋）某種意義上，創作序跋提供了一種自我闡釋的契機，使作者將帶有生命感悟的創作歷程娓娓道來，如瞿秋白在《赤都心史》序中所期求的「我心靈的影和響，或者在字宙間偶然留纖微毫忽的痕跡呵！」（瞿秋白《赤都心史》序）。著名藝術史家恩斯特‧克里斯和奧托‧庫爾茨在他們合著的《藝術家的傳奇》〔註11〕一書中，提出了一個有趣的「藝術家之謎」的命題。該論題認為作家一方面「被他的同時代人所評價」，成為不斷被言說的對象；另一方面，作家也通過自己的作品不斷進行著自我闡釋。而在諸多「環繞於藝術家的神秘光環和他所發出的不可思議的魔力」中，作家在創作序跋中的自我闡釋則成為作家形象塑造過程中最為自然、便捷的重要方式。

　　最後，也是最為重要的，創作序跋還具有闡釋學上的重要意義。現代闡釋學的創始人，德國神學家、哲學家施萊爾馬赫（1768～1834）將闡釋學定義為「避免誤解的技藝」，認為闡釋就是通過消除誤解以達到對一般文本的正確理解。在這方面，現代作家的創作序跋撰寫表現出強大的自我闡釋與自我建構的能力。

　　創作序跋的自我闡釋首先表現在作者對寫作主旨的提煉與揭示。以清代作家蒲松齡為例，他在《聊齋誌異》的自序中除了與讀者分享自己創作的艱辛和獨特的審美傾向，更為重要的是表白了自己創作的初衷：「集腋成裘，妄續幽明之錄；浮白載筆，僅成孤憤之書」（蒲松齡《聊齋誌異》自序），除像《幽明錄》那樣記載虛荒誕幻的鬼怪故事之外，還要像《孤憤》那樣傾吐自己的胸中塊壘，點明了通過「誌異」來抒寫「孤憤」的創作意旨。在這方面，現代作家的自序文表現得更為突出。巴金在《春天裏的秋天》的序言中就明確指出自己創作的初衷：「《春天裏的秋天》不止是一個溫和地哭泣的故事，它還是一個整代的青年的呼籲。我要拿起我的筆做武器，為他們衝鋒，向著這垂死的社會發出我的堅決的呼聲『Je accuser』（我控訴）。」（巴金《春天裏的秋天》序）巴金可謂是公認的喜歡闡釋自己作品的作家，以致有批評

────────────

〔註11〕（奧）恩斯特‧克里斯、奧托‧庫爾茨《藝術家的傳奇》，潘耀珠譯，杭州：中國美術學院出版社，1990年。

家揶揄道「沒有一個作家不鍾愛自己的著述，但是沒有一個作家像巴金那樣鍾愛他的作品。」〔註12〕而他不厭其煩地撰寫序跋的一個主要原因，就是「怕讀者看不出我的用意，不惜一再提醒，反覆說明」（巴金《序跋集》再序）。正是由於作家在創作序跋中的自我闡釋所起到的點睛作用，作家唐弢甚至將序跋譽為「書的靈魂」，認為讀者通過「讀它的序跋，企圖由此領會全書的精神」〔註13〕。

創作序跋既是作家對自身文學創作的一種概括和總結，更是其對作品價值與意義的一種闡釋，寄託著作家對人生、社會、理想的期冀與抱負。魯迅在《吶喊》自序中不僅清楚地敘述了一次又一次的心靈創傷帶來的苦悶，而且展示了一個又一個企圖從「苦悶」中掙扎出來的夢。如果說《秋夜》中的棗樹、《雪》中「朔方的雪」、《過客》中的「過客」，《這樣的戰士》中的「戰士」，都是魯迅在文學作品中的自我寫照的話，那麼創作序跋中的自我闡釋就顯得更加真實而清晰，作家對自我價值的定位與追求通過自序文中的對話式書寫和盤托出，隱匿於自序文背後的是現代作家的高度的歷史責任感、使命感以及壯志難酬而帶來的彷徨、苦悶與反抗絕望的掙扎。對於很多現代作家來說，文學是於價值緊密聯繫在一起的，「這不僅因為排除價值而談文學是不可能的，也因為寫作行為是一種交流行為，它意味著在共同價值基礎上互相理解的可能性。」〔註14〕正是在這一意義上，自我闡釋的過程也是價值尋找與提煉的過程，而作家在創作序跋中的自我闡釋，不僅是對自己身份價值和意義的一種自我認同，更是在此基礎上尋求他者認同的微妙過程。

創作序跋的闡釋功能還體現為它的廣告宣傳作用以及對讀者閱讀的潛移默化的影響。「一部文學作品，即便它以嶄新面目出現，也不可能在信息真空中以絕對新的姿態展示自身。但它卻可以通過預告、公開的或隱蔽的信號、熟悉的特點、或隱蔽的暗示，預先為讀者提示一種特殊的接受。它喚醒以往閱讀的記憶，將讀者帶入一種特定的情感態度中，隨之開始喚起『中間與終結』的期待，於是這種期待便在閱讀過程中根據這類文本的流派和風格

〔註12〕劉西渭《〈霧〉〈雨〉與〈電〉——巴金的〈愛情的三部曲〉》，《巴金全集》（第6卷），北京：人民文學出版社，1987年，第454頁。

〔註13〕唐弢《書葉集·序》，鍾敬文等主編《書香餘韻》，北京：中國廣播電視出版社，1997年，第51頁。

〔註14〕托多洛夫《批評的批評》，王東亮等譯，北京：三聯書店，1988年，第176頁。

的特殊規則被完整地保持下去，或被改變、重新定向，或諷刺性地獲得實現。」〔註15〕創作序跋正具有上述的「預告」宣傳功能，成為促使讀者產生期待視野的「前文本」〔註16〕。

　　從讀者閱讀的角度看，文本是一種有待闡釋和接受的客體。「讀書先讀序」，創作序跋位於書籍一首一尾的顯赫位置，它既是正文本的延伸又是迥異於正文的「別裁」。作家卸下平日裏的莊嚴面孔以自語或聊天的口吻寫下的具有「天然」真實性的序跋文，對讀者有著別樣特殊的吸引力，既是讀者進入作品的門徑，也是走向作家內心世界的一個窗口。可以說，讀者是帶著眾多期待進入到創作序跋的閱讀中的。當讀者翻開一本心儀已久的書，往往「首先尋找作者在正文以外說些什麼，喜歡傾聽作者談他的寫作過程和背景材料。往往一段毫不矯飾的語言。隱現著思想的吉光片羽，給讀者提供了一把開啟心靈的金鑰匙。有時，其段質樸的文字彷彿一條感情的溪流，通過字裏行間悄悄潛入讀者的內心深處。」（何為《臨窗集》序）對於大多數讀者而言，他們總想獲得更多的正文之外的信息，「著者說他自己的生活，怨恨，喜樂與憂患的時候，他並不使我們覺得厭倦。……因此我們那樣的愛那大人物的書簡和日記，以及那些人所寫的，他們即使並不是大人物，只要他們有所愛，有所信，有所望，只要在筆尖下留下了他們自身的一部分。若想到這個，那庸人的心的確即是一個驚異。」〔註17〕這種好奇與期待，往往會將讀者對文本的喜愛為「延伸」至創作者；而對創作者的喜愛反過來又會「延伸」至作品。創作序跋就是促進讀者對作者的親近感有效延續的重要方式和手段。創作序跋中所散發的文如其人的「現場感」，真實而親切地向讀者展現出一個個鮮活的作家面影，而讀者也往往更容易接受自序中所建構的充滿個性魅力的作家形象，這一形象的建構與接受過程本身就具有社會學與心理學的雙重意義。

　　當然，有意為文也好，自然天成也罷，不容否認的是一些創作序跋還具有重要的文學審美價值，即便單獨成篇亦為佳品。從文體學角度，創作序跋應該屬於散文的範疇，序跋文體自由、平易與伸展的特點，使得創作序跋往

〔註15〕〔德〕H.R.姚斯、〔美〕R.C.霍拉勃《接受美學與接受理論》，周寧、金元浦譯，瀋陽：遼寧人民出版社，1987年，第29頁。

〔註16〕參見彭林祥《新文學序跋論略》，載《南通大學學報（社會科學版）》，2008年第6期。

〔註17〕參見法蘭西（Anatole France）《文學生活》（第一卷），轉引自周作人《自己的園地》舊序。

往信筆拈來隨心所欲,行文之間舒卷自如,成就了諸多文學史上的經典名篇。序跋被作為一種重要文體而被收進書中,大約始於南北朝時期的昭明太子蕭統的《文選》,收入該書的《神女賦序》(宋玉)、《毛詩序》(衛宏)、《尚書序》(孔安國)等,在文選家眼中已經是可以獨立成篇的佳作名篇了。現代作家的創作序跋,如魯迅的《〈吶喊〉自序》、郁達夫的《懺餘獨白——〈懺餘集〉代序》等,其具有的文學審美價值同樣不容抹煞。目前出版的一些序跋選集也往往十分看重創作序跋的文學欣賞價值。但是,也要看到文學審美價值畢竟是自序文的附加價值,至少創作序跋的價值遠不限於審美價值本身。

三、研究現狀

(一)現代作家序跋集的整理與出版情況。

現代作家序跋集的整理與出版,早在五四時期即已陸續開始,大致包括以下幾種情況:一是以作者為主線編成的個人序跋集的出版,包括《苦雨齋序跋文》(上海天馬書店,1934)、序跋集(巴金,花城出版社,1982)、《郭沫若集外序跋集》(四川人民出版社,1983)、《朱自清序跋書評集》(三聯書店,1983)、《老舍序跋集》(花城出版社,1984)、《俞平伯序跋集》(三聯書店,1986)、《魯迅序跋》(百花文藝出版社,1986)、《知堂序跋》(嶽麓書社,1987)、《胡適書評序跋集》(嶽麓書社,1987)、《茅盾序跋集》(三聯書店,1994)等等;

二是隨著作家個人全集、文集的整理出版,序跋集作為其中的一部分單獨列為一集。如人民文學出版社 1987 年版《巴金全集》中的第 17 卷即專門輯成《序跋編》,此外還有《郁達夫文集》(花城出版社、香港三聯書店,1983)的第 7 卷《文論、序跋集》《冰心文集》(上海文藝出版社,1990)的第 5 卷等,《胡適文萃》(作家出版社,1991)、《胡適文集》(第 3 卷)(北京燕山出版社,1995 年)中均設有序跋專輯。但是,全集中的序跋集由於編纂體例的原因往往並不完備,如巴金的《序跋編》中就缺失了《滅亡》《激流三部曲》《愛情三部曲》《發的故事》等長、短篇小說集,以及《短簡》《夢與醉》《友誼集》《新聲集》等散文集中的大量序跋文,這些序跋因為已分別編入各集而不再錄入,所以《序跋集》實際上並不完備;

三是各種序跋選編的出版,如《中國現代文學序跋叢書·小說卷》(海南人民出版社,1988)、《中國現代文學序跋叢書·散文卷》(海南人民出版社,

1988）、《現代散文序跋選》（百花文藝出版社，1983）、《中國新詩集序跋選》
（1918～1949）（湖南人民出版社，1986）、《歷代序跋名篇選注》（甘肅人民
出版社，1986）、《中國歷代小說序跋集》（人民文學出版社，1996）、《書話與
序跋》（貴州人民出版社，1998）、《良知的感歎──二十世紀中國學人序跋精
粹》（海天出版社，1998）、《中國序跋鑒賞辭典》（河北教育出版社，2003）、
《學術序跋集》（雲南大學出版社，2008）等等。這些序跋集編選的著眼點、
側重點不同，但各有特色，都為序跋研究提供了重要資料，為進一步深入研
究奠定了基礎，誠如柯靈在《中國現代文學序跋叢書》序中所說「既可供讀
者瀏覽檢閱，又便於史家尋蹤追跡，為各類專史的撰述修橋鋪路，當此書業
維艱的年代，無疑是一種令人鼓舞的豪舉。」〔註18〕但是，從研究者的角度，
中國現代作家序跋集的整理與出版還存在著以下兩方面的問題。一是目前很
多序跋集在編選時對創作序跋與批評序跋往往沒有加以嚴格區分；二是這些
選集在編選時大多沒有對入選的序跋加入必要的版本說明及相關注釋，倘若
在編者能從史料的角度更為嚴謹地加以標注考證，想必會為讀者研究者的閱
讀和使用帶來更多便利〔註19〕。

（二）現代作家創作序跋的研究情況。

　　學術界對序跋的關注和研究很長一段時間都集中在古典序跋方面，例如
王玥琳的博士論文《序文研究》（北京師範大學博士論文，導師：尚學鋒，2008）
以先秦至唐代序文為主要研究對象，力圖全面勾勒序文發展脈絡，深入揭示
序文文體特徵與意義，並藉以參詳相關文體、文類異同之處，審視時代與文
人創作意識的變遷。此外還有大量的研究成果，這裡就不一一列舉。

　　與古代序跋研究情況形成鮮明對比的是，現代作家的序跋研究尚未展開，
尤其是創作序跋並未作為獨立的考察對象進入研究者視野。對現代作家序跋給
予較多關注的有彭林祥的《序跋與中國現當代文學研究》（載《中國圖書評論》，
2010 年第 3 期），文中指出現代序跋研究的不足，「長期以來，現當代文學序跋
更多是僅僅視為文學研究的參考文獻，而不是單獨的研究對象。大量的序跋成

〔註18〕柯靈《回首燈火闌珊處──〈中國現代文學序跋叢書（散文卷）〉引言》，《煮
　　　　字人語》，上海：上海遠東出版社，1996 年，第 143 頁。
〔註19〕這方面《明清小說序跋選》《中國新詩集序跋選》《中國歷代小說序跋集》等
　　　　書的編輯提供了很好的參考，必要的注釋和說明將有助於讀者的閱讀和研
　　　　究。

集也僅僅是作為一種資料（史料）而出現的，對其系統研究基本沒有開展。就目前的序跋研究看，以現當代文學序跋為研究對象的專著和博士論文一部都沒有，碩士論文也僅有一兩篇，而且僅僅是以魯迅的序跋為研究對象。單篇的序跋研究論文也主要涉及林紓、魯迅、胡適等人的部分序跋，而郭沫若、巴金、茅盾、老舍、沈從文等眾多現當代文學作家的序跋，連一篇研究的論文都沒有。而以體裁分的小說、散文、詩歌和戲劇作品的序跋研究也基本沒有。可見，現在還少有人把序跋視為獨立的研究對象作系統而深入的研究」〔註20〕。進而嘗試提出序跋研究的幾個可能的切入角度。另外，《作為副文本的新文學序跋》〔註21〕、《新文學序跋論略》〔註22〕、《規訓與認同的話語實踐——以1950～1957年現代作家選集的序跋為例》〔註23〕等都將視角聚焦於現代文學序跋，指出序跋是參與正文本意義生成和確立過程中的最重要的副文本，也是新文學外部研究的重要副文本，對現代作家序跋進行了較為細緻的考察。

此外，梁笑梅的《中國新詩發生期新詩集序的媒介價值》〔註24〕是一篇視角獨特，論述深入的有分量的重要文獻，文中重點關注新詩集序在中國新詩發生期的傳播實踐中的特殊意義，通過對這一時期的新詩集序文的考證，闡明了新詩的成立除了自身觀念、內容和形式的創新，還有賴於在傳播、閱讀及社會評價中不斷擴散自己，繼而論證新詩發生期的新詩集序文在閱讀接受空間的開闢、受眾的培養改造進而在新詩合法性的確立等方面的媒介價值。

其他的學術成果則主要集中對重要的作家，如魯迅、周作人的個案考擦。這方面的成果除了碩士論文《魯迅序跋研究》〔註25〕外，大多是一些單篇論文，如《論郭沫若的序跋》〔註26〕、《魯迅的序跋文體及其文學批評》〔註27〕、

〔註20〕彭林祥《序跋與中國現當代文學研究》，載《中國圖書評論》，2010年第3期。

〔註21〕彭林祥、金宏宇《作為副文本的新文學序跋》，載《江漢論壇》，2009年第10期。

〔註22〕彭林祥《新文學序跋論略》，載《南通大學學報（社會科學版）》，2008年第6期。

〔註23〕彭林祥《規訓與認同的話語實踐——以1950～1957年現代作家選集的序跋為例》，載《中國礦業大學學報》，2009年第3期。

〔註24〕梁笑梅《中國新詩發生期新詩集序的媒介價值》，載《文學評論》，2009年第5期。

〔註25〕赫靈華《魯迅序跋研究》，延邊大學碩士論文，導師：鄒志遠，2006年。

〔註26〕彭林祥《論郭沫若的序跋》，載《新鄉學院學報》，2009年第3期。

〔註27〕畢緒龍《魯迅的序跋文體及其文學批評》，載《山東師範大學學報》，2007年第3期。

《周作人序跋中的散文觀管窺》〔註28〕等。

但遺憾的是，上述這些研究並未具體區分創作序跋與批評序跋、翻譯序跋，且更多時候偏重對現代作家批評序跋的考察，故與本文的考察視角多有不同。

總體說來，現代作家創作序跋研究尚未展開，目前還沒有發現以現代作家創作序跋為主要研究對象的有份量的科研成果。就有限的研究成果來看，其欠缺和不足也是十分明顯的：一方面，現代作家創作序跋沒有作為獨立的研究對象進入研究者的科研視野；另一方面，現代作家創作序跋在生命史特別是闡釋學上的獨特價值意義還遠遠沒有受到研究者的重視。闡釋學將理解和解釋作為一個課題進行系統研究，並最終形成一門學科——闡釋學（或詮釋學、解釋學、釋義學）（Hermeneutics），源自西方學者的學術貢獻。相對而言中國的闡釋學研究起步較晚，湯一介先生就曾指出中國「至今還沒有一套自己成體系的『解釋問題』的理論」〔註29〕。用闡釋學的方法來研究和評論文藝作品，理解文藝作品意義的理論，被稱為文藝闡釋學，或闡釋學文學批評，它指的是「在解讀文學文本的過程中，在其對文學語言及其所營構的藝術世界的正確理解和獨特把握的基礎之上，對文學文本所作出的一種準確而獨到的解釋評價的行為。」〔註30〕而作家創作序跋中的自我闡釋作為闡釋鏈條中的第一環，其對價值和意義的言說，對文學作品的傳播與接受，都具有舉足輕重的影響，同時也是關涉中國現代文學史「經典」形成的重要因素，是文學研究中有待開拓的重要課題。以上都為本選題的深入研究提供了理論空間。

四、思路與方法

艾布拉姆斯在《鏡與燈——浪漫主義文論及批評傳統》一書中提出了文學批評的四大要素，即作品（work）、宇宙（universe）、作家（artist）、讀者（audience），而創作序跋可謂是聯繫著以上四者的最大的關係場，它是作品的有機組成部分，是外部世界的反映與表達，是作者自我闡釋的特殊形式，

〔註28〕戴瑞琳、李惠瑛《周作人序跋中的散文觀管窺》，載《龍巖學院學報》，2008年第2期。

〔註29〕湯一介《再論創建中國解釋學問題》，載《中國社會科學》，2000年第1期。

〔註30〕戴冠青《文本解讀與藝術闡釋》，哈爾濱：北方文藝出版社，2006年，第1～2頁。

是讀者進入作品、瞭解作者的重要門徑。首先，創作序跋不是孤立的文本，而是作品的有機組成部分，有其特殊的「語境」。其次，創作序跋不是靜止的文本，它隱含著作者與讀者之間的互動形態的對話。最後，當現代作家創作序跋作為一個整體進行全面考察時，其意義和價值將得到最大程度地彰顯。

首先，創作序跋不是孤立的文本，而是作品的有機組成部分，有其特殊的「語境」。從寫作時間上看，創作序跋是正文塵埃落定後的一種交待和總結；從寫作內容上看，創作序跋往往是正文的補充和延伸。目前出版的一些作家全集、選集，如《巴金全集》（人民文學出版社，1987 年版），在編纂時往往把序跋列為專集，將其與正文分割開來，還有些選集甚至直接將序跋刪除，這對於閱讀不可謂沒有損失，對作品而言也是不完整的。創作序跋作為作品的重要組成部分，無論是對讀者的閱讀還是學者的研究都具有不容忽視的重要作用。另一方面，創作序跋某種程度上又無法完成獨立於正文之外，無論從何種角度立言，都要對原作做必要的介紹、歸納和說明，也就是說，序跋是一種「附屬性」文體，有其特殊的寫作背景和寫作意圖，需要與正文進行參照閱讀。例如，魯迅為散文詩集《野草》所作的小引，則成為讀者互文閱讀的重要參照，如學者所指出的，「『小引』裏牽涉到了魯迅在浙江紹興的童年生活，後來在北京、廈門和廣州等地的中年坎坷，以及自己對此的人生感慨」，因此「要真正讀懂魯迅，卻不能不讀這部《野草》，而讀《野草》，也決不能不讀這篇『小引』」〔註31〕。

對於大多數現代作家而言，創作序跋中的自我闡釋暗含著作家對閱讀者、批評者的「知人論世」的情感要求。「真正的文學作品，是充滿了情緒的。作者寫了，讀者看了，在他們精神接觸的時候，自然而然的要生出種種的瞭解和批評。」〔註32〕雖然大多數作家承認「仁智之見，是在讀者」（朱自清《背影》自序），相信「讀者憑他的深厚的同情和嚴格的鑒別讀一篇作品，會各自得到一些結論」（葉聖陶《倪煥之》翻譯本序），但對於讀者的閱讀與批評，作者並不是沒有要求的，而其中首要的一條就是對作者的瞭解與理解：「倘要論文，最好是顧及全篇，並且顧及作者的全人，以及他所處的社會狀態，這

〔註31〕徐雁、譚華軍《到書海看潮》，南京：江蘇教育出版社，1999 年，第 137 頁。
〔註32〕冰心《論「文學批評」》，卓如編《冰心全集》（第 1 卷），福州：海峽文藝出版社，1994 年，第 377 頁。

才較為確鑿。要不然，是很容易近乎說夢的」〔註33〕。《孟子·萬章下》曰：「頌其詩，讀其書，不知其人，可乎？」清代學者章學誠在《文史通義·文德》中進一步重申：「不知古人之世，不可妄論古人之辭也。知其世矣，不知古人之身處，亦不可以遽論其文也」。文學創作與作家本人的生活思想和寫作背景有著十分密切的關係，尤其對於現代作家，知人論世更是理解其創作思路與學術理路的一種重要向度。為此魯迅曾不無憂慮地指出：「我的文章，未有歷的人實在不見得看得懂，而中國的讀書人，又是不注意世事的居多，所以真是無法可想。」〔註34〕巴金也曾憤憤地質問那些「誤讀」者：「不瞭解我的生活經驗，不明白我的創作甘苦，怎麼能夠『愛護』我？！批評家有權批評每一個作家或者每一部作品，……但是絕不能說他的批評就是愛護。……作家也有權為自己的作品辯護……」（巴金《巴金選集》（十卷本）後記）正是在這一意義上，作家的創作序跋往往成為理解作品、走近作者心靈的一個重要途徑，如《吶喊》自序就被公認為是解讀魯迅創作思想的一把鑰匙。

其次，創作序跋不是靜止的文本，它隱含著作者與讀者之間的互動形態的對話。如果說文學創作是一個相對封閉的自我沉醉狀態，是作家的一種獨白；那麼，作家的創作序跋撰寫則是一個相對開放的尋求對話與交流的互動。以姚斯為代表的接受美學理論強調文本闡釋活動並非指向客體世界的對象性活動，而是一種主體間的精神交流活動與現象。「讀者本身便是一種歷史的能動創造力量。文學作品（文本）歷史生命如果沒有接受者的能動參與介入是不可想像的。因為只有通過讀者的閱讀過程，作品才能夠進入一種連續性變化的經驗視野之中。」〔註35〕從這個角度可以更好地理解作者與讀者之間交流互動的必要性，如批評家李健吾所指出的「瞭解一件作品和它的作者，幾乎所有的困難全在人與人之間的層層隔膜」〔註36〕，而創作序跋就是打破這「層層隔膜」的重要手段，通過序跋對自身以及作品進行闡釋，某種意義

〔註33〕魯迅《且介亭雜文二集·「題未定」草（七）》，《魯迅全集》，北京：人民文學出版社，1981年，第356頁。

〔註34〕魯迅致王冶秋的信 19360405，《魯迅書信集》，北京：人民文學出版社，1976年，第977頁。

〔註35〕胡經之、王岳川《文藝美學方法論》，北京：北京大學出版社，1994年，第338頁。

〔註36〕劉西渭《〈霧〉〈雨〉與〈電〉——巴金的〈愛情的三部曲〉》，《巴金全集》（第6卷），北京：人民文學出版社，1987年，第451頁。

上是作者與讀者之間進行對話和交流的一種重要方式。英國作家蘭姆以其切身經驗指出「一篇序言也不過是與讀者的談話而已」，很多現代作家也將創作序跋看作是與想像的讀者之間的一次「傾心的筆談」。巴金在《序跋集》再序中這樣描述序跋的必要性：「把讀者當做朋友和熟人，在書上加一篇序或跋就像打開門招呼客人，讓他們看見我家裏究竟準備了些什麼，他們可以考慮要不要進來坐坐。」（巴金《序跋集》再序）這樣就不難理解現代作家在創作序跋中流露出的嚶嚶求友之意，周作人在《自己的園地》・舊序》中說：「我平常喜歡尋求友人談話，現在也就尋求想像的友人，請他們聽我的無聊賴的閒談。我已明知我過去的薔薇色的夢都是虛幻，但是我還在尋求——這是生人的弱點——想像的友人，能夠理解庸人之心的讀者。」（周作人《自己的園地》舊序）讀者在作者心目中成為「能夠理解庸人之心」的「想像的友人」，甚至作者期希一般讀者的理解與收穫，「比較期希專業批評者的批評更為殷切」（葉聖陶《倪煥之》翻譯本序）。

但是，作為「想像」的對話者，作者所期待的讀者與實際讀者之間往往會產生極大的落差。例如，魯迅的藏著諸多潛臺詞的自序文，就決不是普通讀者所能讀懂的，即使今天的研究者也要借助編者的注釋瞭解了當時的時事人事，方能體味其中傳遞的真意。而某些作家自序，似乎更像是針對同行和批評家的觀點有的放矢、言之有物的長篇論文，其所承載的文學史的意義，也不是當時的普通讀者能理解的。「啟蒙」是中國現代文學的重要主題，現代作家也多強調自己的文學創作是要「改良這人生」（魯迅《我怎麼做起小說來》）。但是當夢想照進現實，啟蒙者苦心孤詣的微言大義在客觀上並沒有落到實處，特別是從創作序跋中體現出的作家所想像的讀者對象來看，恰恰偏離了這一主題，正如魯迅在《野草》的題辭中所言：「當我沉默著的時候，我覺得充實；我將開口，同時感到空虛」。現代知識分子雖然掌握了啟蒙話語權，但只在知識分子的小圈子中傳播，無法普及大眾。現代作家創作序跋中的「期待讀者」與閱讀過程中的「讀者期待」之間的反差，不僅促使我們對中國現代文學關鍵詞之一的「啟蒙」進行新的思考，也有助於我們對現代作家的創作旨趣和文學思想有更深的理解。

最後，當現代作家創作序跋作為一個整體進行全面考察時，其意義和價值將得到最大程度地彰顯。某種程度上，序跋文記錄了並展示了作家個體思想的變化，西方的「淵源批評」關注作品的這一版與另一版之間的不同，從

而追溯作者的修改過程，以助於解決藝術作品的起源和進化的問題。〔註 37〕
由此擴展開來，將作者不同時期的創作序跋進行比較，不僅可以梳理出作家
個人的創作脈絡和思想變化，而且成為「窺視時代、環境與文藝的動向與發
展」〔註 38〕的重要切入點。例如對郁達夫文藝思想的研究，其中《〈達夫自選
集〉序》《〈中國新文學大系·散文二集〉導言》《五六年來創作生活的回顧——
〈過去集〉代序》等都是不可逾越的重要篇目。再如，對通過巴金創作序
跋的考查就可以清晰地梳理出不同歷史階段巴金的文學真實觀的演變過程，
其中既體現了作家經驗的往復變化與歷史、社會變遷之間的微妙關係，又凸
顯了二十世紀中國文學史的歷史進程。

　　將現代作家創作序跋作為一個整體進行全面考察時，有兩個問題是需要
引起注意的：一是現代作家或謙遜或張揚的個性文風，使得創作序跋中的自
我評價往往虛實相生。例如朱自清的這段自謙之辭：「我是大時代中一名小卒，
是個平凡不過的人。才力的單薄是不用說的，所以一向寫不出什麼好東西。
二十五歲以前，喜歡寫詩；近幾年詩情枯竭，擱筆已久。前年一個朋友看了
我偶然寫下的《戰爭》，說我不能做抒情詩，只能做史詩；這其實就是說我不
能做詩。我自己也有些覺得如此，便越發懶怠起來。短篇小說是寫過兩篇。
現在翻出來看，《笑的歷史》只是庸俗主義的東西，材料的擁擠，像一個大肚
皮的掌櫃；《別》的用字造句，那樣扭扭捏捏的，像半身不遂的病人，讀著真
怪不好受的。我覺得小說非常地難寫；不用說長篇，就是短篇，那種經濟的，
嚴密的結構，我一輩子也學不來！」（朱自清《背影》序）再以魯迅在《自選
集》自序中的一段自我評價為例，其措辭可謂迴環委婉：在寫完《吶喊》《野
草》之後，「得到較整齊的材料，則還是做短篇小說，只因為成了遊勇，布不
成陣了，所以技術雖然比先前好一些，思路也似乎較無拘束，而戰鬥的意氣
卻冷得不少」。明明說對自己創作的肯定，字裏行間卻加了「雖然」、「似乎」
等諸多限制，落腳點還是一句批評。再如徐志摩的《落葉》序中也滿是謙遜
之辭：「我印這本書，多少不免躊躇。這樣幾篇雜湊的東西，值得留成書嗎？
我是個為學一無所成的人，偶而弄弄筆頭也只是隨興，那夠得上說思想？就
這書的內容說，除了第一篇《落葉》反映前年秋天一個異常的心境多少有點

〔註 37〕勒內·韋勒克、奧斯汀·沃倫《文學理論》，劉象愚等譯，南京：江蘇教育出
　　　　版社，2005 年，第 55 頁。
〔註 38〕臧克家《〈序〉中序——〈臧克家序跋選〉序》，《臧克家全集（第 10 卷）》，
　　　　長春：時代文藝出版社，2002 年，第 709 頁。

分量或許還值得留，此外那幾篇都不能算是滿意的文章，不是質地太雜，就是筆法太亂或是太鬆，尤其是《話》與《青年運動》兩篇，那簡直是太『年輕』了，思想是不經爬梳的，字句是不經洗煉的，就比是小孩拿木片瓦塊放在一堆，卻要人相信那是一座皇宮——且不說高明的讀者，就我這回自己校看的時候，也不免替那位大膽厚顏的『作者』捏一大把冷汗！（徐志摩《落葉》序）正如作家的「自我讚美並不等於客觀藝術效果」〔註39〕，同樣的道理，作家的謙虛與客套也需要研究者悉心甄別。

還有一種情況，如老舍在《貓城記》自序中的這段文字：

> 《貓城記》是個惡夢。為什麼寫它？最大的原因——吃多了。
>
> 可是寫得很不錯，因為二姐和外甥都向我伸大拇指，雖然我自己還有一點點不滿意，不很幽默。但是吃多了大笑，震破肚皮還怎再吃？不滿意，可也無法。人不為麵包而生。是的，火腿麵包其庶幾乎？
>
> （老舍《〈貓城記〉自序》）

為什麼要寫《貓城記》？這段序言的問答之間，展示了老舍一貫的幽默風趣的文風，倘若真將序言的內容坐實，把《貓城記》寫作的原因歸結為「吃多了」，恐怕就謬以千里了。

既然如此，作家的帶有極強主觀色彩的評價意義又體現在哪裏呢？汪曾祺的散文集《蒲橋集》（作家出版社，1987 年版）的封面上曾印有這樣的一段評語：

> 有人說汪曾祺的散文比小說好，雖非定論，卻有道理。
>
> 此集諸篇，記人事、寫風景、談文化、述掌故，兼及草木蟲魚、瓜果食物，皆有情致。間作小考證，亦可喜。娓娓而談，態度親切，不矜持作態。文求雅潔，少雕飾，如行雲流水。春初新韭，秋末晚菘，滋味近似。

這段入木三分地道出了汪曾祺散文特點的文采飛揚的廣告詞，其實正出自汪氏本人之手。汪曾祺日後承認自己是應出版社的要求而寫，並坦白說：「廣告假裝是別人寫的，所以不臉紅。如果要我署名，我是不幹的。」由此可以更好理解序跋文中作家的審慎與委婉，同時也提醒研究者，雖然作家需要獲得讀者與社會對自己的「身份認同」，但是更希望採用一種相對委婉的方式迂迴

〔註39〕錢鍾書《管錐篇》，北京：中華書局，1986 年，第 1274 頁。

曲折地表達出來。不過，如柯靈所說「因為文藝是心靈工廠的產品，不可避免地要漏泄靈魂的秘密。——不管是袒露的或潛藏的，甚至帶著各種藻飾的」（柯靈《雕塑家傳奇》序），所以只要悉心體會就不難發現其「靈魂的秘密」。特別是通過對創作序跋的細讀，我們可以進一步發現，無論是直白的張揚，還是委婉的謙遜，作家在自我闡釋中都露出了冰山一角，彷彿不經意間留下了諸多可供讀者猜度其意的線索。於是，籍此便意外見到了作家較為真實地對自己作品的看法，並由此走進了作者的內心世界。

　　這就引出了研究中需要注意的第二個問題，如何運用這些虛實相生的創作序跋？一方面，作家的自我闡釋往往給予研究者一定的啟發，要善於抓住這些線索進行挖掘。以老舍為例，他在論述創作時常常提及自己在語言文字方面的努力，「把頂平凡的話調動得生動有力」，力圖寫出「簡單的、有力的、可讀的而且美好的文章」（老舍《我怎樣寫二馬》）。在《我的「話」》一文中明確寫道：「我留神語言的自然流露，遠過於文法的完整……我可是直覺的感到，我用字很少……」（老舍《我的「話」》）。有學者據此進行深入研究，果然發現《駱駝祥子》全作近 11 萬字，只用了 2400 多個漢字，而且出現頻率較高的都是常用字。〔註 40〕有力地將作家的感性的、直觀的看法落到實處，為文學研究提供了一個經典範例。

　　另一方面，作家的自我評價有時也會對研究者的判斷產生一定的干擾，作家的自我闡釋不經意間將導致一種先入為主的影響，「讀者、評論者在閱讀過程中可能淡化其應有的審美感受，忽略作品文本獨具的審美特性，而直接地將對作者或對社會的先驗理解用於對作品的解讀，以求得到一種貌似符合邏輯的有序的推理，和一種『終極審判』式的獨斷定論。」〔註 41〕作家的自我闡釋甚至在無形中成為了解釋歷史的權威話語，如老舍在創作論集《老牛破車》中對小說《老張的哲學》《趙子曰》《二馬》等作品的某些評價，幾乎成為後來文學批評的定論，影響了研究者的客觀評價。「研究者完全以作家或社會為材料闡釋作品，反過來又以作品為材料印證作家或社會，這實

〔註40〕此項統計，黃俊傑、張普、楊建霈、段興燦的《利用微型電子計算機對〈駱駝祥子〉進行語言自動處理》一文，該文為 1984 年在青島舉行的「全國第二屆老舍學術討論會」學術交流論文。

〔註41〕郭英德《論「知人論世」古典範式的現代轉型》，載《中國文化研究》，1998年第 3 期。

際上是一種循環論證的實證論，其可靠性和可信度是很值得懷疑的。」〔註42〕對此學者在創作序跋的研究中是需要引以為戒的，舒衡哲先生在對五四「記憶」如何延續的探討中，曾專門提示學者處理有關問題時應有這樣的「自覺」〔註43〕，日本學者丸山昇也在魯迅研究中也強調作品與作家自身之間存在的「曲折」：「不但小說，包括以散文、回憶錄等形式所講述的東西，魯迅在文章裏所談之事與魯迅體驗本身之間有距離；而且魯迅在談自己的時候，時而將具有複雜側面的事情單純而簡單地加以描述，時而把具有重大意義的事情輕描淡寫或是調侃般地加以敘述， 倘若忽視他的文章和他自身之間存在的曲折，就會使魯迅形象簡單化乃至遭到歪曲。」〔註44〕這一思路同樣適用於現代作家創作序跋研究。

因此，本報告的研究以現代作家創作序跋為主要研究對象，但決不侷限於創作序跋本身，而是將其作為作品正文的補充和延伸進行互文參照研究。現代作家創作序跋是本課題考察中國現代文學史、現代文學接受史以及現代文學研究史發展進程的一個切入點。具體而言，以文本細讀為基礎，借鑒闡釋學的研究方法，將現代作家創作序跋作為一種動態的具有生命力的言說方式，關注作家的自我闡釋在文學傳播與文學接受過程中的互動與影響，以此考察中國現代文學的發生與發展，探索文學創作與文學批評的內在理路，以期在現代文學研究、作家創作批評等方面有所創新。

〔註42〕郭英德《論「知人論世」古典範式的現代轉型》，載《中國文化研究》，1998年第3期。

〔註43〕參見舒衡哲著，李國英等譯《中國的啟蒙運動——知識分子與五四遺產》，太原：山西人民出版社1989年版。此外，羅志田的《歷史記憶與五四新文化運動》一文也涉及到這一問題，參見羅志田《近代中國史學十論》，上海：復旦大學出版社，2003年，第143～174頁。

〔註44〕〔日〕丸山昇《魯迅・革命・歷史》，北京：.北京大學出版社，2005年，第340頁。

第一章　創作序跋：不容忽視的「副文本」

　　相對於作品正文，序跋常常處於「副文本」的從屬地位，但正如法國當代批評家弗蘭克・埃夫拉爾所言，序跋連同諸多圍繞在作品文本周圍的元素——標題、副標題、題詞、插圖、圖畫、封面等——其「均質的整體決定讀者的閱讀方式與期望」。更何況，創作序跋是作家本人為自己的包括小說（集）、散文（集）、詩歌（集）、劇本（集）、選集、全集在內的作品所作的「前言後語」，在作品文本中佔據著一首一尾的顯赫位置，這也就注定了創作序跋成為文學創作、閱讀與研究中無法逾越的重要組成部分，不僅承載著陳述信息、表達情感、闡發意義等重要功能，而且在創作序跋這一特殊的文體之下，彰顯出紀實性、互文性、對話性、自評性等鮮明特徵與內涵。

第一節　創作序跋的主要內容

　　創作序跋中往往包含十分豐富而駁雜的內容，「可能關涉新文學內部研究和外部研究的所有史料。所以，序跋可以說是新文學研究的一個內涵極為豐富的史料庫」〔註1〕，具體而言可分為三個部分，一是對作品相關信息的陳述與介紹，這些內容往往作為重要史料被研究者關注，成為文學研究中的重要考察方面；二是對情感的宣洩與表達，創作序跋作為文本完成後的補充與延續，包含著作者「冷暖自知」的真摯情感表達，往往因展現了作家的心路歷

〔註1〕彭林祥《序跋與中國現當代文學研究》，載《中國圖書評論》，2010 年第 3 期。

程而被賦予了生命史的特殊意義；三是對作品的評價與對意義的闡發，這方面的內容往往是文學研究中廣泛徵引的重點，也是本文將著重探討的部分。

一

　　對作品相關信息的陳述與介紹，是創作序跋寫作中的重要內容，主要包括以下幾個方面：其一，介紹創作背景，作家往往在序跋中點明創作的時間和地點，以及創作的詳細經過。以茅盾為例，其創作序跋中往往不吝筆墨一一追述創作的曲折過程：「這三篇舊稿子是在貧病交迫中用四個月的工夫寫成的；事前沒有充分的時間以構思，事後亦沒有充分的時間來修改，種種缺陷，及今內疚未已。」（茅盾《蝕》題詞）「《子夜》十九章，始作於 1931 年 10 月，至 1932 年 12 月 5 日脫稿；其間因病，因事，因上海戰爭，因天熱，作而復輟者，綜記變有八個月之多，所以也還是倉卒成書，未遑細細推敲。」（茅盾《子夜》後記）「此篇開始寫的時候是一九三〇年冬，未及一半，即因痧眼老病大發，幾乎盲了一目，醫治了三個月，這才痊癒，故此篇後半，是在一九三一年春續成的。自己覺得做的不好，所以一年以來，接受此篇的某雜誌遲遲不發表，我也不想發表了。現在該雜誌社已在滬戰中毀滅火，而光華老闆有意付印，就此一再尋出底稿來看一遍，很想多加修改，而精神、時間兩不許可。今排印竣事，特記其經過如此。」（茅盾《路》初版校後記）

　　其二，對作品主要內容、人物或時間的簡要介紹。例如林語堂為《朱門》所作自序，就詳細交代了書中的人物與歷史背景：「本書人物純屬虛構，正如所有小說中的人物一樣，多取材自真實生活，只不過他們是組合體。深信沒有人會自以為是本書中的某個軍閥、冒險家、騙子或浪子的原版。如果某位女士幻想自己認識書中的名媛或寵妾，甚至本身曾有過相同的經歷，這倒無所謂。不過，新疆事變倒是真實的。歷史背景中的人物也以真名方式出現，例如：首先率領漢軍家眷移民新疆的大政治家左宗棠；一八六四———一八七八年領導「回變」的雅庫布貝格；哈密廢王的首相約耳巴司汗；日後被自己的白俄軍逐出新疆，在南京受審槍斃的金樹仁主席；繼金之後成為傳奇人物的滿洲大將盛世才；曾想建立一個中亞回教帝國，後來於一九三四年尾隨喀什噶爾的蘇俄領事康士坦丁諾夫一同跨越蘇俄邊界的漢人回教名將馬仲英等等。記載著一九三一———一九三四年間回變的第一手資料，例如，斯文·赫定的《馬仲英逃亡記》和吳艾金的《回亂》等書。本書只敘述這次叛亂在一

九三三年的部分。」（林語堂《朱門》自序）

其三，對謀篇布局、構思過程的回顧。例如茅盾在《第一階段的故事》後記中，對小說構思過程的一段描述：「最初構思的時候，原也雄心勃勃，打算在我力所可及的廣闊畫面上把一些最典型的人物事態組織進去，而且不以上海戰爭的結束為收場的。原稿開始有一章「楔子」，講到書中若干人物已在武漢，而「一之一」以下各章則是回敘；這就是我原定的計劃，寫上海戰爭者一半，而寫武漢大會戰前的武漢者亦將占其一半。但說來慚愧。逐日寫一點，發表一點的辦法我既不慣，而生活經驗之不足又使我在寫作中途愈來愈怯愈煩惱，寫到過半以後，當真有點意興闌珊。這時候，空了兄已離《立報》，遠赴新疆去了，而我自己亦因杜重遠先生之邀約，準備離開香港到新報去教書。一個人工作做得不好，總願意找點藉口以自解嘲，我便在這藉口之下草草結束了這本書」（茅盾《第一階段的故事》後記）。

此外，對作品題名的加以闡釋，也是創作序跋中的常見內容。這一點在魯迅大部分的創作序跋中都有所涉及，例如《熱風》題記中，魯迅則說雖然周圍的空氣是寒冽的，「我卻自說我的話」，因此稱之為《熱風》。再如《墳》後記中「我有時卻也喜歡將陳跡收存起來，明知不值一文，總不能絕無眷戀，集雜文而名之曰《墳》，究竟還是一種取巧的掩飾」。又如《三閒集》序言所說「編成而名之曰《三閒集》，尚以射仿吾也。」因為成仿吾說魯迅有閒，得名「有閒」甚至三次是不能忘記的，因此以此為書名。而在《南腔北調集》的題記開頭，魯迅就以幽默的筆調，通過別人的評價，從承認自己的「南腔北調」的用語，拓展到自己的文字，因此給書定名《南腔北調》。也有是他人起的書名，如《花邊文學》的序言裏，魯迅就說明了這書名的由來，是青年戰友向我提供的，「我」認為非常巧妙：一是符合形式——我的短評「登出來的時候往往圍繞一圈花邊以示重要」，二是花邊係銀元別名，「以見我的這些文章是為了稿費，其實並無足取」等等。作品題名的擬定往往與與作品的主旨息息相關，因此對題名的解釋與闡釋也往往是對作品創作意圖、主旨的概況，對於讀者理解作品內容有著重要的導向作用。

二

周作人曾提及他寫序跋向來是以「不切題」為宗旨的，作家在創作序跋中常常跳出作品本身，向讀者介紹自己的生平、分享自己的心路歷程，如英

國散文家蘭姆所言「一篇序言也不過是與讀者的談話而已」,很多現代作家也將創作序跋看作是與想像的讀者之間的一次「傾心的筆談」,其中凝聚著作者情感宣洩與表達的渴望與需求,也正因如此,創作序跋往往還被賦予了生命史的重要意義。

首先,介紹創作家生平。老舍在《〈神拳〉序》中,就回憶了兒時八國聯軍進北京,自己死裏逃生的經歷:「我們的炕上有兩隻年深日久的破木箱。我正睡在箱子附近,文明強盜又來了。我們的黃狗已被前一批強盜刺死,血還未乾。他們把箱底兒朝上,倒出所有的破東西。強盜走後,母親進來,我還被箱子扣著。我一定是睡得很熟,要不然,他們找不到好東西,而聽到孩子的啼聲,十之八九也會給我一刺刀。」這些文字不僅為讀者瞭解作家生平提供了鮮活的細節,更成為考察作家心路歷程的重要文獻。郭沫若在《郭沫若選集》的自序中,則全面回憶了自己的家庭出身:「我是四川峨嵋山下的一個地主家庭的兒子。家庭倒比較開明。父親母親在年幼時都過過艱苦的生活,因而我所受的家庭教育倒還是比較進步的,多少知道一些民間的疾苦」;讀書求學經歷:「從幼就讀書。十歲以來就在當時的富國強兵的思想中受著薰陶,早就知道愛國,也早就想學些本領來報效國家。為了滿足這種志願,離開了四川,一九一四年到日本留學,學了十年的醫」;並坦誠道出了自己因醫道不能學成而轉入文學的個中曲折:「從日本的醫科大學雖然畢了業,但醫道卻沒有學成。主要的原因是耳朵有毛病。我在十七歲的時候,在四川的家鄉害過一次腸傷寒,因而兩耳重聽,一直沒有復原。就是耳朵的毛病限制了我,使我不能掌握聽診器,辨別微妙的心音和肺音的各種差別,醫道便只好學而未成了。醫道不能學成便轉入文學。但也由於耳朵有毛病的關係,於聽取客觀的聲音不大方便,便愛馳騁空想而侷限在自己的生活裏面。因而在文學的活動中,也使我生出了偏向——愛寫歷史的東西和愛寫自己」。(郭沫若《郭沫若選集》自序)此外,冰心在《冰心全集》自序中、茅盾在《茅盾自選集》序中,均以深情的筆墨回顧了自己的文學人生,為我們留下了深入瞭解作家的珍貴文本。

其次,敘寫創作緣起,分享自我心路歷程。冰心的《繁星》自序以詩意的語言敘寫了《繁星》寫作與成書的經過:「一九一九年的冬夜,和弟弟冰仲圍爐讀泰戈爾(R.Tagore)的《飛鳥集》(StrayBirds),冰仲和我說:「你不是常說有時思想太零碎了,不容易寫成篇段麼?其實也可以這樣的收集起來。」

從那時起，我有時就記下在一個小本子裏。一九二〇年的夏日，二弟冰叔從書堆裏，又翻出這小本子來。他重新看了，又寫了「繁星」兩個字，在第一頁上。一九二一年的秋日，小弟弟冰季說：「姊姊！你這些小故事，也可以印在紙上麼？」我就寫下末一段，將它發表了。是兩年前零碎的思想，經過三個小孩子的鑒定。」（冰心《繁星》自序）現代作家在創作序跋中尤其注重對自我心路歷程的展示，如魯迅在自己的序跋當中，就對自己的身世、棄醫從文的經歷、從事寫作的生涯有著詳細記述。在《吶喊》自序中，魯迅第一次詳細介紹了自己早年的經歷及棄醫從文的經過。失去了父親，「從小康人家墜入困頓」是魯迅最先經歷到的家庭苦痛，因此開始走異鄉學洋務。留日學醫時又因為看到同胞的冷漠，魯迅意識到「醫學並非一件緊要事」，要緊的是改變看客們的精神，而要改變精神則要推文藝了，這算是魯迅第一次有了棄醫從文的意識。在《新生》的出版沒能實現之後，魯迅雖然「創始時候既已背時，失敗時候當然無可告語」，但卻由悲哀中反省出道理——「我絕不是一個振臂一呼應者雲集的英雄」。回國後，改鈔古碑的魯迅，應朋友之邀為《新青年》做點文章，這便是第一篇《狂人日記》。從此魯迅便開始了他的寫作生涯。這便是魯迅《吶喊》的創作起源。又如《自選集》自序，這篇自序是魯迅從事小說創作以來的一篇自我總結。魯迅承認自己最初的創作算作革命文學，自己並不熱心革命的原因，是懷疑甚至失望。而魯迅寫小說的原因：不是對於「文學革命」的熱情，對於熱情者們的同感。而現在將那些能給讀者「重壓之感」的作品竭力抽調了。因為「並不願將自以為苦的寂寞，再來傳染給也如我那年輕時候似的正做著好夢的青年」，並且相信現在和將來的青年是不會有這樣的心境了。同樣在《偽自由書》前記中，魯迅記述了郁達夫的約稿，我向《自由談》投稿始末、原因，以及第一篇作品《崇實》的寫作。

再次，表達對讀者的期望。作品完成後，作者往往帶著「畫眉深淺入時無」的忐忑之心等待讀者的評閱。現代作家在創作序跋中常流露出的嚶嚶求友之意，尋求「想像的友人」，尋求「能夠理解庸人之心的讀者」（周作人《自己的園地》舊序）魯迅在《墳》題記的結尾寫道「但願這本書能夠暫時躺在書攤上的書堆裏」，再進一步，「大概總還有不惜一顧的人罷。只要這樣，我就非常滿足了」。《且介亭雜文》序言裏也用比喻的手法表達了魯迅的期望，「我只在深夜的街頭擺著一個地攤，所有的無非幾個小釘，幾個瓦碟，但也希望，並且相信有些人會從中尋出合於他的用處的東西」。再如葉紫在《豐收》的序

言中，一方面感激「這樣一本不成器的，粗暴的小東西，竟能得到這樣多親愛的讀者底垂愛」，另一方面希望「這本小冊子在今年或明年還有重版的機會，使我能得到更多的親愛的讀者底批評！我更希望自己從今以後再不得病，好多多地，刻苦地創作出一點像樣的東西，以回答親愛的讀者諸君底愛護！」（葉紫《豐收》四版的話）

三

之所以要寫序跋，按照姚鼐所言便是要「推論本原，廣大其義」或「自序其義」，正如蕭乾所指出的，「寫序是作者的特權，也是他對讀者應盡的義務。最能闡明一部書的要旨及創作過程的，是作者本人。」（《致沈惠民的信》）因此，創作序跋往往擔負著概括闡發創作主旨、闡述創作經驗和理論以及對作品進行自我評價的重要任務。

第一，對創作主旨的概括與闡發。以郁達夫的《〈沉淪〉自序》為例，這段文字寫於 1921 年 7 月 30 日郁達夫前往東京的旅途中，文中對小說的主題予以概括：「《沉淪》是描寫著一個病的青年的心理，也可以說是青年的憂鬱病 Hypochondria 的解剖，裏面也帶敘現代人的苦悶，——便是性的要求與靈肉的衝突……」（郁達夫《沉淪》自序）再如茅盾對《野薔薇》創作意圖的強調：「這五篇小說都穿了『戀愛』的外衣。作者是想在各人的戀愛行動中透露出各人的階級的『意識形態』。這是個難以奏功的企圖。但公允的讀者或者總能覺得戀愛描寫的背後是有一些重大的問題罷。」（茅盾《寫在〈野薔薇〉的後面》）

第二，闡述創作經驗和理論。例如，茅盾在《茅盾選集》的自序中就總結了短篇小說創作的經驗，並提出了短篇小說應展現「生活的橫斷面」的理論主張：「至於短篇小說，我寫得不多。因為我覺得寫短篇小說並不是容易的事，或許比寫長篇還難些。我自己知道，我所寫的短篇，嚴格說來，極大多數並不能做到短小精悍而意味深長。我的許多短篇小說還不是『生活的橫斷面』的表現。我認為：如果看到了一事一物具有所謂『故事性』或典型性而馬上提筆寫一個短篇，也許可以寫得很動人，但不能保證一定耐人咀嚼，即具有深刻的思想性。在橫的方面，如果對於社會生活的各環節茫無所知，在縱的方面，如果對於社會發展的方向看不清楚，那麼，你就很少可能在繁複的社會現象中恰好地選取了最有代表性、典型性的，即是具有深刻的思想性的一事一物，作為短篇小說

的題材。對於全面茫無所知，就不可能深入一角：這是我在短篇小說的寫作方面所得到的一點經驗教訓。」（茅盾《茅盾選集》自序）

最後，對作品的自我評價，也是創作序跋的重要內容。如茅盾對《蝕》與《子夜》的評價：「《蝕》與《子夜》在發表時，曾引起了轟動，其原因，評論家有種種說頭，但我總以為我敢涉足他人所不敢寫而又是人們所關注的重大題材，是原因之一，例如直接反映一九二七年大革命的作品，除了《蝕》，似乎尚無其他的；在三十年代，以民族資產階級及買辦資產階級作為描寫對象的，也只有《子夜》。」（外文版《茅盾選集》序）其對作品獨特價值的闡發以及對其文學史意義的強調都是十分明確的。

最後，嚴格說來，序和跋在內容上是有所區別的，序一般重在對全書做總體說明，而跋則多是有感而發，內容較靈活，或議論，或考訂，或抒情。不過，二者並無本質區別，大體上是相似的。一篇創作序跋，當然不可能寫得面面俱到，往往只有一兩個側重點，或者以上幾個方面互相交織，無論如何，一篇優秀的創作序跋往往與作品正文相得益彰，既是作者的完美謝幕，又有助於讀者加深對作品的理解。

第二節　創作序跋的文體意義

作為文體一種的序跋，無疑是具有某種特殊魅力的，陳思和教授曾經描述了作為讀者的自己對序跋文體的愛好，「總覺得創作也好，理論也好，或者是虛構的文字，或者是抽象的理論。橫亙在讀者與作者之間，作者不得不借助一些外在的文本結構來傳達自己的情緒和思想，待書成後，總有言猶未盡的地方，於是序跋正好是一個補償的機會，它可以千姿百態。直訴心靈，其文體似有似無，讓作者的心靈赤裸裸地面對讀者」〔註2〕。創作序跋不僅是作家自述的重要組成部分，更意味著特殊言說空間下的自我詮釋，如曹禺所言是「天賜的表白的機會」（《雷雨》序）。在這一特殊的文體之下，創作序跋彰顯出紀實性、互文性、對話性、自評性等鮮明特徵與內涵。

一

首先，創作序跋具有獨特的「紀實」性。序跋在體裁上屬於散文，尤其

〔註2〕陳思和《我與序跋》，載《書城》，1996年第4期。

是作家的創作序跋往往默認為具有天然真實性的一手材料。茅盾在《子夜》「後記」中，不僅詳細敘述了自己費心構思創作《子夜》的經過：「《子夜》十九章，始作於一九三一年十月，至一九三二年十二月五日脫稿；其間因病，因事，因上海戰事，因天熱，作而復輟者，綜計亦有八個月之多，所以也還是倉卒成書，未遑細細推敲。但構思時間卻比較的長些。一九三〇年夏秋之交，我因為神經衰弱，胃病，目疾，同時並作，足有半年多不能讀書作文，於是每天訪親問友，在一些忙人中間鬼混，消磨時光。就在那時候，我有了大規模地描寫中國社會現象的企圖。後來我的病好些，就時常想實現我這『野心』。到一九三一年十月，乃整理所得的材料，開始寫作。所以此書在構思上，我算是用過一番心」；而且坦誠道出自己對作品的架構與創作旨趣，原本試圖「大規模地描寫中國社會現象」，「例如農村的經濟情形，小市鎮居民的意識形態……，以及一九三〇年的『新儒林外史』，——我本來都打算連鎖到現在這本書的總結構之內」，但是最後呈現出來的文字並沒有達到預期，僅僅「偏重於都市生活的描寫」。（茅盾《子夜》後記）

魯迅在《墳》後記中有這樣一段內心自白：「偏愛我的作品的讀者，有時批評說，我的文字是說真話的。這其實是過譽，那原因就因為他偏愛。我自然不想太欺騙人，但也未嘗將心裏的話照樣說盡，大約只要看得可以交卷就算完。今天所要說的話也不過是這些，然而比較的卻可以算得真實。」（寫在《墳》後面）作品中「未嘗將心裏的話照樣說盡」，但在後記中卻「可以算的真實」，可見其序跋文體的「特殊」價值所在。郁達夫的序跋文更是概括了他多年來生活與創作的生命歷程，特別是其對二十年代的內心剖析與展示尤其令人動容；郭沫若同樣為自己的著譯寫下了大量序跋，這些撰寫於不同時期的序跋不僅是學習和研究郭沫若著譯的指南，也是瞭解郭沫若思想歷程的重要文本；巴金則將序跋文視為自己在不同時期的「思想彙報」，他指出「《序跋集》是我的真實歷史。它又是我心裏的話。不隱瞞，不掩飾，不化妝，不賴帳，把心赤裸裸地掏了出來」（《序跋集》跋）。這些字字間留下的纖微心痕令序跋文在讀者的閱讀接受中煥發出別樣的魅力。如魯迅《吶喊》自序很長時間以來，都作為個人創作思路的真實材料加以運用。不方便言說的，言猶未盡的，都在序跋中予以釋放。在這片「自己的園地」中，創作序跋早已超越了作為書寫慣例的形式上的意義，而散發著某種不容抗拒的魔力。

二

　　其次，創作序跋具有重要的「互文」性。如魯迅所指出的「在一本書之前，有一篇序文，略述作者的生涯，思想，主張，或本書中所含的要義，一定於讀者便益得多」（魯迅《文藝與批評》譯者附記）。從寫作內容上看，創作序跋往往是正文的補充和延伸，借用周作人在《看雲集》自序中的分類，序跋的內容一類是關於「書裏邊」的，即關涉作品的書名由來、內容介紹、主題分析、作品評價等種種內容；另一類是關於「書外邊」的，即從作品中引申出來的包括創作背景、創作動因、作家生平、創作甘苦以及審美旨趣、創作觀等在內的諸多內容。創作序跋的特殊性就在於，對於自己作品的創作經歷、創作主旨和創作甘苦，還有誰會比作家本人更加清楚呢？許多細節和過程，非作家本人的披露外人往往是難以知曉的。因此，創作序跋中傳遞出的豐富信息，所建構的文本「語境」，與作品正文之間構成千絲萬縷的「互文性」。

　　例如詩人卞之琳為《雕蟲紀曆》所寫的長篇自序，往往被被看作是提供了許多重要信息的，可與其詩歌互為參照的重要文本，尤其是其中詳細敘述的《無題》等情詩的寫作緣起，成為讀者深入解讀詩歌的重要參考：「當初聞一多曾經面誇過我在年輕人中間不寫情詩。我原則上並不反對別人寫愛情詩，也並不一律不會欣賞別人寫的這種詩。只是我一向怕寫自己的私生活而正如我面對重大的歷史事件不會用語言表達自己的激情，我在私生活中越是觸及內心的痛癢處，越是不想寫詩來抒發。事實上我當時逐漸擴大了的私人交遊中，在這方面也沒有感到過這種觸動。但是後來，在 1933 年初秋，例外也來了。在一般的兒女交往中有一個異乎尋常的初次結識，顯然彼此有相通的「一點」。由於我的矜持，由於對方的灑脫，看來一縱即逝的這一點，我以為值得珍惜而只能任其消失的一顆朝露罷了。不料事隔三年多，我們彼此有緣重逢，就發現這竟是彼此無心或有意共同栽培的一粒種子，突然萌發，甚至含苞了。我開始做起了好夢，開始私下深切感受這方面的悲歡。隱隱中我又在希望中預感到無望，預感到這還是不會開花結果。彷彿作為雪泥鴻爪，留個紀念，就寫了《無題》等這種詩」（卞之琳《〈雕蟲紀曆〉自序》）。

　　從讀者閱讀的角度，創作序跋這種「互文」性往往為閱讀接受提供了便利。陳思和教授回憶自己昔年對魯迅作品的閱讀體驗時，特別講到「因為自己的學識基礎太差，許多短小雋永的文章，除了能從文字中直接感受到一股

渾厚的力量在重重地衝擊自己的心以外，這一篇篇文章竟像一座座走不進去的城堡，只能流連低回於其外圍觀望。就在這時，我開始喜歡讀那些集子的序跋後記，特別像《南腔北調集》《偽自由書》那樣的後記，寫得長長的，又有資料，又有說明，十分好讀，與書中的文章正好形成鮮明的對照」，「通過魯迅寫的後記。我懂得了不少三十年代的政治文化背景，眼界大開，回過頭去讀集子中的文章也更加明瞭了」〔註3〕。正是由於創作序跋所起到的這種引導作用，作家唐弢甚至將序跋譽為「書的靈魂」，認為讀者通過「讀它的序跋，企圖由此領會全書的精神」〔註4〕。

三

再次，創作序跋具有動態的「對話」性。作家往往在序跋中不吝筆墨。自道創作甘苦，說文章得失，生怕讀者不解其中的深意。對於創作序跋所具有的這種對話性，巴金曾有過這樣的表述：說老實話，我過去寫「前言」、「後記」有兩種想法：一是向讀者宣傳甚至灌輸我的思想，怕讀者看不出我的用意，不惜一再提醒，反覆說明；二是把讀者當作朋友和熟人，在書上加一篇「序」或「跋」就像打開門招呼客人，讓他們看見我家裏究竟準備了些什麼，他們可以考慮要不要進來坐坐。〔註5〕如蘭姆所言「一篇序言也不過是與讀者的談話而已」，創作序跋既是正文本的延伸又是迥異於正文的「別裁」，作家卸下平日裏的莊嚴面孔以自語或聊天的口吻寫下的具有「天然」真實性的序跋文，對讀者有著別樣特殊的吸引力，既是讀者進入作品的門徑，也是走向作家內心世界的一個窗口。

特別指出的是，現代作家在創作序跋中還往往以虛擬對話的形式來更為形象地展示這種動態的交流。明代小說的序跋常常在篇章結構上以主客問答的形式謀篇，並不將自己的觀點理論直接陳述，而是假設作品可能會引發的種種質疑和非難，然後在序跋中虛設一人與之對話，以此更為形象充分地表達自己的思考。如觀海道人的《金瓶梅序》即以「客有問余者曰」開篇，接下來便展示了「客」與「余」雙方的論辯，「客」質疑小說中論事於古無徵，寫人十之九為反面形象，而且又「繪聲繪影，纖細不遺」等，然後「余」開

〔註3〕陳思和《我與序跋》，載《書城》，1996年第4期。
〔註4〕唐弢《書葉集·序》，鍾敬文等主編《書香餘韻》，北京：中國廣播電視出版社，1997年，第51頁。
〔註5〕巴金《序跋集·再序》，載香港《大公報·大公園》，1981年6月20日。

始一一辯駁。序言最後以「客聞余畢其辭，乃點首稱善而退」而結束討論，序者不僅在論辯中取得勝利，而且藉此將序者的觀點主張得以充分展示。現代作家如巴金的《最後的審判（代跋）》就通過虛擬審判官與作家的對話，來傾訴自己創作的辛苦與困惑：「是的，把自己關閉在陰暗的屋子裏，日也寫，夜也寫，把自己底心血化作墨水一筆一筆的寫在紙上；把自己底苦惱儘量地傾吐出來，化成紙上的一行一行的字，這樣散佈出去，引得別的許多許多的人落了眼淚，又把苦惱種植在他們底心裏。這樣給人間我只帶來更多的苦惱，更多的不幸。說把紙筆當作武器來攻擊我所恨的，保護我所愛的人，而結果我所恨的依然高踞在那些巍峨的宮殿裏，我底筆一點也不能夠搖動他們；至於我所愛的，從我這裡他們也只得到更多的不幸。這樣我完全浪費了我底生命。我還能說我活得夠了嗎？」在問答之間，作家最終重新確定了自己的創作理念：「只要我能夠回到生活裏去，我絕不再走從前的路了。我要忠實地去生活，去受苦，拿行動來愛人，來幫助人，不再拿紙筆來浪費我底青年的生命。」〔註6〕郭沫若在《孤竹君之二子》的幕前序話中同樣設計了「同志」與「作家」的問答，通過「同志」的疑問「我覺得做古事劇好像有兩種傾向。一種是把自己去替古人說話，譬如沙士比的史劇之類，還有一種是借古人來說自己的話，譬如歌德的《浮士德》之類」，從而引出「作家」對歷史劇創作的看法：「我自己的態度，對於古人的心理是想力求正當的解釋，於我所解釋得的古人的心理中，我能尋出深厚的同情，內部的一致時，我受著一種不能止遏的動機，便造出一種不能自己的表現」〔註7〕。

四

最後，創作序跋具有鮮明的「自評」性。葉聖陶曾指出「序文的責務，最重要的當然是在替作者加一種說明，使作品潛在的容易被忽視的精神，很顯著地展現於讀者的心中。」（葉聖陶《稚的心》序）此處雖特指批評序跋，實際上在自道甘苦的創作序跋中，作家也主動承擔了這一任務。如老舍的創作序跋就與創作談等自評類文字互為補充，往往是寫了後者就無前者，老舍早期的四部長篇小說《老張的哲學》《趙子曰》《二馬》以及《離婚》在出版

〔註6〕巴金《最後的審判（代跋）》，載《文藝月刊》第2卷第8期，1931年8月15日。

〔註7〕郭沫若《〈孤竹君之二子〉幕前序話》，載《創造季刊》第1卷第4期，1923年3月。

時均沒有創作序跋，但是老捨卻寫了三十多篇的自評性文章，如《我怎樣寫〈老張的哲學〉》《我怎樣寫〈趙子曰〉》《我怎樣寫〈二馬〉》《我怎樣寫〈離婚〉》等，幾乎對於每部作品都另外寫了一篇「我怎樣寫……」，以此交代作品的創作歷程、出版情況，尤其是進行自我評判，剖析創作得失。對於老舍而言，創作序跋與創作談等自評類文章的作用是等同的，都是對作品的必要的說明和補充，因此偶而創作序跋寫得詳細一些的，就不再寫自評性文章了，如《大地龍蛇》作了一篇長序就沒有再寫自評。

俞平伯曾指出「序跋之類既異峻刻之批評，又非浮濫之讚譽，必語無溢美，方推合作。」（俞平伯《北河沿畔‧跋》）此處雖強調的要求「非浮濫」「無溢美」，對於創作序跋來說同樣適用。作者的自我評價中，既有成功的經驗，也有失敗的教訓，如茅盾在《第一階段的故事》後記中就毫不掩飾地進行自我批評：「我得坦白自承：寫到一半時，我已經完全明自，我是寫失敗了。失敗在內容，也在形式。內容失敗在哪裡？在於書中只寫了上海戰爭的若干形形色色，而這些又只是一個個畫面似的。整個上缺乏結構，在於書中雖亦提到過若干問題，而這些問題是既未探入，又發展得不夠的；最後，在於書中的人物幾乎全是『沒有下落』的。撇開其他原因不談，單是這幾點，已經足使這一本書不大能為那時的香港讀者所接受了。至於形式方面的失敗。更為顯著，這裡也不必多說。」（《第一階段的故事》後記）這樣的例子不勝枚舉：「我很能知道自家的缺點：這本小東西里面太缺少藝術成分，技巧大半都不大高明。對於人物的把捉，故事的穿插，往往都現得笨拙。有些地方敘述得太多，描寫得太少。」（葉紫《豐收》自序）「寫完《雷雨》，漸漸生出一種對於《雷雨》的厭倦。我很討厭它的結構，我黨出有些『太像戲』了。技巧上，我用的過分。彷彿我只顧貪婪地使用著那簡陋的『招數』，不想胃裏有點裝不下，過後我每讀一遍《雷雨》便有點要作嘔的感覺。我很想平鋪直敘地寫點東西，想敲碎了我從前拾得那一點點淺薄的技巧，老老實實重新學一點較為深刻的。」（曹禺《日出》跋）「《給〈一個兵和他的老婆〉的作者》擬原書的口語體，可惜不大象。《給亡婦》想試用不歐化的口語，但也沒有完全如願。《你我》原想寫一篇短小精悍的東西；變成那樣尾大不掉，卻非始料所及。但是以後還打算寫寫這類文法上的題目。《談抽煙》下筆最艱難，八百字花了兩個下午」（朱自清《你我》自序）。

當然，作家在對作品進行自我評價時，往往更加側重於對意義的強調和

彰顯，例如魯迅對《阿 Q 正傳》意在「寫出一個現代的我們國人的魂靈來」的闡發；茅盾對《子夜》試圖用小說的形式回答托派，「中國沒有走向資本主義發展的道路，中國在帝國主義、封建勢力和官僚買辦階級的壓迫下，是更加半封建半殖民地化了」的創作意圖的強調；郁達夫對《沉淪》主題「對帶敘現代人的苦悶，——便是性的要求與靈肉的衝突」的概括；以及胡適對《嘗試集》多番修訂，對「胡適之體」的論述等等。這種自我詮釋與自我建構或直接或間接地對讀者、批評者、研究者產生深遠影響，甚至成為一手材料與權威論斷進入文學史。尤其是隨著現代作家逐漸離我們遠去，斯人已逝，他們留下的這些隻言片語就尤其珍貴。後文將重點論及，此處就不再贅述。

第二章　閱讀批評視閾中的創作序跋

　　很多時候，對於讀者、批評者而言，創作序跋是作者為其悉心開啟的一扇窗口。艾布拉姆斯在《鏡與燈——浪漫主義文論及批評傳統》一書中提出了文學批評的四大要素，即作品（work）、宇宙（universe）、作家（artist）、讀者（audience），創作序跋恰恰是聯繫著以上四者的最大的關係場，它是作品的有機組成部分，是外部世界的反映與表達，是作者自我闡釋的特殊形式，是讀者、批評者進入作品、瞭解作者的重要門徑。在讀者的閱讀接受中，創作序跋之於作家不僅僅是與讀者之間的一次「傾心的筆談」，作家作為「第一讀者」，不但通過創作序跋等方式的自我闡釋積極參與到引導讀者閱讀，闡發作品意義的審美過程中，還往往擔負著作家形象建構的重要使命。作家在創作序跋中或直接或間接地發洩對批評家的不滿，在現代作家序跋寫作中屢見不鮮，在這種不滿與抱怨的背後，卻恰恰彰顯出創作序跋的另一重要意義，即其所承載的作家對與批評家之間彼此理解交流的渴望。創作序跋為研究者走近作家作品提供了重要的契機，成為批評者理解作家創作理路的重要向度。而如何展開「有效」的文學批評，提升文學批評的公信力，則是當代學者需要認真思考的問題。

第一節　不止是「傾心的筆談」

　　英國作家蘭姆曾以切身經驗指出「一篇序言也不過是與讀者的談話而已」，很多現代作家也樂意將創作序跋看作是與想像的讀者之間的一次「傾心的筆談」，只不過，在讀者的閱讀接受中的不經意間，作家不僅作為「第

一讀者」，通過創作序跋等方式的自我闡釋積極參與到引導讀者閱讀，闡發作品意義的審美過程中，而且創作序跋的書寫往往還擔負著建構作家形象的重要使命。

一

作為二十世紀六七十年代以德國學者姚斯和伊瑟爾等為代表新興的一種研究方法與思潮，接受美學將讀者納入文學研究的重要對象，以讀者為主體和中心重新審視文學史和文學作品，對文學理論和文學史研究方法的變革均產生了重要影響，尤其是對傳統闡釋中的以「作者」和「作品」為中心進行了反撥。然而，在論及讀者的接受反應批評時，卻往往忽略了一位特殊的「讀者」——作家本人。

姚斯在描述讀者的閱讀接受過程時曾提出「第一讀者」的概念，「第一個讀者的理解將在一代又一代的接受之鏈上被充實和豐富，一部作品的歷史意義就是在這個過程中得以確定，它的審美價值也是在這個過程中得以證實。」〔註1〕什麼樣的讀者才能稱得上「第一讀者」，對此姚斯並沒有作出明確的界定，從閱讀的順序上，作家本人無疑是毫無疑問的「第一讀者」。然而，正如有學者所指出的「所謂『第一讀者』，並不是指第一個接觸到作品的那位讀者，不論是作家、選家還是評家，儘管其確實是作品的最初接受者，但倘若他並沒有對作品留下影響後人的獨特闡釋，他在實際上就沒有真正進入接受史。所謂接受史上的『第一讀者』，是指以其獨到的見解和精闢的闡釋，為作家作品開創接受史、奠定接受基礎甚至指引接受方向的那位特殊讀者。」〔註2〕正是在這以維度上，創作序跋在接受史中顯示出重要的意義。如梁啟超所言「若必不獲己者，則人知我，何如我之自知？」〔註3〕創作序跋中的自我闡釋作為文學闡釋鏈條中的第一環，其對價值和意義的言說，對文學作品的傳播與接受，都具有舉足輕重的影響，同時也是關涉中國現代文學史「經典」形成的重要因素，其重要性不容忽視。

〔註1〕〔德〕H.R.姚斯、〔美〕R.C.霍拉勃《接受美學與接受理論》，周寧、金元浦譯，瀋陽：遼寧人民出版社，1987年，第24～25頁。

〔註2〕陳文忠《中國古典詩歌接受史研究》，合肥：安徽大學出版社，1998年，第64頁。

〔註3〕梁啟超《三十自述》，劉夢溪主編《中國現代學術經典・梁啟超卷》，石家莊：河北教育出版社，1996年，第726頁。

二

「假如你吃了一個雞蛋，覺得味道不錯，何必要去看看那隻下蛋的母雞呢？」錢鍾書機警詼諧地這一問可能道了不少作家的心聲，希望讀者更多地關注自己的作品而非其他。然而，對於很多讀者來說，只讀作品不識作者，只品嘗美味的雞蛋而完全拋開下蛋的雞，恐怕是不現實的。「知人論世」是中國傳統文論的重要方法，強調要瞭解一個作家的作品，必先要瞭解作者的生平觀念等等，如楊絳在《事實—故事—真實》中指出的「故事如寫得栩栩如生，喚起了讀者的興趣和共鳴，他們就……竭力從虛構的故事裏去尋求作者真身，還要掏出他的心來看看」。讀者們總想獲得更多的正文之外的信息，「著者說他自己的生活，怨恨，喜樂與憂患的時候，他並不使我們覺得厭倦。……因此我們那樣的愛那大人物的書簡和日記，以及那些人所寫的，他們即使並不是大人物，只要他們有所愛，有所信，有所望，只要在筆尖下留下了他們自身的一部分。若想到這個，那庸人的心的確即是一個驚異。」（Anatole France）現實生活中的真相是，讀者在閱讀了作品後，會產生好奇而對作家更加關注，不僅關注下蛋的母雞，甚至好奇母雞下蛋的過程，期待瞭解作品寫作的緣起、創作經過等諸多書外邊的內容。這種好奇與期待往往會將讀者對文本的喜愛為「延伸」至創作者，如博爾赫斯所說「被人愛上可能和作品無關，而是因為某種親密的東西」。而對創作者的喜愛反過來又會「延伸」至作品。

而創作序跋就是促進讀者對作者的親近感有效延續的重要方式和手段。如詩人陸志韋在《渡河》的自序中曾對作序的用意給予闡發：「我常說作序的本意，為要使讀者認識作者的生平。因為作者的主張，尋常人看了他的著作，大概不致有所誤會。至於他為什麼有這種主張乃是極隱極微之事，有時連作者自身都不曾領會，不過總比他人明瞭些。我這一回所發表的是感情的文字，更不容不把我寫詩的背景坦白的陳述一番。這算是自寫供狀，決不是自登廣告。」〔註 4〕創作序跋中作者「自寫供狀」所散發的文如其人的「現場感」，真實而親切地向讀者展現出一個個鮮活的作家面影，而讀者也往往更容易接受創作序跋中所建構的充滿個性魅力的作家形象，這一形象的建構與接受過程本身就具有社會學與心理學的雙重意義。正因如此，作家們往往十分重視創作序跋中的自我形象建構。

〔註 4〕陸志韋《渡河‧自序》，上海：上海亞東圖書館，1923 年，第 3 頁。

但是有一點需要明晰的是，現實中的作家和作品中的作家並不能完成等同。很多情況下，作家的自我闡釋會將自己的現實人生與創作人生分裂開來，甚至用截然相反的價值系統來彌補自己人生的某些不足之處。例如寫出「冬天來了，春天還會遠嗎」這樣美麗詩句的雪萊，被拜倫盛讚為「最無私而善良的人，比我知道的任何人都更能為別人而犧牲自己的財富和感情」的雪萊，在現實生活中卻十分不堪，甚至被至親視為惡魔。因此，對創作序跋價值的強調，並非是簡單地認同「文如其人」，作家虛實相生的自我詮釋同樣需要讀者的悉心辨別。

例如，現代作家通過序跋、自敘傳、散文等帶有「紀實」色彩的作品，建構起現代知識分子困厄傾頹的生存語境。包括魯迅在《吶喊》自序中對「從小康人家而墜入困頓」的家庭變故的描述與對棄醫從文的個人心路歷程的剖析，《朝花夕拾》中對世態炎涼與飽受侮辱的慘傷童年記憶的舊事重提，以及《野草》中對苦悶人生、灰暗命運的冷峻呈現等等，「時常躲在黑暗的角落裏冷笑」的魯迅，對人生苦難精神底色的書寫可以說是貫穿始終的。諸如此類的「痛說革命家史」「直面慘淡人生」的自我詮釋，在現代作家的個人敘事中屢見不鮮。「我們的物質生活簡直像伯夷叔齊困餓在首陽山上」，郭沫若在長達萬言的書信《孤鴻——致成仿吾的一封信》中，可謂寫盡貧困潦倒、飢餓絕望，其「萬事都是錢。錢就是命！」〔註5〕的喟歎令人感慨。而現代都會主義作家穆時英在《白金的女體塑像·自序》裏則以「在生命的底線上游移著的旅人」自喻，《父親》《舊宅》《第二戀》等帶有自敘傳色彩的小說都在訴說著同一個主題，即生存的不易。

與文學世界所摹寫詮釋的困厄慘淡、水深火熱的「生之艱」相比，近年來研究者從經濟視角對民國生存語境的重構，則顯示出另外一番面貌。1990年代以來，以陳明遠為代表，重新審視現代知識分子生存語境的系列研究成果，包括《知識分子與人民幣時代》（2006）、《文化名人的經濟背景》（2007）、《文化人的經濟生活》（2010）、《魯迅時代何以為生》（2011）等，在讀者中引起強烈反響。這些研究旨在從經濟視角入手考察文化人生活、瞭解現代知識分子生存發展，不僅為讀者瞭解二十世紀二三十年代文化人的生活細節、經濟狀況與社會生活提供全面、翔實的史料，更提示研究者對民國知識分子生

〔註5〕郭沫若《孤鴻——致成仿吾的一封信》，《郭沫若全集》（文學編 16 卷），北京：人民文學出版社，1989 年，第 9 頁。

存環境與地位的重新考量。「魯迅、胡適、蔡元培為首的一批文化名人的生存狀況真如我們想像中那般清貧嗎？他們的收入從哪裏來？他們怎麼養活一家老小？」《文化名人的經濟背景》一書在「內容簡介」中提出了上述質疑。可以說，對讀者「想像」的質疑，既是著者立論謀篇的出發點，也是發掘、運用史料的一個重要維度。在這一基礎上，書中對民國知識分子的經濟狀況與生存狀態作了相當細緻的考察，尤其是對「年可坐得版稅萬金」的魯迅的生存「真相」的披露頗具顛覆力：魯迅愛逛琉璃廠、淘古物字畫，愛吃館子、擺酒席，孝敬老母，資助親友，前期在北京住四合院時就雇用女工和車夫；後期在上海住大陸新村三層樓房，他和許廣平、幼子海嬰三人更雇有兩個女傭，晚年全家經常乘出租車看電影、兜風、赴宴席；魯迅經濟獨立以後，開始每個月給浙江家人五六百塊錢的資助。這筆錢，大致相當於當時 100 個三輪車夫一月的收入；魯迅在 1919 年和 1924 年買過兩個四合院，一大一小，大者 3500 元，小的 1000 元……如此優越的物質生活條件，如此闊綽休閒的日常生活，既與魯迅筆下詮釋的「生之艱」迥然不同，更與很多讀者心目中的那個「荷戟獨彷徨」「怒向刀叢覓小詩」的魯迅形象大相徑庭。

再如，魯迅所展示的棄醫從文這段心路歷程的真實性，近年來也頗受學者質疑。魯迅踏上文學道路緣自其日本仙臺讀書期間作出的「棄醫從文」的抉擇，這在中國幾乎是婦孺皆知的「常識」：魯迅在課堂的幻燈片中看到同胞被日軍砍下頭顱來示眾，而作為看客的卻是體格健壯、「顯出麻木深情」的「許多久違的中國人」，從而猛然醒悟「醫學並非一件緊要事……我們的第一要著，要在改變國民的精神，而善於改變精神的是，我那時以為當然要推文藝」（魯迅《吶喊》自序）。於是魯迅毅然決定退學，棄醫從文，投身於轟轟烈烈的新文化運動中。然而，直接導致這個抉擇的「幻燈片事件」卻屢次受到學者質疑，日本魯迅研究專家竹內好率先在專著《魯迅》中明確地表達了對魯迅自身表白的疑問，認為其仙臺時期的「棄醫從文」具有很大的虛構性。之後這一觀點獲得不少日本研究者的認同，據調查在魯迅當年就讀的日本東北大學醫學部，當時放映的那組幻燈片已經找到，卻獨獨失落了魯迅所描述的那一張，「幻燈片事件」也因此被視為「魯學」的「第一大神話」，因為「這張虛構出來的幻燈片具備了『聖人傳說』所需要的一些基本要素：示眾者／看客；啟蒙者／蒙昧的眾生；墮落／拯救……」〔註 6〕。「幻燈片事件」與「棄醫從

〔註 6〕張閎《走不近的魯迅》，載《橄欖樹》，2000 年第 2 期。

文」均出自魯迅在《吶喊》自序中的記敘，向來被文學史作為理解作家思想軌跡、創作理路的一手材料被反覆徵引，這樣的質疑雖然尚未有效驗證其真偽，卻在一定程度上極大地顛覆了創作序跋尤其是作家自述的「紀實性」。

長期以來，創作序跋常常被視為具有天然「真實性」的文本，讀者也往往習慣於從中來獲得對作家作品的更為「私人化」的瞭解，但是現代知識分子在創作序跋寫作中、往往充滿著對自我形象、作品意義的多重想像與建構。正因如此，閱讀者如果將創作序跋中所呈現的這些「被詮釋」的「自我」，視為不證自明的生活「真相」，並將其與客觀現實一一對應坐實，以期獲得對作家與作品的深入認知時，所得出的結論可能恰恰與史實相去甚遠。

第二節　批評視閾中的創作序跋

作家與批評家之間的齟齬由來已久，作家在創作序跋中或直接或間接地發洩對批評家的不滿，在現代作家序跋寫作中屢見不鮮，在這種不滿與抱怨的背後，卻恰恰彰顯出創作序跋的另一重要意義，即其所承載的作家對與批評家之間彼此理解交流的渴望。創作序跋為研究者走近作家作品提供了重要的契機，成為批評者理解作家創作理路的重要向度。

一

作家與批評家之間的齟齬可謂淵源有自，如魯迅所言「創作家大抵憎惡批評家的七嘴八舌」〔註7〕，哥倫比亞作家馬爾克斯也曾表露自己對文學批評的不滿，「我有一個觀點，也許對文學批評很不公正。我認為文學批評界總是使我感到非常失望，包括『最善意的批評』。面對某些批評，我常常感到它沒有傳達出我希望傳達的東西。在這種時候，我總是問自己批評的功用是什麼，我不清楚它是什麼……我對批評家想插在作家和讀者之間幫助他們完成他們的任務，對批評家猜解作品的能力表示非常懷疑。」〔註8〕二十世紀文論中，作者中心論受到顛覆，更加強調批評的獨立性，甚至宣告文本與作者無關，文本的意義必須借助讀者、批評家方能顯示出來，作家與批評家之間的矛盾進一步激化。

〔註7〕魯迅《批評家與創作家》，載《申報‧自由談》，1934年8月23日。
〔註8〕馬爾克斯《兩百年的孤獨——加西亞‧馬爾克斯談創作》，朱景冬譯，昆明：
　　　雲南人民出版社，1997年，第92、134頁。

　　巴金寫於 1933 年 10 月的《將軍集》後記，十分形象地反映出作家與批評家之間的「不和諧」：「我寫短篇小說不過是近兩年來的事情，也曾出過三本集子。在量方面是不多的，而且在我的作品裏面這也只能算極小的一部分，但我為它們而挨的罵卻似乎不少了。不知怎樣那些在南北各日報附刊上面寫讀後感的批評家之流就常常喜歡拿一個短篇來代表我的思想，從而大發一番議論。其實我在藝術方面是一個毫無修養的人，和那些批評家完全不同；我沒有能力在一篇短篇小說裏就把我的宇宙觀、人生觀以及我對於種種問題的觀念全部寫出來或者暗示出來，這是沒有辦法的事，因為我根本就沒有批評家們所具有的那種天才。自然為了不要折磨天才的頭腦的緣故，我似乎不應該再把小說集拿來出版。既然冒昧地出版了，就應該挨天才們的罵。」「我從沒有一個時候敢說我的小說寫得好，而且當一些不曾讀過我的作品的新朋友當面客氣地稱讚我的小說時，我也只會紅臉，只會覺得有些難受。近來有過一次覺得那些天才的批評家實在糾纏得有些令人討厭了，就差不多要發誓說，以後不再寫小說，尤其不寫短篇小說了。但最近因了偶然的機會得與一些批評家和教授稍微周旋了一下，尤其是前些時候讀到一篇名教授的《文學雅俗觀》和前兩天在一個宴會裏恭聆了一位剛從四川參加了科學社年會回來的植物學家兼文學家的名教授的教益以後，就覺得我的小說還應該寫下去，如果沒有別的原因，單為了使教授們不舒服，我就應該寫小說，讓他們看見斯文掃地而歎息；單為了使批評家們不舒服，我就應該寫短篇小說，讓他們在幾千字的文章裏吃力地去找尋作者的宇宙觀、人生觀。」〔註9〕在這裡，作家所不滿的正是批評家斷章取義對作家創作思想的妄度與揣測。因此，胡適先生在《四十自述》的「自序」大力呼籲三四十歲的朋友寫自傳進行自我闡釋，寫出促成歷史事件的「心理的動機，幕後的線索和站在特殊地位的觀察」。其理由正在於，「我們赤裸裸地敘述我們少年時代的瑣碎生活，為的是希望社會上做過一番事業的人也會赤裸裸地記載他們的生活，給史家做材料，給文學開生路。」（胡適《四十自述》自序）

　　作家在創作序跋中或直接或間接地發洩對批評家的不滿，在現代作家序跋中屢見不鮮，在這種不滿與抱怨中，卻恰恰彰顯出創作序跋的另一重要意義，我想，就在於其背後所承載的作家對與讀者、批評者之間彼此理解交流

〔註9〕巴金《將軍集·後記》，《巴金全集》（第 10 卷），北京：人民文學出版社，1989年，第 163～164 頁。

的渴望。面對羅蘭・巴特「作者已死」的衝擊，重申中國古典文論「知人論世」的批評理路是十分緊迫而必要的。「不瞭解我的生活經驗，不明白我的創作甘苦，怎麼能夠『愛護』我？！……作家也有權為自己的作品辯護……」「研究者們總是用他們自己的目光和觀點來揣測我們，怎麼可能做到準確和恰當呢？」「最好有那樣的文章：對你的作品有充分的理解，理解你的寫作意圖和追求以及寫作的可能性」……無論是巴金的呼籲，還是馬原的質疑，以及阿來的期盼，都不約而同地將癥結指向批評者對作家的隔膜與忽視。正是在這一意義上，創作序跋為研究者走近作家作品提供了重要的契機，成為批評者理解作家創作理路的重要向度。

尤其需要強調的是，批評者對作者創作理路的關注與「新批評」所指謫的「意圖謬見」、「創作謬誤」並不矛盾，而且作家自我詮釋的主觀性與文學作品文本呈現的客觀性之間構成的潛在「張力」與「互文性」，恰恰為文學批評提供了富有價值的線索和可供闡釋的空間。更為重要的是，一個對批評對象身懷熱忱與敬意的批評者，其所發出的往往是有「溫度」的批評，也更容易切中肯綮洞悉文本的幽微。我們在向那些堅持與作家拉開距離以保持批評的純粹性的批評家致以深切敬意的同時，對批評家積極「介入」批評對象，由「瞭解之同情」而生發出的充滿活力的批評文字應有新的體認。這種對話與介入也許依然無法消弭其中的隔膜，但批評者直抵精神世界深處的批評訴求所流溢的人性光彩，卻恰恰揭示了文學的本體意義與魅力所在。

二

學院批評，依照法國著名文學批評家阿爾貝・蒂博代（Albert Thibaudet）在《六說文學批評》中對文學批評模式的分類，屬於以大學教授為批評主體的「專家批評」。在相當長的時間裏，學院批評都是文學批評的主體，作為批評者的教授專家們不僅具有良好的學術素養和敏銳的學術眼光，而且具有深厚的人文底蘊和開闊的歷史視野，從而在文學批評中佔有明顯的優勢甚至一度「稱雄評壇」。但是，隨著時代的變遷，政治、經濟體制的變化以及文學傳播與接受機制的變化，囿於「自己的園地」的學院派批評，日益與社會脫節而變得孤芳自賞不合時宜，甚至成為了僵化、學究氣的代名詞。

「批評家尤其喜歡借用不同學術領域的理論來解釋小說，甚至簡單的敘述性的話都能解釋的東西，偏偏用非常抽象的術語或者套話，挾學院所謂的

權威優勢來宰割作品。」〔註 10〕作家張大春在《小說稗類》中這段話可以說代表了很多作家對學院批評的看法。而讀者對於學院派的不滿更是比比皆是：「搬弄西方學術名詞、話語呆板、枯燥、乏味、行文程式化、規整化、學究氣濃厚、堆砌時髦的學術名詞，卻未擊中要害，沒有思想深度、沒有銳氣、沒有鮮明的立場、沒有獨到的學術見解、沒有對作品文本的針對性、行文空洞、沉悶。」〔註 11〕甚至很多學者也敏銳地指出其弊端：「學術研究的新模式化的產生和僵化，進而導致批評的學術活力和思想力量的真正喪失」〔註 12〕……學院批評一度四面楚歌，更為嚴峻的是，逐漸喪失了面對鮮活的文學現場與紛紜的文學現象的能力。文學批評的當下價值體現在對正在發生的文學事實的介入上，而恰恰在這方面，學院失去了「介入當下」的力量，對當下的作品難以發出自己的聲音，學院在文學批評中的失語使其不再具有曾經的號召力與影響力而被日益邊緣化。

筆者在對這一問題進行的思考時候，聯想到媒體上曾經對於趙本山舌戰教授的相關報導，感慨良多。2010 年由中國電視藝術家協會主辦的《鄉村愛情故事》研討會在北京召開，趙本山攜主創人員與二十多名來自文化界和影視界的專家學者見面。在研討會進行過程中，原本聲稱要聽批評和提醒、「抵抗力很強，非常能接受批評」的趙本山，當中國傳媒大學教授曾慶瑞直言不諱地展開批評時，卻大動肝火惡語相向，甚至將前者的發言視為「吃了就會死」的「毒藥」，使研討會一度陷入僵局。趙本山與曾慶瑞教授之間的衝突是非常具有代表性的，可以說是大眾文化和精英文化之間的一次激烈交鋒，其背後凸現的正是學院批評在「介入當下」的過程中無法逾越的三大障礙。

首先是批評如何與大眾實現有效對話的問題。趙本山希望在研討會上傾聽學者教授的批評，以提升喜劇創作的態度和出發點應該說都是好的；而曾教授以學者的身份從文學批評的角度對本山喜劇的批評質疑以及對農村題材電視劇的期望，同樣有理有據無可厚非。但是，二者之間卻遺憾地無法形成有效的對話。令趙本山震怒的實際上是曾教授對《鄉村愛情故事》的這段批

〔註10〕張大春《說稗》，《小說稗類》，桂林：廣西師範大學出版社，2004 年，第 1 頁。

〔註11〕陳競、金瑩《學院批評：如何批評，怎麼說話？》，載《文學報》，2010 年 1 月 12 日。

〔註12〕劉中樹、張學昕《總序》，張學昕《話語生活中的真相》，長春：吉林出版集團有限公司，2009 年，第 1～2 頁。

評:「電視劇繞開真正的現實生活走,其實是一種偽現實主義。……本山應該抓住更廣博、更深層東西,敢於揭示現實生活矛盾、衝突,這樣的作品才能流傳下來,長留藝術史。……本山先生要追求更高尚的境界和更博大的情懷。當以追求高雅、崇高為目標和境界。」不難看出,曾教授的批評使用的是學術術語,而且由於會議發言的限制無法將立論完成展開,落到實處。可能正是「偽現實主義」、「高雅」、「崇高」這些的標籤化字眼,以及「應該怎樣」的說教方式,讓趙本山無法接受。他在隨後的發言中強調「我想聽一點善意的話,別玩深刻。」當然,深刻的並非就是不善意的,但對於趙本山這樣的非學者來說,曾教授稍顯「深刻」的形而上的學院批評話語顯然是「曲高和寡」。從趙本山隨後的回應來看,他並沒有聽懂曾教授使用的學術術語,把「生活的真實」理解成對農民實際生活的熟悉,從而重申自己立足農村題材的創作理念,將對話引向雅俗孰優孰劣的無謂之爭。兩人的發言明顯不在一個層面上,實際上沒有形成有效的對話與交鋒,這也是造成此次衝突的一個重要原因。

如何展開「有效」的文學批評,這是當代學者需要認真思考的問題。文學批評與大眾的融合,當然不是降低批評的尺度以俯就大眾的鑒賞水平,批評者追求的應是如何「提高」大眾的鑒賞水平,而不是如何「適應」讀者的鑒賞水平。但是在學理辨析的同時,也需要摒棄言不及物、自說自話的陋習,注意語言溝通的層次和邏輯。如批評家謝有順所指出的,「就一種批評品質而言,以學院為基礎的重視學理的話語方式,自有其獨特的價值。但重學理,並非就拒絕讀者,以堆砌術語為樂——這不過是學院批評中最沒有創造性的一部分。」〔註13〕批評者只有嘗試使用普通讀者能夠理解的語言,才能有效地將自己的研究成果傳播出去。當然,這決不意味著文學批評為吸引讀者側目而刻意媚俗,跟風甚至炒作。

其次是學院派批評如何堅守批評的獨立品格問題。面對趙本山充滿挑釁羞辱的質疑:「不如您自己寫個劇本,自己拍一個,假如您拍的那個收視率比這個高,我當時就給您跪下」,也許不妨再重溫魯迅關於批評家的一段話:「我想,作家和批評家的關係,頗有些像廚師和食客。廚師做出一味食品來,食客就要說話,或是好,或是歹。廚師如果覺得不公平,可以看看他是否神經

〔註13〕謝有順《如何批評,怎樣說話?——當代文學批評的現狀與出路》,載《文藝研究》,2009 年第 8 期。

病，是否厚舌苔，是否挾夙嫌，是否想賴帳……但是，倘若他對著客人大叫道：『那麼，你去做一碗來給我吃吃看！』那卻未免有些可笑了」〔註14〕。當批評家從自己的園地中突圍並積極地介入當下時，還要時刻提醒自己保持理性、自由的批評姿態，一個批評家應當誠實於自己的恭維，也要誠實於自己的揭露，「介入的批評」應當是一種生氣勃勃、堅持理想、勇於承擔，決不放棄批評的基本責任的姿態　。無論何時，作為批評者都要堅守其文學批評的獨立品格，破除「權威崇拜」與「市場崇拜」，不因外界的干擾而改變評論的尺度。

　　身處「愛面子」的社會氛圍，在一片叫好聲中發出「惡聲」，既是批評者的真誠流露，更表現出其捍衛學術獨立品格的勇氣。正因如此，曾教授雖然在研討會中遭遇「批評發難者」的尷尬處境，但其切中肯綮的批評意見與仗義執言的批評風骨卻收穫了眾多贊同。不少學者在隨後的發言中就呼應了曾教授的觀點，而根據鳳凰網的民意調查，有 66%的網友認同曾教授的批評。曾教授的批評建議不僅是為當下的文學創作把脈開方，其「堅持自己的原則，看到不好的就要提出批評」的批評立場也提示廣大批評者堅守文學批評的準則。以之反觀當前的某些作品研討會，往往開到最後就開成了「捧場會」，充斥其中的那些立足於吹捧的隨聲附合，以及不痛不癢敷衍塞責的批評，不僅使嚴肅的文學討論變成了毫無意義的過場，也惡化了文學批評的生態環境。

　　這就涉及本文要探討的最後一個問題，即如何提升文學批評的公信力。批評者誠然有批評的權力，被批評者自然也有拒絕批評的權力，令人無法接受的是趙本山在反駁中流露出的對專家教授們的輕蔑與不屑：「我也最恨那些自命不凡、認為自己有文化的，而實際在誤人子弟的一批所謂教授」，「有些專家和教授就是靠質疑和批評別人吃飯的，如果叫他們不批評別人，可能他們就沒飯吃了」；那「必不容反對者有討論之餘地」的霸道：「農村到底什麼樣？您去沒去過？您體驗過嗎？假如沒有發言權的話，那考慮好再說」。趙本山居高臨下舌戰教授，反映出的決不僅僅是被批評者要有胸襟和氣度的問題，更為當代文學批評的發展敲響了警鐘，無情地暴露了學院知識分子的尷尬處境。

　　外在的垢病昭示的是內在的病灶，不得不承認，當代文學評論者的影響力日益衰退，昔日擔當著發掘作家的「伯樂」與人文精神的「守夜人」的雙

〔註14〕魯迅《批評家與創作家》，載《申報·自由談》，1934 年 8 月 23 日。

重身份的評論家們，在新時期卻被庸俗化、功利化的文學批評敗壞了聲譽。一方面，隨著學術的體制化發展，學位制度、職稱制度、崗位制度的完善，使學院派知識分子日益淪為學術的奴隸。知識分子們為了各種量化的指標而疲於應付，落入了為批評而批評的怪圈。研究者既無暇對具體的文學作品進行認真研讀，又無力對當下的文學創作提出有建設性的指導意見，其批評往往隔靴搔癢，空洞無物，只剩下學術名詞的堆砌，炮製出了大量沒有創造力的學術垃圾。加上社會上流行的紅包批評、人情批評等現象，文學批評變成沒有風骨的附庸，甚至這都使得批評家們逐漸失去了大眾對他的期待與尊重。另一方面，從主觀的角度看，學院知識分子在世俗的壓力下主動放棄了對文學與文化的擔當，自甘平庸地按照世俗的標準進行自我塑造。學術研究從精神世界的退場，精英意識的逐漸消退，實際上也是整個人文知識分子共同面臨的尷尬處境。因此，文學批評公信力的提升與重塑，需要文學批評環境的淨化以及社會各個方面的共同努力，而文學批評者只是其中的一元，如果不考慮這些因素而一味要求批評者如何如何，肩負其無法承受的重負，無疑是一種苛責。作為人文精英知識分子參與言說的重要方式之一，學院批評所面臨的困境與發展說到底體現的是知識分子何為的深層命題，而一個健康的學術批評場的建構則需要幾代知識分子的共同努力，任重而道遠。

第三節　序跋媒介與中國文學的海外傳播

　　作為一種跨語境的異質傳播，中國文學的海外傳播更加依賴於海外讀者的接受與認同，這也就對作品的推介與宣傳提出了更高的要求，在這方面序跋凸顯出特殊的詮釋力與影響力，成為承載著作者詮釋、譯者推介以及批評者評論的多重媒介和互動語境，多方位拓展閱讀視野的同時引領異域讀者的閱讀期待與價值認同。在中國文學海外傳播的宏大框架下，序跋媒介研究不僅具體而微，更與當下現實密切相關意義深遠，目前學術界的相關研究還十分有限，序跋在文學海外傳播方面的媒介功能亟待進一步開掘與探討。

　　中國文學的海外傳播之路可謂任重道遠，與其自身的豐富性和多樣性相比，中國文學在海外傳播的深度和廣度上都相差甚遠。作為一種跨語境的異質傳播，中國文學的海外傳播更加依賴於海外讀者的接受與認同，這也就對作品的推介與宣傳提出了更高的要求，在這方面序跋凸顯出特殊的詮釋力與影響力，在海外傳播過程中發揮著尤為關鍵的作用。序跋作為文學作品的重

要組成部分，由於其往往由作者的自序自跋、譯者的序言附記以及批評者的相關評論文字共同構成，從而成為承載著作者詮釋、譯者推介以及批評者評論的多重媒介與互動語境，多方位拓展閱讀視野的同時引領異域讀者的閱讀期待與價值認同。在中國文學海外傳播的宏大框架下，序跋媒介研究不僅具體而微，更與當下現實密切相關意義深遠，目前學術界的相關研究還十分有限，序跋在文學海外傳播方面的媒介功能亟待進一步開掘與探討。本文即以中國現當代文學作品中的序跋文作為重要考察對象與切入視角，關注序跋的媒介功能，進而嘗試多方面提升中國文學的文化闡釋力與國際影響力。

一

　　創作序跋在作品文本中佔據著一首一尾的顯赫位置，這也就注定了其在有意無意間發揮著開宗明義、先聲奪人、引人入勝的媒介功能，如作家所言「在書上加一篇序或跋就像打開門招呼客人，讓他們看見我家裏究竟準備了些什麼，他們可以考慮要不要進來坐坐。」〔註15〕而從讀者的閱讀接受角度，讀書先讀序跋，「一本新書只要翻翻序跋，甚至看一眼序跋的作者姓名，往往便能知道這書的大致風格、選題，判斷出它是否屬於你喜歡讀的或是否列入你的藏書範圍」〔註16〕，「愛讀序跋」可以說是很多讀者普遍的閱讀習慣。正因如此，在作品的傳播推介中創作序跋佔據著舉足輕重的地位，其價值和意義既如同拋磚引玉的微言大義，引人入勝，又如同畫龍點睛的神來之筆，別具匠心。

　　具體而言，創作序跋的功能首先表現為文本訊息的多元呈現。序跋中不僅有關涉作品的故事背景、人物簡介、情節提示，主題分析等「書裏邊」的種種內容，往往還引申出諸多「書外邊」的豐富內容〔註17〕，包括寫作緣起、作家生平、創作甘苦以及審美旨趣等一系列重要訊息。作家對於很多在正文中一時言之不盡的或者不便言說的訊息，最便捷的辦法就是「在自己的作品書前寫序、寫小引、寫前記，書後寫後記、寫附記、寫跋」等等，如此一來，不僅序跋中所傳達出的「書裏邊」「書外邊」的豐富信息與作品正文之間構成

〔註15〕巴金《〈序跋集〉再序》，巴金全集（第 16 卷），北京：人民文學出版社，1991年，第 319 頁。

〔註16〕徐少康《愛讀序跋》，載《山西日報》，1997 年 1 月 13 日。

〔註17〕周作人在《看雲集》的序文中從書寫內容的角度將序跋分為「書裏邊」與「書外邊」兩大部分。

千絲萬縷的「互文性」，而且序跋的「天然」寫實性與作品正文的文學性虛構性之間形成一種詮釋的張力，從而極大地拓展延伸了正文文本的豐富性。不僅如此，序跋之中各種訊息多元雜糅，「知人談書，回顧展望，有見地、有性情、有文采、可作文論讀，可作索引讀，可作傳記讀，更可作美文讀」〔註18〕，可謂眾妙畢備，無不對閱讀者、研究者構成巨大吸引。

其次，創作序跋的功能表現為創作情感的共享傳遞。優秀的序跋文尤其是作家的自序自跋，往往因展現了作家的心路歷程而被賦予了生命史的意義，這些序跋既是作家正文文本創作後的延續，又是歷經艱辛寫作後的完美謝幕，在這片「自己的園地」中，既有「得失寸心知」的有感而發，又有「不足為外人道」的喃喃自語；既有「多少工夫築始成」的真誠傾訴，又有「畫眉深淺入時無」的忐忑等待，成為作家自我言說、自我詮釋的重要載體。魯迅曾在自序中將「轉輾而生活於風沙中的瘢痕」〔註19〕一一呈現；郁達夫的序跋文更是概括了他多年來生活與創作的生命歷程，特別是其對二十年代的內心剖析與展示尤其令人動容；郭沫若同樣為自己的著譯寫下了大量序跋，這些撰寫於不同時期的序跋不僅是學習和研究郭沫若著譯的指南，也是瞭解郭沫若思想歷程的重要文本；巴金則將序跋文視為自己在不同時期的「思想彙報」，他指出「《序跋集》是我的真實歷史。它又是我心裏的話。不隱瞞，不掩飾，不化妝，不賴帳，把心赤裸裸地掏了出來」。〔註20〕正是在這一意義上，序跋文提供了一種自我詮釋的契機，使作者將帶有生命感悟的創作歷程向讀者娓娓道來，這些字宇間留下的纖微心痕令序跋文在讀者的閱讀接受中煥發出別樣的魅力。

最後，價值詮釋的意義認同是創作序跋功能的最重要表現。序跋文的價值詮釋一方面表現為對作品主旨的提煉與揭示，蕭乾曾指出：「寫序是作者的特權，也是他對讀者應盡的義務。最能闡明一部書的要旨及創作過程的，是作者本人。」〔註21〕巴金可謂是公認的執著序跋寫作的作家，而其不厭其煩

〔註18〕周作人《〈談龍集〉〈談虎集〉序》，載《文學週報》，1927年第14期。

〔註19〕魯迅《〈華蓋集〉題記》，劉運峰編《魯迅序跋集》（上卷），濟南：山東畫報出版社，2004年，第43頁。

〔註20〕巴金《序跋集·跋》，《巴金全集》（第16卷），北京：人民文學出版社，1991年，第337頁。

〔註21〕蕭乾《致沈惠民》，《蕭乾全集》（書信卷），武漢：湖北人民出版社，2005年，第736頁。

地的原因就在於「怕讀者看不出我的用意，不惜一再提醒，反覆說明」〔註22〕。正因如此，唐弢將序跋譽為「書的靈魂」，認為讀者往往通過讀序跋，「企圖由此領會全書的精神」〔註23〕。當然，價值詮釋最終指向意義的認同，特別是請名家、大家為作品作序，除了借助作序者的知名度與影響力對作品進行宣傳與推介外，還意在對作品正文進行由表及裏、由淺及深的意義詮釋，這不僅有助於讀者瞭解遣詞造句、謀篇布局的奧妙所在，還寄託著對讀者「知人論世」的期待，批評者之所以「尋繹再三，謬加評點」，其意正在「裨讀者藉知作者苦」（彭宗岱《盂蘭夢》跋）。文學創作與作家本人的生活思想和寫作背景有著十分密切的關係，尤其對於現代作家，知人論世更是理解其創作思路與學術理路的一種重要向度。從文本訊息的多元呈現，到創作情感的共享傳遞，再到價值詮釋的意義認同，序跋在作品的推介、詮釋到認同的傳播過程中可謂舉重若輕，意義深遠。

二

　　由於現代出版事業的發展，「五四」以後書籍出版大量增多，各種書籍的序跋文也應運而生呈現繁榮景象，如上所述，魯迅、郭沫若、郁達夫、巴金等幾乎所有的中國現代作家都「常常在『序』、『跋』上面花費工夫」，留下了數目不菲的序跋文；而另一方面，現代作家對自己作品的譯本序跋〔註24〕卻不甚重視，在譯本序跋的寫作上或者言簡意賅、惜墨如金，或者謙虛客套、過於拘謹，都使本應格外出彩的序跋文黯淡無光。最為典型的如《老舍劇作選》的越南文譯本序，全文僅 76 個字，不妨摘錄如下：「我寫話劇，是為了學習，所以到今天為止，還沒寫出一部出色的作品。《全家福》等四劇，得到譯為越南文的機會，引為榮幸，尚希讀者指教！」〔註25〕這篇類似外交辭令

〔註22〕巴金《序跋集・再序》，《巴金全集》（第 16 卷），北京：人民文學出版社，1991年，第 319 頁。

〔註23〕唐弢《書葉集・序》，姜德明《書頁集》，廣州：花城出版社，1981 年，第 1頁。

〔註24〕籠統所說的現代文學的譯本序跋，實際上分為兩類，一是隨著大量外國文學作品進入中國市場，現代作家在翻譯國外作品的同時，而產生的大量譯者自序和附記；二是中國現代文學作品被譯成外國文字進行海外傳播時，作家為自己的外文譯本所寫作的相關序跋，此處討論的即是後者。

〔註25〕老舍《老舍劇作選・越南文譯本序》，《老舍序跋集》，廣州：花城出版社，1984年，第 112 頁。

的序言簡短而平淡，乏善可陳，老舍堪稱一代幽默大師，《老舍序跋集》的編者在內容提要中這樣寫道：「老舍是現代語言大師，他寫的序跋同他的其他作品一樣，文筆優美、語言生動，幽默詼諧，自然成趣，既具有文學研究價值，又具有文學欣賞價值」〔註26〕，這一評價顯然不適用於老舍的上述譯本序跋。

而曹禺則在中外兩個版本的序言中對《雷雨》留下迥異的評價文字。「我愛著《雷雨》如歡喜在溶冰後的春天，看一個活潑潑的孩子在日光下跳躍，或如在粼粼的野塘邊偶然聽得一聲青蛙那樣的欣悅。……我對《雷雨》的瞭解只是有如母親撫慰自己的嬰兒那樣單純的喜悅，感到的是一團原始的生命之感」（《雷雨》序）。這份飽含作家溫度的赤誠與喜悅，在日譯本序中變成了寡味的謙遜之辭：「我並不認為自己是個劇作家，絲毫也沒想到自己的劇本會有人閱讀、搬上舞臺乃至譯成日文。……我是一個普通的人，只不過寫了一個普通家庭可能發生的故事而已。因此，即使它會引起日本朋友的注目，那無疑也只是暫時的，說不定他們將來會醒悟到這種做法的輕率，會發現選中這個作品本身就是一個大錯誤。我想，這部作品會像水草下的鳥影一樣飄然而過，也不知消失在何方」〔註27〕，諸如此類的語句在當時的譯本序跋中屢見不鮮。

現代作家的譯本序跋寫作往往在有限的篇幅中遵循著程式化的呆板模式，開場大抵是對「拙作」得以出版的由衷感謝，中間部分簡單闡釋作品的內容主旨等，最後是向譯者編者和讀者等的再次致謝，這樣的「八股文」寫作不僅束縛了寫作者的思維，也壓縮了序跋的媒介空間。而六、七十時代的譯本序跋，囿於政治環境等意識形態因素，作家在譯本序跋中的措辭格外謹慎，力求保持思想政治上的正確性。傅雷曾為《高老頭》的中譯本序「寫了一星期，幾乎弄得廢寢忘食，緊張得不得了」〔註28〕，這種「極難下筆」的情形同樣表現在外文譯本序跋的寫作上，以至於在一定程度上譯本序跋成為作家自我批判與檢討的平臺，這些打上了鮮明的時代烙印的序跋文，如法國學者伊夫·謝弗萊爾（Yves Chevrel）所言，成為「意識形態最為彰顯之處」〔註29〕，見證著作家

〔註26〕老舍《老舍序跋集·內容提要》，廣州：花城出版社，1984年。

〔註27〕曹禺《雷雨·日譯本序》，影山三郎《雷雨》，東京：汽笛出版社，1936年，第1頁。

〔註28〕傅雷《傅雷家書（增補本）》，北京：三聯書店，1984年，第345頁。

〔註29〕Yves Chevrel. Le texte étranger:la littérature traduite[J]. Précis de literature comparée, 66.

在時代壓力下的艱難書寫。諸多束縛限制之下的序跋文大多言辭謹慎，作家努力隱藏自己的聲音追求四平八穩，奢談個性與藝術魅力，又如何能夠打動異域讀者？

　　當然，即使拋開意識形態因素的影響，寫好序跋也並非易事，往往被認為是「費力不討好」的苦差事，就連很多文章大家也不免發出「作序之難誰人知」的慨歎，要「用盡了九牛二虎之力去寫一篇小小的小序」〔註30〕。而面對海外讀者的譯本序跋，對於寫作者自然就提出了更高的挑戰，在這方面國外一些經典譯本的作者序跋提供了重要的借鑒和參考，為我們展開了作家自我詮釋的「冰山一角」。巴西作家保羅・科埃羅（Paulo Coelho）所著的《煉金術士》（又名《牧羊少年的奇幻之旅》），是近年來銷售量最大的圖書之一，其作者科埃略更被譽為「唯一能夠與馬爾克斯比肩，擁有最多讀者的拉美作家」，該書的作者自序寫得十分精彩，向來為中國讀者津津樂道推崇備至。整篇序文通過自己的歷程，師父的講述，層層包裹，引領讀者探尋字裏行間若隱若現的人生哲理，進入奇幻之旅的旖旎風光。而更值得推薦的則是其英文譯本 *The Alchemist*（translated by Alan R. Clarke， HarperCollins Publishers，2002），該版本在編輯體例上十分完備，不僅包括正文之前的國際評論摘要（International Acclaim for Paulo Coelho』s *The Alchemist*）、作者自序（Introduction）、譯者自序（Prologue），還包括正文之後的讀者指南（A Reader』s Guide）、作者訪談（An Interview with Paulo Coelho）、近期小說評論（A Perview of Paulo Coelho』s Latest Novel），內容十分豐富，為讀者多方面地深入瞭解該作品提供了重要參考。其中作者自序部分尤為精彩，多方面顯示了自序文的媒介功能。一方面，自序文中作者一一列舉了外界對該書的高度評價，其中包括 Harper Collins 出版社、克林頓總統、好萊塢明星茱莉亞・羅伯茲、邁阿密街頭女孩等，可以說囊括了各個階層的讀者群。作者還不厭其煩地介紹該書的銷售情況，「目前已被翻譯成 56 種文字，已售出超過 2 千萬冊」。另一方面，作者並沒有侷限於此，接下來的篇幅便筆鋒一轉論及小說的主人公牧羊少年，進而指出了人類實現夢想的四大障礙。作者的巧妙之處在於，通過文中與讀者的潛在對話，將思考悄然指向小說正文的哲理內涵。科埃略的自序文並非字字珠璣，但文辭靈動自信而從容，汨汨流淌的話語悄然觸動著讀者的心緒。與此同時，所有的信息無不在向讀者昭示：這是一部世界級的暢銷

〔註30〕周作人《看雲集・自序》，上海：開明書店，1932 年，第 1 頁。

書，更是一部關於人生思考的哲理書，值得一讀不容錯過。

三

　　相形之下，中國當代作家的序跋寫作表露出較為明顯的單薄與不足。隨著中國的世界化進程，中國文學海外傳播的領域隨之日益拓寬，目前海外譯本的推介宣傳常常關涉到媒體評論、新書發布會（譯本推介會）、簽名售書等各個環節。表現在書籍作品的宣傳上，往往格外倚重翻譯家和漢學家的推介，大多凸顯了書籍中封面、腰封、封底上的評論文字，通過摘引各大媒體的評論要點宣示作品的獨特價值和意義，進而吸引讀者的興趣和目光。但是，恰恰序跋尤其是作家自序這一甚富成效的媒介平臺卻在很大程度上被忽略了。具體表現為：一方面，當代文學譯本中的作家自序自跋常常付之闕如，放棄序跋文中與讀者互動對話的機會，從傳播推介的角度，不能不說是一種資源的空置與浪費；另一方面，很多海外譯本的序跋寫作仍然沿襲程式化模式，既沒有面向海外讀者的針對性書寫，又侷限於對作品主題的解讀，並沒有更多的對「書外邊」的內容的生發，同時也沒有展示出的作家思想文筆的精彩之處，這些都在一定程度上弱化了序跋的媒介功能。

　　究其原因，形成上述現象的一個重要癥結就在於作家本人的不重視，或者說，作家對序跋所持的「偏見」，將序跋寫作侷限為吹捧拔高的畫蛇添足之舉。如當代作家阿來的作品就鮮有序跋，對此他表示「隨著現在出版業市場化的加劇，各種序言也跟著變了味，大多是溢美之辭，假如我自己作序，可能也會寫一些無原則的拔高，所以不想在讀者閱讀之前，先入為主加一些東西，導致大家都『俗』在一起」。〔註31〕試圖憑藉作品的「幽蘭之氣」滋養人心、打動世界，當代作家所秉持的嚴肅的創作態度令人敬佩，但這樣的堅持並不能成為拒絕序跋寫作的理由。事實上，阿來為散文集《大地的階梯》所作的後記以及小說集《舊年的血跡》所作的重版自序，恰恰是其作品中最為真摯、最能打動人心的部分之一，「文學、命運和人情世故」〔註32〕，在這些序跋文中表現得淋漓盡致，摹畫出一個「不為人知」的阿來，成為瞭解作家心路歷程的珍貴文本。無獨有偶，劉震雲在談及自己的創作體驗時，也多次

〔註31〕汪壽海《阿來：人是該對現實有疑問的，而不是順從這個世界》，載《烏魯木齊晚報》，2009 年 9 月 18 日。

〔註32〕坡坡《不為人知的阿來》，載《華西都市報》，2000 年 11 月 26 日。

強調「作家有沒有話說不重要，重要的是書中的人物有沒有話要說」〔註33〕。書中人物的話自然重要，作家的話同樣不容小覷，尤其是序跋文中作者的自我詮釋在海外傳播中具有別樣的意義。

　　著名藝術史家恩斯特・克里斯在《藝術家的傳奇》一書中提出了「藝術家之謎」的命題，他認為作家一方面被他的同時代人所評價，成為不斷被言說的對象，另一方面也通過自己的作品不斷進行著自我詮釋。而在諸多「環繞於藝術家的神秘光環和他所發出的不可思議的魔力」〔註34〕中，序跋文中的自我詮釋無疑是作家形象塑造過程中最為自然便捷的方式。從讀者閱讀的角度看，序跋既是正文本的延伸又是迥異於正文的別裁，作家卸下平日裏的莊嚴面孔以自語或聊天的口吻寫下的具有天然真實性的序跋文，對讀者往往有著別樣特殊的吸引力。可以說，讀者是帶著眾多期待進入到序跋文的閱讀中的，當讀者翻開一本新書總是「首先尋找作者在正文以外說些什麼，喜歡傾聽作者談他的寫作過程和背景材料。往往一段毫不矯飾的語言隱現著思想的吉光片羽，給讀者提供了一把開啟心靈的金鑰匙。有時，其段質樸的文字彷彿一條感情的溪流，通過字裏行間悄悄潛入讀者的內心深處。」〔註35〕這種好奇與期待，往往會將讀者對文本的喜愛為「延伸」至創作者；而讀者「愛屋及烏」對創作者的喜愛反過來又會「延伸」至作品。於是，序跋文成為培養固定讀者群，促進讀者對作者的親近感有效延續的重要方式和手段，其中所散發的文如其人的「現場感」，真實而親切地向讀者展現出一個個鮮活的作家面影，而讀者也往往更容易接受序跋文中所建構的充滿個性魅力的作家形象。「文學即人學」，從這一意義上序跋文不僅是文學作品的有機組成部分之一，更是對作品正文的一種豐富與延伸。

四

　　總體說來，當下中國作家的序跋寫作尤其要注意以下幾個方面的改進與提升：首先，打破以往的程式化寫作套路，不拘一格，張揚個性，避免落入

〔註33〕王楊《超越偏見視野的中國文學傳播會有更好發展》，載《文藝報》，2011年
　　　　5月6日。
〔註34〕參見恩斯特・克里斯、奧托・庫爾茨合著《藝術家的傳奇》，潘耀珠譯，北京：
　　　　中國美術學院出版社，1990年。
〔註35〕何為《臨窗集・序》，佘樹森編《現代散文序跋選》，天津：百花文藝出版社，
　　　　1983年，第198頁。

窠臼;第二,捨棄外交辭令,與那些正襟危坐、謹言慎行的序跋寫作相比,讀者可能更願面對的可能還是那些或激情洋溢或溫情平和,自然流淌而出的帶有強烈個人色彩的「我」的話語;第三,袒露「赤子之心」,企圖在海外傳播中消弭「交流的無奈」誠然是烏托邦的幻想,但能打動異域讀者的必定是那些滿懷赤子之心的真誠對話。高山流水知音難覓,無論是作者、譯者、批評者還是讀者,心底都潛藏著那個「薔薇色的夢」〔註 36〕——期望想像的友人,能夠理解庸人之心的讀者,可以聽自己無聊賴的閒談。第四,序跋文尤其是作者自序也要注意及時更新,強調序跋的針對性與時效性,多個版本共用序跋的情況顯然不利於對話「現場感」的營造;最後,經典的序跋文往往先聲奪人,不僅訊息豐富、言近旨遠,更能「直造本人精微」,在張揚個性、自成一格的同時又彰顯出深厚的文化底蘊與性格內涵,為海外讀者提供感受中華文化、體察人生百態的重要視角,從而在跨文化對話中更容易獲得海外讀者的接受與認同。

最後特別指出的是,我們對序跋媒介功能的突出強調,並不意味著對所謂的「海外營銷」手段的鼓吹,更不是要求序跋寫作者成為精通此道的「老手」,令序跋文字淪為商業運作中浮誇的廣告「噱頭」,而是將序跋視為作者、譯者、批評者與讀者之間詮釋與互動的重要載體和語境,並高度重視其「見微知著」的作為「第一印象」的開場與展示。文章能否傳播行世,固然主要憑藉其正文自身的藝術魅力,但酒香也怕巷子深,在大眾傳媒語境中尤其是面對異質傳播的嚴峻挑戰,不注重有效的傳播媒介很可能陷於藏之深閨、無人問津的尷尬境地。正是在這一意義上,序跋作為承載著作者的自我詮釋、譯者的他者推介以及學者的批評評論的多重媒介與互動語境,在傳播實踐中顯示出特殊的詮釋力與影響力,成為文學海外傳播中的重要媒介。一旦達成這樣的共識,那些認真執著的、懷有赤子之心的、渴望走向國際舞臺的寫作者,又有什麼理由在序跋寫作上敷衍塞責、慳吝筆墨呢?隨著世界文學的交流與發展進程,對傳播過程中的媒介功能與宣傳方式的相關研究尤其顯示出重要現實意義,如何在交流互動中實現多元詮釋與有效傳播,促進中國文學獲得更為廣泛的讀者接受與認同,進而多方面提升中國文學的世界影響力,是有待中國當代作家和學者共同努力的一項艱巨而緊迫的課題。

〔註 36〕周作人《〈自己的園地〉舊序》,止菴校訂《苦雨齋序跋文》,石家莊:河北教育出版社,2002 年,第 22 頁。

第三章 文學史建構中的序跋話語

　　創作序跋是文學研究中有待開拓的重要領域，目前尚未有學者將其作為獨立的考察對象進行深入研究。創作序跋既是作家自我言說的重要方式，也是文學闡釋鏈條中的第一環，不僅具有重要的史料價值、文學理論價值和文學審美價值，更因其對價值與意義的自我詮釋，而在讀者的閱讀接受、批評者的他者認同，尤其是在文學史建構方面產生深遠影響。在經典形成的過程中，作家 「並非毫無可為」，作家自我建構的強大能力，及其自我認同在文學闡釋中發揮的潛在影響，尤其需要研究者格外警惕。實際上，在文學史書寫中，作家的這些自我詮釋佔有重要地位，最為典型的便是文學史對創作序跋的大量徵引。一個不容忽略的事實即創作序跋往往成為文學研究中繞不開的、引用率極高的重要史料，甚至成為文學史中的「經典」論斷。在這一意義上，幾乎所有的文學史都不同程度地帶有作家自我詮釋的「印跡」。

第一節　話語權威的隱性建構

　　如加拿大學者斯蒂文・托托西所言：「經典化產生在一個累積形成的模式裏，包括了文本、它的閱讀、讀者、文學史、批評、出版手段（例如，書籍銷量，圖書館使用等等）、政治等等」，在這方面，作家的自我詮釋也積極參與到文學經典化的過程中，成為文學史建構中的一個重要因素。

一

　　自我由一系列連續的認同所構成，如同拉康的鏡象理論所昭示的，它「像

一隻洋蔥，打開它，你就會發現連續的認同」〔註1〕。例如前文提及的魯迅《吶喊》自序中對棄醫從文心路歷程的展現，無論真實與否，其存在的一個重要理由，如有學者指出的正在於這張「幻燈片具備了『聖人傳說』所需要的一些基本要素：示眾者／看客；啟蒙者／蒙昧的眾生；墮落／拯救……」〔註2〕，是「為了凸顯自己是一個啟蒙者的形象，為自己作為一個啟蒙者再次回歸啟蒙立場，重新啟動一直未能如願的文化啟蒙，重拾啟蒙夢想而立此存照」〔註3〕。臧克家曾指出「序跋是一個作家長途跋涉中的印痕點點，從中可以窺視時代、環境與文藝的動向與發展」〔註4〕，不僅如此，創作序跋往往還是作家話語權威隱性建構的重要言說方式，在文學作品經典化的過程中發揮著舉足輕重的作用。對此陳平原教授有過一段精闢的論說：「《嘗試集》之所以成為現代中國文學史上聲名顯赫的『經典之作』，主要不繫於胡適本人的才情，很大程度是『革新與守舊』、『文言與白話』、『詩歌與社會』等衝突與對話的產物。在史家眼中，與文學生產同樣重要的，是文學接受的歷史。而制約著公眾趣味與作品前程的，包括若干強有力者的獨立判斷與積極引導（比如周氏兄弟之應邀刪詩），以及作為知識傳播的大學體制（比如『中國新文學』課程的開設）。至於因意識形態紛爭而導致某部作品『突然死亡』或『迅速解凍』，使得二十世紀中國的文學接受史顯得撲朔迷離，因而也更具戲劇性，更值得追蹤與玩味。」經典的形成，不僅關涉到讀者、批評者的閱讀接受，作者的行為也同樣發生效力，「在經典形成的過程中，作者並非毫無可為。像胡適那樣借助於自我完善（不斷修訂自家作品）、自我闡釋（撰寫《嘗試集》三序）以及自我定位（關於『胡適之體』的論述），有效地影響讀者的閱讀與史家的評價，這在文學史上既非前無古人，也不是後無來者。因此，在討論文學生產、文學接受以及文本闡釋時，我們會驚訝地發現，已被『殺死』了好多次的『作者』依舊頑強地活著，並迫使史家無法完全漠視其存在。」〔註5〕的確，在經典形成的過程中，作家「並非毫無可為」，作家

〔註1〕黃作《是我還是他——論拉康的自我理論》，載《南京社會科學》，2003年第6期，第18頁。

〔註2〕張閎《走不近的魯迅》，載《橄欖樹》，2000年第2期。

〔註3〕呂曉英《棄醫從文：魯迅的言說策略》，載《魯迅研究月刊》，2008年第1期。

〔註4〕臧克家《〈序〉中序——〈臧克家序跋選〉序》，《臧克家全集（第10卷）》，長春：時代文藝出版社，2002年，第709頁。

〔註5〕陳平原《〈觸摸歷史與進入五四〉自序》，載《博覽群書》，2003年第6期。

自我建構的強大能力，及其自我認同在文學闡釋中發揮的潛在影響，尤其需要研究者格外警惕。例如，茅盾在創作序跋中的這段自我描述：「《蝕》與《子夜》在發表時，曾引起了轟動，其原因，評論家有種種說頭，但我總以為我敢涉足他人所不敢寫而又是人們所關注的重大題材，是原因之一，例如直接反映一九二七年大革命的作品，除了《蝕》，似乎尚無其他的；在三十年代，以民族資產階級及買辦資產階級作為描寫對象的，也只有《子夜》」。（外文版《茅盾選集.序》）其中作家對於兩部作品獨特價值的闡發及其文學史意義的強調都是十分明確的，表露出了現代作家自我闡釋與自我建構的某種「自覺」。

　　無論批評者對作家的這種自我闡釋有著怎樣的質疑，都似乎無法改變這樣的事實，魯迅的《吶喊・自序》已經成為理解作家心理歷程、創作思想的「綱」，成為「魯學」研究中繞不開的重要文本；幾乎所有對歷史劇《屈原》的研究論述，都會提及郭沫若的《序俄文譯本史劇〈屈原〉》；此外，曹禺關於《雷雨》、老舍關於《貓城記》、茅盾關於《子夜》的序跋、創作談等自我闡釋的內容，都往往作為最具有說服力的一手材料，在其後的文學研究中被研究者反覆引用，成為權威話語建構的重要方式。

二

　　以郭沫若的《女神》為例，其經典化的過程就經歷了一個由批評者推介到作者自我闡釋再到讀者認同的發展過程，回到歷史現場，《女神》的經典化首先離不開批評者的推介與闡釋。1920 年 1 月，《時事新報・學燈》副刊以整版的篇幅連續兩期刊載了郭沫若的長詩《鳳凰涅槃》，推薦理由為它「比誰都出色地表現了『五四』精神」。第二年，《女神》的結集出版為其收穫了更多讚譽，聞一多在《女神之時代精神》中無限讚賞地指出：「若講新詩，郭沫若君的詩才配稱新呢，不獨藝術上他的作品與舊詩詞相去甚遠，最要緊的是他的精神完全是時代的精神——二十世紀底時代的精神。有人講文藝作品是時代底產兒。《女神》真不愧為時代的肖子。」[註6] 不難看出，聞一多的品評同樣從時代精神入手，正因如此，他對北〔新〕社編選的《新詩年選》取《死的引誘》作《女神》的代表之一而表示不滿，認為「他們非但不懂讀詩，並且不會觀人」，因為「《女神》底作者豈是那樣軟弱的消極者嗎？」

[註6] 聞一多《女神之時代精神》，載《創造週報》，1923 年第 4 期。

〔註7〕而真正能入其法眼的正是那些反映二十世紀精神、契合近代文明的「動」、「反抗」、與革新的時代詩歌。的確，時代精神或者說思想性才是當時評論者們關注的重點，而《鳳凰涅槃》為代表的《女神》詩集為閱讀者貢獻了太多的時代「流行」元素——「泛神論」、狂飆突進、歌德思想、創造、更生……這些雜拌兒似的大雜燴卻恰恰契合了五四的時代精神，於是東鱗西爪草就而成的詩歌竟成為開闢中國詩歌的新時代的經典文本，在新詩地圖上佔據顯赫位置並被重點標注。當然，《女神》的經典化還得益與《三葉集》的開路先鋒之助，宗白華、田漢對郭沫若的賞識，以及三人間的心靈對話而對創作者思想的展示與詮釋，極大強化和拓展了詩歌的內涵。

其次，郭沫若對詩歌的自我詮釋契合併豐富了這一內涵，以《鳳凰涅槃》為例，實際上該詩的創作主旨原本是指向作者自己的，郭沫若在給宗白華的信中曾坦陳：「我過去的生活，只在黑暗地獄裏做鬼；我今後的生活，要在光明世界裏做人了。」其中包含的正是一種對過去的懺悔心態，因此郭沫若將《鳳凰涅槃》視為「我自己的再生」。當然，這種感性而具體的陳述其後被更為明確的自我詮釋——「我的那篇《鳳凰涅槃》，便是象徵著中國的再生」——所取代。不僅如此，詩人的自我詮釋某種程度上為閱讀者提供了「知人論世」的依據，從而在一定程度上彌補了《女神》文本中焦躁呼號、歇斯迭里的藝術缺憾。在《三葉集》中郭沫若以懇切而真摯的傾訴，赤裸裸地表白自己內心的掙扎與困惑：「我到底是個甚麼樣的『人』，……可是我自己底人格，確是太壞透了。我覺得比 Goldsmith 還墮落，比 Heine 還懊惱，比 Baudelaire 還頹廢。」〔註8〕「我不是個『人』，我是壞了的人，我是不配你『敬服』的人。」〔註9〕正因如此，要把過去「全盤吐瀉淨盡」，「我罪惡的負擔，若不早卸個乾淨，我可憐的靈魂終久困頓在淚海裏，莫有超脫的一日。」〔註10〕這種「無所顧及、無所掩飾、毫無心計地裸露和表現」〔註11〕的自我詮釋無疑

〔註7〕聞一多《女神之時代精神》，載《創造週報》，1923年第4期。
〔註8〕郭沫若《三葉集‧郭沫若致宗白華》，《郭沫若全集‧文學編》（第15卷），北京：人民文學出版社，1990年，第16頁。
〔註9〕郭沫若《三葉集‧郭沫若致宗白華》，《郭沫若全集‧文學編》（第15卷），北京：人民文學出版社，1990年，第18頁。
〔註10〕郭沫若《三葉集‧郭沫若致宗白華》，《郭沫若全集‧文學編》（第15卷），北京：人民文學出版社，1990年，第46頁
〔註11〕李怡《「歇斯迭里」的文學史意義——郭沫若的自我定位與我們對郭沫若的定位》，載《鄭州大學學報（哲學社會科學版）》，2008年第3期。

拉近了作者與讀者之間的距離，有助於讀者更好地理解《女神》中爆發的情緒與狂呼式的語言形式。

再次，從讀者接受的角度，以施蟄存為例，他一開始對《女神》其實並不認可，認為「這些作品精神上是詩，而形式上絕不是詩」。但是，「漸漸地，在第三遍讀《女神》的時候，我才承認新詩的發展是應當從《女神》出發的」〔註12〕。需要特別注意的是「漸漸地」、到「第三遍」的時候，他方才承認其文學史價值。因此，溫儒敏教授說《女神》獨特魅力的產生離不開特定歷史氛圍下的普遍閱讀心態和讀者反應，「《女神》激發了五四讀者的情感與想像力，反過來，五四讀者的情緒和想像力又在接受《女神》的過程中重塑《女神》的公眾形象；或者說，《女神》是與五四式的閱讀風氣結合，才最終達至其狂飆突進的藝術勝境的。」〔註13〕這也再次印證了詮釋者在新詩傳播過程中的重大影響力。

可以說《女神》的傳播經歷了一個由批評者推介到作者詮釋再到讀者認同的發展過程，其意義與內涵在推介與詮釋中一步步被突出、強化並豐富，從而有力彌補了詩歌本身存在的一些不足與欠缺，可謂占盡天時地利人和。「在經典形成的過程中，作者並非毫無可為」，而恰恰相反，在作品的傳播過程中，作家積極利用自己的話語權，以為自己也為作品的經典化謀得一席之地。

第二節　文學史書寫中的序跋引文

儘管西方理論界提出作品一旦產生就是獨立存在的「文本」，強調「作者已死」，但作家的自我詮釋依然於潛移默化間對讀者、批評者產生重要影響。特別是在文學史書寫中，作家的這些自我詮釋佔有重要地位，最為典型的便是文學史對創作序跋的大量徵引。作家創作序跋中的自我言說無疑是需要研究者進行判斷與取捨的，尤其有必要對五四文學史建構中「過度闡釋」與「闡釋的循環」等現象給予反撥和糾偏，進而更加客觀地呈現中國現代文學的發生與發展，並有效探索序跋研究與文學史建構的內在理路。

〔註12〕施蟄存《我的創作生活之歷程》，《施蟄存散文選集》，天津：百花文藝出版社，2004 年，第 98 頁。

〔註13〕溫儒敏《淺議有關郭沫若的兩極閱讀現象》，載《中國文化研究》，2001 年第 1 卷。

一

　　創作序跋中豐富的內容，不僅是研究者無法忽略的重要材料，也成為文學史書寫中無法逾越的重要文本。通過對目前影響較大的多種文學史專著的統計發現，在中國現代文學史的引文注釋中，序跋引文約占引文總數的五分之一之多。例如錢理群、溫儒敏、吳福輝著《中國現代文學三十年（修訂本）》（北京大學出版社，2001），書中總引文數為 614 條，其中創作序跋引文數為 136 條，約占引文總數的 22.1%；朱棟霖、丁帆、朱曉進主編《中國現代文學史 1917～1997（上冊）》（高等教育出版社，2010），書中總引文數為 509 條，其中創作序跋引文數為 114 條，約占引文總數的 22.4%；嚴家炎主編《二十世紀中國文學史》（高等教育出版社，2010），涉及到現代文學部分的上冊與中冊，書中總引文數為 1088 條，其中創作序跋引文數為 179 條，約占引文總數的 16.5%（需要指出的，該書中還有不少創作序跋因著者沒有加注釋，所以並沒有統計在內）。以上統計的還僅僅是文學史中對創作序跋的引文，如果把作家的創作論、書信、評論等自我言說全部囊括在內的話，那麼文學史中的作者話語所佔的比重是相當驚人的。如此大的序跋引用比例，創作序跋與作品正文、文學史之間形成饒有意味的「互文」結構：一方面，創作序跋的「紀實性」與作品文本的「虛擬性」之間構成潛在張力；另一方面，作家的「自述」與文學史的「史實」之間，作家的「自評」與文學史的「他評」之間構成多重張力，作家自我詮釋中的虛與實、真與偽、遮蔽與彰顯等，皆有待於研究者的深入發掘。

　　那麼，在文學史中序跋引文的使用角度是怎樣的？換句話說，文學史在什麼情況下對於創作序跋進行徵引的？

　　總體說來，文學史對創作序跋的使用體現在以下幾個方面：

　　第一種，是對於創作序跋中涉及到的作者生平介紹、創作緣起等內容的引用。如《中國現代文學史》（程光煒，中國人民大學出版社，2007）第三章中引用《吶喊・自序》「有誰從小康人家而墜入困頓的麼，我以為在這途路中，大概可以看見世人的真面目的」來描寫魯迅家道中落的遭遇。魯迅回國後的隱士生活，也引用了《〈自選集〉自序》來直接說明，「見過辛亥革命，見過二次革命，見過袁世凱稱帝，張勳復辟，看來看去，就看得懷疑起來，於是失望，頹唐得很了」。這方面的引用，研究者一般將其作為真實史料直接使用。

　　第二種，是對作者創作意圖、創作主旨的引用。例如《中國現代文學三

十年》第十三章在論述沈從文的創作時，多次直接引用沈從文在《習作選集代序》《〈邊城〉題記》中的自我詮釋：「『湘西』所能代表的健康、完善的人性，一種『優美，健康，自然，而又不悖乎人性的人生形式』，正式他的全部創作要負載的內容。如他所說：『我只想造希臘小廟』，『這神廟供奉的是「人性」』。」〔註14〕《邊城》「它也有文化批判的傾向，是用『夢』與『真』構成的文學圖景，同文本外的現實醜陋相比照，讓人們從這樣的圖景中去認識『這個民族過去偉大處與目前墮落處』。這是他的詩體鄉土故事的主旨。」〔註15〕在這些論述中，研究者多將作者的自我言說作為史實進行直接陳述。

第三種，是對作家對自己作品評價的引用，文學史中有的直接引用，如《二十世紀中國文學史》第六章第一節講到《彷徨》的寫作時，就直接引用了魯迅在《自選集》自序中的評論：「《彷徨》則是《新青年》散夥、成為『遊勇』之後的產物，『所以技術雖然』比先前好一些，思路也似乎較無拘束，而戰鬥的意氣卻冷得不少」。這層意思，魯迅在《中國新文學大系小說二集序》中也曾談到過。」〔註16〕再如，談到《吶喊》《彷徨》中小說的閱讀效果時，書中也是將作家的自我評價直接引用：「這些小說幾乎一篇有一篇的寫法，一篇有一篇的格調，完全沒有雷同，顯示了藝術上的富有獨創性。從頭幾篇作品發表時起，就以其『表現的深切和格式的特別，頗激動了一部分青年讀者的心』。」〔註17〕

不難看出，文學史的書寫中往往充斥著「如作者所說」「作者自言」等話語方式。那麼，作家在創作序跋中描述的種種創作意圖在正文中能否自踐其約？作家的自我評論是否客觀無拔高矯飾？我想這些都是需要研究者仔細甄別的。人們總是會自覺不自覺地修正自己的記憶進行自我美化，人性使然作家也不例外。「作家們不但是在用作品對社會發言，而且還在不斷地現身說法，對自己的作品進行反覆的闡釋，藉此引導讀者和研究者對作品的評價。而且，在不同的時間段落中，作者的自白，往往會發生相應的調整和變化，甚至是互相矛盾，互相否定。同時，那些能夠吸引眼球的作家和作品，又總是不斷

〔註14〕錢理群、溫儒敏、吳福輝《中國現代文學三十年（修訂本）》，北京：北京大學出版社，2001年，第277頁。

〔註15〕錢理群、溫儒敏、吳福輝《中國現代文學三十年（修訂本）》，北京：北京大學出版社，2001年，第279頁。

〔註16〕嚴家炎主編《二十世紀中國文學史》，北京：高等教育出版社，2010年，第175頁。

〔註17〕嚴家炎主編《二十世紀中國文學史》，北京：高等教育出版社，2010年，第183頁。

地引發他人的言說欲望，進行相關史料方面的發掘和闡述。這種闡述，和作家的自白之間，既有互相補充，也會形成許多新的衝突和裂隙。這就構成本學科有關史料建設和研究的不斷疊加。」〔註18〕作家創作序跋中的自我言說無疑是需要研究者進行判斷與取捨的。當我們如此思考時，又會覺得有時候序跋資料不是太少，而是太多並構成了一座史料的迷宮。

二

作者中心論在相當長的時間裏曾佔據文藝理論的主導地位，下面的幾種觀點可以說是傳統闡釋學的代表：解釋學奠基人施萊爾馬赫指出，作品文本的意義就是作者在寫作時的本意，闡釋學要做的，就是說對作者本意進行闡釋，這種闡釋並不是隨意性的，它只能在一定方法指導之下，消除解釋者的先入之見和誤解之後的才有可能；「日內瓦學派」批評家則強調「批評完全是被動接受作者給定的東西，作者的自我才是一切的本源，闡釋只是努力回到這個本源，而解釋者是一片真空、一塊透明體，不帶絲毫偏見，不加進半點屬於自己的雜質，只原原本本把作者的本意複製出來。」〔註19〕美國批評家赫施甚至直接將作者視為闡釋的最終權威，如雪萊所宣稱「詩人是世界的未經正式承認的立法者」〔註20〕。過度追求作者的本意，無視甚至拒絕讀者闡釋的參與，無疑是傳統文學闡釋學的致命傷。問題在於，我們要拿什麼標準來衡量闡釋活動是否符合了作者本意？有什麼依據證明其為作者本意？

具體到創作序跋中的作者話語，作家對於自己在創作序跋中的種種描述、介紹、設想，能否在正文中自踐其約？正如意大利批評家桑克梯斯所指出的，「作者意圖中的世界和作品實現出來的世界，或者說作者的願望和作者的實踐，是有區分的」〔註21〕。日本學者丸山昇也在魯迅研究中也強調作品與作家自身之間存在的「曲折」：「不但小說，包括以散文、回憶錄等形式所講述的東西，魯迅在文章裏所談之事與魯迅體驗本身之間有距離；而且魯迅在談自己的時候，時而將具有複雜側面的事情單純而簡單地加以描述，時而把具

〔註18〕張志忠《強化史料意識穿越史料迷宮——關於中國現當代文學史料問題的幾點思考》，載《中國現代文學研究叢刊》，2010 年第 2 期。
〔註19〕張隆溪《二十世紀西方文論述評》，北京：三聯書店，1986 年，第 182 頁。
〔註20〕雪萊《詩辨》，瓊斯編《十九世紀英國批評文集》，牛津：牛津出版社，1916年，第 163 頁。
〔註21〕〔德〕桑克梯斯《論但丁》，伍蠡甫主編《西方文論選》（下卷），上海：上海譯文出版社，1988 年，第 464 頁。

有重大意義的事情輕描淡寫或是調侃般地加以敘述，倘若忽視他的文章和他自身之間存在的曲折，就會使魯迅形象簡單化乃至遭到歪曲。」〔註 22〕這一思路同樣適用於現代作家創作序跋研究。

　　過度追求作者的本意往往導致閱讀批評難以為繼，但是完全無視作者意圖又會導致在文本解讀過程中的過度闡釋。

> As learned commentators view
> Im Homer more than Homer knew
> 淵博的評注家目光何其銳利，
> 讀荷馬見出荷馬也不懂的東西。（斯威夫特《詠詩》

詩人斯威夫特對批評家這一諷刺在現實生活中被屢屢驗證。九十年代的熱播劇《十六歲的花季》中曾有這樣一段情節，一群學生在考試後對試卷中的問題——巴金散文《燈》中「山那邊」的含義提出質疑，同學回答的是「指光明的地方」，而老師斬釘截鐵地給出的標準答案是「指革命聖地延安」。這時學生反問道：如果巴金本人也認可我的答案呢？另一個例子則是近年語文高考試題中的一道閱讀理解題。2009 年福建省高考語文試卷，選取了周劼人的一篇文章《寂靜錢鍾書》作為閱讀題。不料原作者試做了這個題目的十三道題，結果只做對了一道，其中一個被作者認為「說出了我內心最真實意圖」的選項，參考答案卻是錯的。對此，原作者大發感慨「出題老師比我更好地理解了我寫的文章的意思，把我寫作時根本沒有想到的內涵都表達出來了，將我的文章進一步『做大、做強、做好』了。我的文章在出題老師這種高超的二次加工藝術中，就變成這樣了，很好很強大。」「我的文章成了高考題，而我卻不會做」，這樣的現象並非偶然，其中折射出的正是過於強調讀者闡釋無視作者本意，而導致閱讀審美過程中出現過度闡釋的冰山一角。

　　如何使用這些創作序跋史料，研究者若完全以作家或社會為材料闡釋作品，反過來又以作品為材料印證作家或社會，這實際上是一種循環論證的實證論，其可靠性和可信度是很值得懷疑的。〔註 23〕這都提示我們在強調創作序跋價值與意義的同時，警惕「過度闡釋」與「闡釋的循環」，這既是序跋研究試圖撥開的迷霧，又是研究過程中努力規避的難點所在。

〔註 22〕〔日〕丸山昇《魯迅·革命·歷史》，北京：北京大學出版社，2005 年，第340 頁。

〔註 23〕郭英德《論「知人論世」古典範式的現代轉型》，載《中國文化研究》，1998 年第 3 期。

第三節 《新文學大系》的編者（作者）話語

　　長久以來，研究者在孰為中國「第一篇現代白話小說」的問題上多有爭議，而魯迅在陳衡哲評價問題上的缺席，更成為現代文學研究中的懸案。陳衡哲與魯迅是五四時期率先開始現代白話小說創作的作家，同時也是在《新青年》雜誌上發表白話小說的僅有的兩位先驅者。然而，遺憾的是，魯迅當年在《中國新文學大系·小說二集》的編選中，並沒有收錄陳衡哲的任何小說，在那篇著名的對新文學的「第一個十年」展開全面回顧與梳理的導言中，也對這位新文學的同行者隻字未提。而在新文學史的研究中，陳衡哲更是常常屬於被遺忘的他者。那麼，魯迅究竟有沒有看過陳衡哲的作品，尤其是她早期發表在《新青年》上的白話小說？學術界的關注點較多的集中在魯迅的《狂人日記》與陳衡哲的《一日》孰為「第一篇」的爭論上，實際上比起孰為「第一」更值得探究的是魯迅在新文學史敘事中對陳衡哲的「遺漏」。這種「遺漏」是有意還是無意？在新文學「第一個十年」的文學史敘事中，這種遺漏是個別現象還是具有一定的普遍性？它在現代作家的經典化過程中產生了怎樣的影響？又為文學史研究提供了哪些借鑒和啟示？這些問題也恰恰是以往研究中被遺忘的部分，有待深思。

一

　　在中國新文學史上「第一篇現代白話小說」的問題上，學術界長期以來爭議不定：一種觀點認為是魯迅的《狂人日記》，這基本上是中國現代文學史教材上的定論；另一種觀點則認為「第一」當屬陳衡哲的《一日》。1917 年 6 月，陳衡哲用莎菲的筆名在《留美學生季報》新 4 卷夏季 2 號上發表了白話小說《一日》，該小說比魯迅的《狂人日記》早了將近一年。由此海外漢學家夏志清指出「最早一篇現代白話小說是陳衡哲的《一日》」，「《一日》毫無疑義是響應胡適『文學革命』最早的一篇小說[註24]」。實際上，早在 1928 年 3 月，胡適為陳衡哲的小說集《小雨點》新月初版本作序時，就旗幟鮮明地評估了她在新文學運動中的這一「領軍」地位：

> 　　當我們還在討論新文學問題的時候，莎菲卻已開始用白話做文學了。《一日》便是文學革命討論初期中的最早的作品。《小雨點》也是《新青年》時期最早的創作的一篇。民國六年以後，莎菲也做

〔註24〕夏志清《新文學的傳統》，臺北：臺北時報出版公司，1979 年，第 90 頁。

　　了不少的白話詩。我們試回想那時期新文學運動的狀況，試想魯迅
　　先生的第一篇創作——《狂人日記》——是何時發表的，試想當日
　　有意作白話文學的人怎樣稀少，便可以瞭解莎菲的這幾篇小說在新
　　文學運動史上的地位了。(《小雨點‧序》)

在這段論述中，胡適充分肯定了陳衡哲白話文創作的開拓之功，更為重要的
是，他首次將陳衡哲的《一日》與魯迅的《狂人日記》加以對比，在《新青
年》時期的文學創作語境中，突顯陳衡哲在新文學運動史上的特殊地位。可
以說，胡適的這段評價為其後的研究者提供了重要參考。

　　與胡序的鄭重推介形成鮮明對比的，是作為關鍵人物的魯迅在這一問題
上的缺席。魯迅對於胡適的這段評價，沒有做出任何回應，更需引起注意的
是，1935 年，魯迅在《中國新文學大系‧小說二集》(以下簡稱《小說二集》)
的編選時，也沒有收入陳衡哲的任何小說。在那篇著名的導言——《〈中國新
文學大系‧小說二集〉導言》(以下簡稱《導言》)中，魯迅將自己的《狂人
日記》等短篇小說作為《新青年》最初的一批「顯示了『文學革命』的實績」
的作品，而完全沒有提及陳衡哲和她在五四初期具有開創意義的相關作品。
作為「自有新文學以來最有系統，最巨大的整理工作」(冰心語)，《中國新文
學大系》在編選之初就顯示了強大的史家意識和建構能力，它在新文學「第
一個十年」的經典化進程中的意義不言而喻，魯迅的上述評價也幾成定論影
響深遠。錢理群等著《中國現代文學三十年》(修訂本)中雖然在附錄的小說
年表中，把《一日》列為「新文學第一個十年」的第一篇，但在正文的論述
中同樣對陳衡哲幾乎隻字不提，而將《狂人日記》認定為「現代白話小說的
開山之作」，其影響由此可見一斑。

　　《中國新文學大系》為新文學運動第一個十年(1917～1927)理論和文
學作品的選集，小說部分由三人負責編選，其中一集由沈雁冰負責，編選《小
說月報》《文學旬刊》作者及文學研究會會員的作品；三集由鄭伯奇負責，編
選創造社有關作家的作品；二集則由魯迅負責，編選除了文學研究會和創造
社以外的作家作品。在《導言》中魯迅按照時間順序，梳理了小說創作的發
展情況，首先介紹的是《新青年》的小說創作情況：

　　　凡是關心現代中國文學的人，誰都知道《新青年》是提倡「文
　　學改良」，後來更進一步而號召「文學革命」的發難者。但當一九一
　　五年九月中在上海開始出版的時候，卻全部是文言的。蘇曼殊的創

作小說，陳嘏和劉半農的翻譯小說，都是文言。到第二年，胡適的
《文學改良芻議》發表了，作品也只有胡適的詩文和小說是白話。
後來白話作者逐漸多了起來，但又因為《新青年》其實是一個論議
的刊物，所以創作並不怎樣著重，比較旺盛的只有白話詩；至於戲
曲和小說，也依然大抵是翻譯。

確如魯迅所言，《新青年》時期的小說創作，翻譯是主體。在 1915～1921 年
的 7 年間，《新青年》共有 37 期刊載有小說作品，總計 43 篇，其中翻譯小說
34 篇，占絕大比重，創作小說僅有 9 篇。而在這 9 篇創作小說中，又有 1 篇
是文言小說，白話小說只有 8 篇，均為短篇小說。

但是，魯迅接下來的描述卻與史實嚴重不符：

> 在這裡發表了創作的短篇小說的，是魯迅。……從《新青年》
> 上，此外也沒有養成什麼小說的作家。……

魯迅對第一個十年的文學史追憶顯然有所遺漏，因為「在這裡發表了創作的
短篇小說的」，是「魯迅和陳衡哲」。前面提到的《新青年》上發表的屈指可
數的 8 篇創作的白話短篇小說中，魯迅貢獻了 5 篇，分別是《狂人日記》《孔
乙己》《藥》《風波》和《故鄉》，餘下的 3 篇均為陳衡哲的作品，分別是《老
夫妻》《小雨點》和《波兒》，詳情如下表：

《新青年》白話創作小說發表情況

序號	篇名	作者	卷號
1	狂人日記	魯迅	第 4 卷第 5 號
2	老夫妻	陳衡哲	第 5 卷第 4 號
3	孔乙己	魯迅	第 6 卷第 4 號
4	藥	魯迅	第 6 卷第 5 號
5	風波	魯迅	第 8 卷第 1 號
6	小雨點	陳衡哲	
7	波兒	陳衡哲	第 8 卷第 2 號
8	故鄉	魯迅	第 9 卷第 1 號

不難看出，陳衡哲是《新青年》中除了魯迅之外發表白話創作小說的唯一作
者，相當醒目。除了《新青年》，陳衡哲在《努力週報》《東方雜誌》《小說月
報》等刊物上也都有小說作品發表。同時，陳衡哲在這一時期還發表了很多

詩歌、散文作品，是《獨立評論》的創辦人，還有魯迅在《導言》後文中提到的《現代評論》，陳衡哲也是該刊十分活躍的撰稿人。截至 1935 年魯迅編撰《小說二集》時，陳衡哲的短篇小說集《小雨點》新月初版和再版本均已出版發行。可以說，陳衡哲既是五四新文學實踐的第一批先行者，也是新文學最早的女性拓荒者。

就《新文學大系》的編輯設想而言，主編趙家璧明確表示意在「把民六至民十六的第一個十年間（1917～1927）關於新文學理論的發生、宣傳、爭執，以及小說、散文、詩、戲劇主要方面所嘗試得來的成績，替他整理、保存、評價」。在「評價」之前，首先是「整理」和「保存」，因此，每冊集子都由資深編選者作了長序，對創作情況進行梳理點評，以彰顯其文學史價值。魯迅在《小說二集》的導言中也是按照時間順序，分別介紹了第一個十年間的小說發展情況，體現出鮮明的「史」的線索。在導言中，魯迅依次論及的刊物和社團包括：《新青年》、新潮社、彌灑社、淺草沉鐘社、《晨報副刊》《京報副刊》《現代評論》、莽原社、狂飆社和未名社。對涉及到的作家更是不吝筆墨一一列舉。其中，直接點出姓名的包括：《新潮》雜誌的小說作者有汪敬熙、羅家倫、楊振聲、俞平伯、歐陽予倩、葉紹鈞；淺草社的小說作者：韓君格、孔襄我、胡絮若、高世華、林如稷、徐丹歌、顧璵、莎子、亞士、陳翔鶴、陳煒謨，竹影；《晨報副刊》和《京報副刊》的小說作者包括蹇先艾、許欽文、王魯彥、黎錦明、黃鵬基、尚鉞、向培良；《莽原》週刊的小說作者包括廢文炳、馮沅君、霽野、臺靜農、小酩、青雨等……魯迅在《導言》中提及的第一個十年間的小說作者多達 50 餘人，即便某些作品「技術是幼稚的」，亦不影響對其作者的介紹，其中的史學意識可見一斑。正因如此，魯迅在《導言》中對《新青年》小說創作情況的描述，尤其是在列舉出了「蘇曼殊、陳嘏、劉半農、胡適」等作者之後，而對當時除了自己之外發表白話創作小說的唯一作者陳衡哲隻字不提，不僅有違史實，也與上下行文中的記敘筆法不相符。

二

那麼，魯迅的「遺漏」是因為對陳衡哲本人的不熟悉嗎？首先，以陳衡哲當時的知名度，魯迅對其一無所知的可能性微乎其微。陳衡哲，湖南衡山人，生於 1890 年，比魯迅小 9 歲，1914 年赴美留學，先後獲得美國沙瓦女子

大學的學士學位和芝加哥大學的碩士學位,是我國新文化運動中最早的女學者、作家、詩人。在女作家、女詩人之外,陳衡哲還有多個身份:一是北京大學教授。1920 年秋,陳衡哲被北大校長蔡元培聘任,她也是中國歷史上的第一位大學女教授。同年,魯迅也受聘為北京大學講師;二是國內第一部西洋史的作者。1924 年,陳衡哲著《西洋史》由商務印書館出版,其後幾經再版影響深遠,對此當時的報刊多有報導介紹;三是出席國際太平洋學術會議(連續四次)的第一位東亞女學者,這一殊榮也被當時的諸多報刊爭相報導,引以為傲。所以,陳衡哲以其多重的身份,廣泛的人脈,即使達不到天下誰人不識君的地步,也絕非默默無聞之輩,這樣一位新文化運動的風雲人物實在沒有理由被掩入歷史的褶皺。

第二,同處五四新文化運動陣營,魯迅和陳衡哲在朋友圈方面多有交集。以為《小雨點》作序的胡適為例,陳衡哲既是他留英時的同學,又是他在新文學討論中「最早的同志」。《新青年》第 8 卷第 3 號曾發表胡適的新詩《我們三個朋友》,「我們三個朋友」即胡適、任鴻雋與陳衡哲,三人間的友誼及其在新文學開創期的互動在當時的文壇可謂廣為人知的佳話,甚至成為後來報刊所津津樂道的文壇八卦。1934 年,《十日談》在專欄「文壇畫虎錄」中刊發了《陳衡哲與胡適》〔註 25〕的文章,用全知的視角陳述了陳、胡二人的情感糾葛及陳衡哲嫁與任鴻雋的原委。文章引起陳衡哲、任鴻雋夫婦的不滿,隨後胡適專門寫信抗議並澄清,以《胡適之來函抗議》為題發表在《十日談》第 39 期(1934.8.30),後面還加了編者按,以此可見該「文壇八卦」影響力之深遠。至於任鴻雋,陳衡哲早於 1920 年便與之結婚,任鴻雋先後擔任北京大學教授、北京政府教育部教育司司長、上海商務印書館編輯、國立東南大學副校長、四川大學校長等職務,聲名赫赫。同時,任鴻雋早年也是《新青年》陣營中活躍的撰稿人之一,「任鴻雋陳衡哲夫婦」作為響噹噹的強強組合,可以說是五四時期的知名伉儷。正因如此,魯迅的「遺漏」格外耐人深思。

在《導言》的結尾,魯迅對自己在大系編選過程中可能出現的「遺漏」作了如下交代:

> 十年中所出的各種期刊,真不知有多少,小說集當然也不少,但見聞有限,自不免有遺珠之憾。至於明明見了集子,卻取捨失當,

〔註 25〕象恭《陳衡哲與胡適》,載《十日談》第 26 期,1934 年 4 月 20 日。

那就即使並非偏心，也一定是缺少眼力，不想來勉強辯解了。〔註26〕

那麼，魯迅對於陳衡哲的作品的「遺漏」，究竟是屬於「見聞有限」的「遺珠之憾」呢，還是「明明見了集子」卻「取捨失當」呢？

對此，陳子善先生在《陳衡哲：〈小雨點〉再版本》一文中認為是前者：

> 魯迅其實是這個懸案的缺席者，他一直不在場。他的意見本應也是至關重要的。……查現存魯迅藏書，並無《小雨點》，《魯迅全集》中也沒有關於陳衡哲的一星半點的記載。大致可以斷定，魯迅沒有讀過《小雨點》，尤其不知道《一日》的存在。……但是，如果魯迅讀到了《小雨點》，知道了《一日》，他會作出怎樣的判斷，會不會也承認《一日》的「最早」呢？很有意思，卻永遠是個謎。〔註27〕

陳子善先生通過對魯迅藏書和全集的檢索，推斷魯迅沒有讀過陳衡哲的作品集《小雨點》，不知道《一日》的存在，因此才在這一問題上「缺席」。不過，這兩個理由都很牽強，難以令人信服。魯迅的藏書中或許沒有《小雨點》，那麼，當時發表這些作品的報刊魯迅是否看過？至於《魯迅全集》中沒有關於陳衡哲的任何記載，同《導言》中對陳衡哲的「遺漏」是一樣的，更不能因此證明魯迅沒有讀過《小雨點》。

檢索 1930 年代的報刊，對於陳衡哲的報導有很多：1932 年，《國聞週報》的「時人匯志」欄目刊出陳衡哲的照片並附簡介：「陳衡哲，任鴻雋夫人。江蘇常州人，留美入瓦塞爾大學得學士學位，芝加哥大學碩士，歷任北京大學東南大學西史教授，1927 年太平洋學會中國代表，著西洋史、小雨點各書〔註28〕」。

1933 年，《老實話》雜誌中的介紹：「陳衡哲女士為教育家任鴻雋之夫人，留美多年，得博士學位，……其創作有《小雨點》一書，為胡適博士所稱道……〔註29〕」

1934 年，《十日談》專欄「文壇畫虎錄」中的介紹：「女作家在中國文壇上露頭角的，除了風頭出得蠻健甚至家喻戶曉的冰心、丁玲等幾人外，陳衡哲女士，諸位也不應該把她錯過的，如果諸位讀過她的《小雨點》《高中西洋

〔註26〕魯迅《〈中國新文學大系·小說二集〉導言》，上海：良友圖書印刷公司，1935年，第 17 頁。

〔註27〕陳子善《陳衡哲：〈小雨點〉再版本》，載《新文學史料》，1981 年第 4 期。

〔註28〕「時人匯志」，載《國聞週報》1932 年第 9 卷第 1 期。

〔註29〕《儒林史料：陳衡哲被稱元老》，載《老實話》1933 年第 13 期。

史》的著作，我想對這位女作家，當有相當的認識。她是一個將近四十歲的中年，美國前期留學生，去年曾二度出席太平洋學會，風頭之健·固不亞於冰心。凡是讀過她的小品文字（如《小雨點》），我們對於這位女作家思慮的周密細緻，不能不致相當的敬意……〔註30〕」

1935 年，《社會日報》中的介紹：「凡是讀過《小雨點》的，大家都知道陳衡哲女士其人。陳為任鴻雋之妻、任陳皆與胡適同學於英國，歸國後又同教課於北大，現在又同隸屬於《獨立評論》派……〔註31〕」

由此我們至少可以推斷出兩點：第一，陳衡哲在當時是具有相當知名度的公眾人物；第二，《小雨點》之於陳衡哲幾乎是「常識性」的存在。對此魯迅如果「聞所未聞」那實在是有些「孤陋寡聞」了。

那麼，除了《小雨點》，陳衡哲其他的發表在報刊中的作品，魯迅有沒有看過？也許我們可以重新回到第一個十年的閱讀語境中，嘗試解開這個謎團。前面我們提到，在《新青年》雜誌上，陳衡哲是除了魯迅之外發表白話創作小說的唯一作者。實際上，除了小說，陳衡哲還有新詩作品發表，可以說是《新青年》上最早發表新詩作品的成員之一，也是《新青年》雜誌出版的四年半的時間裏 22 位新詩作者中的唯一一位女詩人。陳衡哲在《新青年》上的作品發表情況如下表所示：

《新青年》陳衡哲作品發表情況

題目	體裁	期號	時間
「人家說我發了癡」	詩歌	第 5 卷第 3 號	1918-09
老夫妻	小說	第 5 卷第 4 號	1918-10
鳥	詩歌	第 6 卷第 5 號	1919-05
散伍歸來的吉普色	詩歌		
小雨點	小說	第 8 卷第 1 號	1920-09
波兒	小說	第 8 卷第 2 號	1920-10

魯迅究竟看沒看過陳衡哲在《新青年》上發表的這些作品呢？以下幾個細節也許具有一定的參考價值：

第一，魯迅與陳衡哲的作品曾發表在《新青年》的同一期上。其中 5 卷 4

〔註30〕象恭《陳衡哲與胡適》，載《十日談》第 26 期，1934 年 4 月 20 日。
〔註31〕凡夫《陳衡哲談潘金蓮》，載《社會日報》，1935 年 3 月 26 日。

號（1918.10）同時發表了陳衡哲的《老夫妻》和魯迅的《隨感錄（33）》（署名「唐俟」）；6 卷 5 號（1919.5）同時發表了陳衡哲的詩歌《鳥》《散伍歸來的「吉普色」》和魯迅的小說《藥》，還有他的四篇隨感錄：《來了》《現在的屠殺者》《人心很古》《聖武》（署名「唐俟」）。該期還同時刊有胡適的《送任永叔回四川》《我為什麼要做白話詩（〈嘗試集〉自序）》，兩文中皆提及陳衡哲。

　　同時，還有一個最為有力的證據，8 卷 1 號（1920.9）《新青年》破天荒地同時發表了兩篇創作小說，正是魯迅的《風波》與陳衡哲的《小雨點》。在該期的目錄中，《風波》和《小雨點》均以一級標題的大號字體醒目地並列在一起，且都在小說題目之後，專門用「括號」的形式，強調其「小說」體裁，予以重點推介。在正文中，陳衡哲的《小雨點》也緊隨魯迅的《風波》之後。僅就這一期的編排來說，魯迅如果翻閱了該期的《新青年》而沒有關注到陳衡哲及其作品，幾乎是不可能的。

　　第二，魯迅在散文或書信中提及的某期《新青年》中刊發有陳衡哲的作品。例如，《新青年》第 6 卷 1 號，魯迅在《隨感錄三十九》（署名「唐俟」）中提到「《新青年》的五卷四號的內容」，而該期雜誌共刊登了兩篇小說，一篇是周作人的譯作，另一篇即為陳衡哲的《老夫妻》。

　　第三，雖然五四時期報刊眾多，但是魯迅不僅看《新青年》，而且看得非常仔細。例如，《新青年》第 6 卷 1 號，魯迅在《隨感錄四十一》（署名「唐俟」）中由江蘇方言「數麻石片」聯想起「本志通信欄內所載四川方言的『洗煤炭』」〔註32〕。此處魯迅所指的「洗煤炭」出自《新青年》5 卷 2 號（1918.8）「通信」欄中所刊載的任鴻雋給胡適的信：《新青年》一面講改良文學，一面講廢滅漢文，是否自相矛盾？既要廢滅不用，又用力去改良不用的對象。我們四川有句俗語說：「你要沒有事做，不如洗煤炭去罷。」再如，5 卷 5 號的通信欄中唐俟致錢玄同的信中寫道「兩日前看見《新青年》五卷二號通信裏面，兄有唐俟也不反對 Esperanto，以及可以一齊討論的話」（《渡河與引路》）。錢玄同的該信發表在通信欄中，並無標題，如不仔細閱讀正文是難以發現的，魯迅對《新青年》閱讀的細緻程度可見一斑。

〔註32〕唐俟《隨感錄四十一》：從一封匿名信裏看見一句話，是「數麻石片」（江蘇方言），大約是沒有本領便不必提倡改革，不如去數石片的好的意思。因此又記起了本志通信欄內所載四川方言的「洗煤炭」。想來別省方言中，相類的話還多：守著這專勸人自暴自棄的格言的人，也怕並不少。

　　況且既然要編選大系，自然要多方搜羅材料以求客觀謹嚴，這方面主編趙家璧在回憶文章《魯迅怎樣選〈小說二集〉》中還曾提到一個細節，當年魯迅應允編選小說二集時，專門提出一個條件「許多刊物如《新潮》和《新青年》等手頭都沒有，必須由良友公司負責供應〔註33〕」，對此趙家璧是「欣然答應了」，並在魯迅開編之前便將資料送去。魯迅在日記中也有所記載，其中2月12日《日記》上記有：『得錢杏邨信並借《新青年》《新潮》等一包，即覆〔註34〕』。綜上所述，我們基本可以判定，魯迅是看過《新青年》上的陳衡哲作品的，《小說二集》中對陳衡哲的遺漏並非「遺珠之憾」。

　　與此同時，我們還發現這樣的遺漏並非個別現象。對於自己的「被遺漏」，陳衡哲始終沒有提出異議，但是沈從文卻直言不諱，認為「魯迅選北京方面的作品，似乎因為問題比較複雜了一點，取捨之間不盡合理（王統照、許君遠、項拙、胡崇軒、姜公偉、于成澤、聞國新幾個人作品的遺落，狂飆社幾個人作品的加入，以及把沉鐘社、莽原社實在成績估價極高，皆與印行這套書籍的本意稍稍不合）〔註35〕」。直到1970年，沈從文在家書中還感歎「《新文學大系》三厚冊小說集」收入的小說作者不下數百人，而自己「已寫了六十本書，卻故意不選我的，這也是趣事！」（沈從文《致張兆和》）那麼，《小說二集》取捨之間的「不盡合理」究竟是出於「偏心」還是「缺少眼力」？其實不管是有心還是無意，《小說二集》的編輯所帶有的濃厚的編者色彩，及其長久以來對文學史潛移默化的影響，都是毋庸置疑的事實。因此，更值得關注的是反而是研究者們對於這些「遺漏」的態度及其立論背後的邏輯關係，這也是本文要進一步探討的「第一個十年」新文學史敘事中的「編者話語」問題。

三

　　正如前文所論證的，我們對於《小說二集》有所「遺漏」的判定，是建立在對基本史實的重新梳理與充分尊重的基礎之上的。因為即便認為陳衡哲的小說在藝術性上有所欠缺，魯迅可以不選入她的作品，但是《導言》對《新

〔註33〕趙家璧《魯迅怎樣選〈小說二集〉》，《編輯憶舊》，北京：生活‧讀書‧新知三聯書店，2008年，第137頁。
〔註34〕趙家璧《魯迅怎樣選〈小說二集〉》，第143頁。
〔註35〕沈從文《介紹〈中國新文學大系〉》，《沈從文文集（第12卷）》，廣州：花城出版社，1984年，第173頁。

青年》小說創作情況回顧中的「有意」遺漏卻是有據可查的。而沈從文在第一個十年發表了大量作品，「是在北晨副刊及現代評論發表小說數量最多的作家」〔註36〕，《小說二集》卻隻字未提、一篇不選，無怪司馬長風要提出質疑：「如果自新文學誕生以來，挑選五大小說家，便不能拋卻沈從文，何況是錄選百家作品的文學大系？」（《魯迅不選沈從文》）儘管如此，研究者們仍然試圖為魯迅的「遺漏」尋找「合理性」。

其實，所謂的「遺漏」概況起來無外乎三種可能：一是編者沒有讀過該作品而無法選，二是編者出於私心或偏見而故意不選，三是作品不達標而不能選，下面將分別加以探討。第一種可能，魯迅沒有讀過，屬於遺珠之憾。如上述陳子展先生在《陳衡哲：〈小雨點〉再版本》中所持的觀點，通過前文論證基本可以排除；第二種可能，魯迅懷有私心或偏見。夏志清在《新文學的傳統》中便持該觀點，他認為：

> 陳衡哲是胡適「最早的同志」，加上當時大家公認《狂人日記》是第一篇新小說，魯迅如選上了《一日》，豈非自貶身價？當然我們也可以假定：魯迅編選工作做得很馬虎，根本沒有參考《小雨點》這本書。但魯迅把一些無名作家——趙景沄、林如稷、顧隨、斐文中——的小說都選錄了，陳衡哲當年「女教授」、「女作家」名氣還蠻大的，《小雨點》他是一定看到的。〔註37〕

而在沈從文方面，更多學者持「偏見論」，除了司馬長風在《魯迅不選沈從文》《概評〈新文學大系〉》等文中提出質疑，還有學者雖無直接評論，但也通過史料研究間接地論述了魯迅早期對沈從文產生的誤會（劉洪濤《沈從文研究資料》）以及由「丁玲來信」所造成的兩人之間的恩怨（李輝主講，吳柯達編輯：《靜聽輝聲：魯迅與沈從文的恩怨》）。對此，反駁者的論述邏輯則是力證魯迅的「雅量」，如通過例舉《小說二集》選入了向培良和凌叔華的作品來證明魯迅的大度，因為前者曾經與高長虹一起謾罵攻擊過魯迅，後者是魯迅多次論爭過的陳西瀅的妻子。姑且不論這樣的以偏概全的論述邏輯是否有說服力，單說學術探討中的誅心之論很容易淪入臆斷的怪圈，失卻了學術的嚴謹

〔註36〕具體包括《晨報副刊》25 篇，《現代評論》4 篇，《晨報・文學旬刊》2 篇，《小說月報》《東方雜誌》《語絲》《世界日報副刊》《世界日報・文學》《晨報・七月增刊》《京報・文學週刊》各 1 篇。作品集《鴨子》是多類體裁作品的合集，共收上述已發表的小說 8 篇。

〔註37〕夏志清《新文學的傳統》，臺北：臺北時報出版公司，1979 年，第 91～92 頁。

性，所以在這個問題上也不再贅述。

有待重點探討的是第三種可能，即不符合編選資格或者達不到入選要求而捨棄。在陳衡哲、沈從文的「落選」問題上，有學者便認為是因其作品藝術水平的不達標。那麼，究竟哪裏不達標？兩位落選者的作品與入選者相比，不足在哪裏？隔著近百年的審美距離，我們再來回顧《新文學大系》作品集的編選，它的編輯原則是什麼？具體到《小說二集》中所體現出的編選方法和評價尺度是什麼？有無疏漏？對文學史書寫又提供了哪些有益的經驗和啟示？這正是需要深入探討的極有價值的問題。

魯迅在《小說二集》中的遴選標準比較突出的有兩點：

第一，注重提攜青年作者，尤其是默默無聞的青年作者。魯迅曾表示批評家的職務不但是剪除惡草，還得「灌溉佳花」以及「佳花的苗」，《小說二集》中大量年輕作家的入選就是最好的證明。在這方面，已經功成名就的陳衡哲顯然不在此列。

第二，審美風格的偏好，與對陳衡哲的「遺漏」相比，魯迅對另一女作家凌叔華的「凸顯」則在後來被廣為徵引，幾成定論：「凌叔華的小說，⋯⋯大抵很謹慎的，適可而止的描寫了舊家庭中的婉順的女性⋯⋯使我們看見和馮沅君，黎錦明，川島，汪靜之所描寫的絕不相同的人物，也就是世態的一角，高門巨族的精魂〔註38〕」。從魯迅在導言中評語，可以看出對凌叔華的「激賞」，同時兩人創作手法上也有極高的相似度。夏志清的《中國現代小說史》中對凌叔華給予高度評價，其中特別指出了凌叔華的《中秋晚》與魯迅的作品的相似性。夏志清沒有指出的，還有凌叔華的小說《李媽》中的僕人李媽與《祝福》中的祥林嫂的高度相似性，以及《繡枕》與《肥皂》在諷刺手法與象徵的運用上的相似性。《肥皂》發表於1924年3月27日的《晨報副鐫》，是一篇極為精彩的諷刺小說。四銘買肥皂時，因為反覆比較各個牌子，拖泥帶水的行為，遭到幾個學生的英文辱罵。回到家中，讓念高中的兒子翻譯這句罵人的話而不得，於是四銘大罵現代教育，因為它造就的只是一些無知無禮的人，還是傳統的儒家教育好。並由此講起當天所見的代表傳統孝道的行為，一個求乞的孝女⋯⋯《肥皂》中魯迅敏銳的諷刺感，以及化諷刺於無形，通過四銘的言談舉止來展現滿口仁義道德的現代道學家的嘴臉的諷刺手法，

〔註38〕魯迅《〈中國新文學大系・小說二集〉導言》，上海：良友圖書印刷公司，1935年，第11～12頁。

在凌叔華的《繡枕》中都得到了淋漓盡及地再現。雖然兩部作品的筆調不盡相同，但是語言的精練、含蓄，「肥皂」和「繡枕」的象徵物的運用等都有異曲同工之妙。

與之相比，陳衡哲同時期小說中的直白寫法可能就很難得到魯迅的青睞，以魯迅為李霽野的短篇小說《生活！》改稿為例，也可以看出其對「蘊蓄」的文學觀的強調，魯迅對李霽野的小說進行了修詞上的修改，專門改掉了原稿中的「雙關」兩個字，理由是這兩個字「將全篇的意義說得太清楚了，所有蘊蓄，有被其打破之慮」（250517 致李霽野）。換句話說，魯迅所欣賞的是蘊蓄的有內涵的作品，不妨參見他的自我評價「技巧稍為圓熟，刻畫也稍加深切，如《肥皂》《離婚》等〔註39〕」，而陳衡哲這一時期的小說《波兒》等恰恰是清澈見底的另一個風格，僅從這個角度，陳衡哲顯然算不上同路人。

還需引起注意的是，魯迅以小說家的身份在《小說二集》中的批評臧否、遴選與捨棄，不僅是「編者話語」更是一種「作者話語」。因為在第一個十年的小說發展中，魯迅首先是一位作家，然後才是評論者、編輯者。而在具有鮮明的文學史書寫意義的大系的編選過程中，不少編者都是作家身份參與編輯遴選，魯迅、周作人、郁達夫、朱自清，相當於身兼運動員與裁判員的雙重身份，而且很多編者強調「只有主觀偏見」，「以人為標準」，以編者個人喜好為歸旨，「憑主觀去取」，極力彰顯選家的個人色彩。這種當仁不讓、舉賢不避親的編選態度，研究者多有論述，以作者的身份，作為在場者當然有利於以獨特的視角進行編選品評，但是也會帶來一定的遮蔽與凸顯，這都是雙重身份的應有之義，也是情理之中的。魯迅對陳衡哲的遺漏，之所以成為現代文學的公案，很大程度上也源自魯迅的編者兼作者的雙重身份。

然而，更為遺憾的是，相關研究並沒有從選家的這種個人色彩來客觀看待「入選」與「落選」。而是在論述過程中採用「落選者」本人的自我評價來證明其「落選」的合理性，例如，嚴家炎先生在探討《狂人日記》與《一日》孰為首創的問題時，便徵引了陳衡哲本人的言說作為重要依據：

> 新體白話小說在魯迅手中創建，又在魯迅手中成熟。海外有的
> 學者以為《狂人日記》之前，已有陳衡哲的《一日》，首創之功不屬
> 魯迅。但其實，《一日》姑不論其文筆稚嫩，即以文體而言亦非小說，

〔註39〕魯迅《〈中國新文學大系·小說二集〉導言》，上海：良友圖書印刷公司，1935年，第2頁。

> 作者陳衡哲女士自己說得明白：那是一篇記事「散文」。無論從創作
> 時間之早，思想容量之大，藝術質量之高來說，《狂人日記》的開山
> 地位都是無可動搖的。〔註40〕

《一日》文體的判定，頗多爭議，先拋開不談，只是此處嚴先生採用「作者
陳衡哲女士自己說得明白：那是一篇記事『散文』」的方式來證明《一日》的
文體，其中的邏輯有待商榷。這句話的出處，嚴先生沒有標注，應該出自陳
衡哲為《一日》所作的按語。1928 年，《小雨點》由新月書店出版時，陳衡哲
在每篇小說之前都附有按語，其中《一日》的按語為：

> 這篇寫的是美國女子大學的新生，在寄宿舍中一日間的瑣屑生
> 活情形。他既無結構，亦無目的，所以只能算是一種白描，不能算
> 為小說。但他的描寫是很忠誠的，又因為他是我初次的人情描寫，
> 所以覺得應該把他保存起來。

「只能算」「不能算」也可以理解為一種謙辭，指出自己處女作的稚拙。這就
跟魯迅當年發表《孔乙己》（《新青年》第 6 卷第 4 號，1919.04）時，在《附
記》裏說「這是一篇很拙的小說」是一樣的。而且《小雨點》的新月初版本，
本來就是作為小說集來定位的。多年後，《小雨點》商務版（1936 年 1 月）正
式出版，在《改版自序》中，陳衡哲寫道：「原書所包含的小說，凡有十篇。」
明確指出了作品的體裁，而且《小雨點》經過多次改版增刪，《一日》均收入
在內，不難看出作者對此處女作的重視。

在相關論述中，引用最多的還有陳衡哲在《小雨點‧自序》中的這段自
述：

> 我既不是文學家，更不是什麼小說家，我的小說不過是一種內
> 心衝動的產品。它們既沒有師承，也沒有派別，它們是不中文學家
> 的規矩繩墨的。它們存在的唯一理由，是真誠，是人類感情的共同
> 與至誠。

同樣，針對沈從文的落選，有研究者認為是因為小說二集所選的時間界限為
1917～1927，而這一時期沈從文的小說還是一種「試探」，是一種還不成熟的
「習作」。而作為證明這一觀點的唯一證據仍然是沈從文的兩段自我陳述：

> 我從事這工作遠不如人所想的那麼便利。首先的五年，文字還

〔註40〕嚴家炎《魯迅作品的經典意義——〈魯迅作品集〉序》，載《北京大學學報》，
1996 年第 1 期。

掌握不住，主要是維持一家三口人的生活。為了對付生活，方特別在不斷試探中求進展。（沈從文《二十年代的中國新文學》）

　　我文章大概發表了不少，但文字成熟得很晚，直到 1929 年後才比較成熟，比較通順。（沈從文《在湖南吉首大學的講演》）

在這裡，研究者引用作者本人的話語來自證，這一邏輯是否合理？且不說「作者言說」中可能存在的自謙、自誇等不確定的主觀因素，單說對作品的品評難道不應回到作品本身，在文本閱讀中去切實探討它的藝術性、價值和影響嗎？

　　更需要引起注意的是，《小說二集》的導言中也留下了大量的「作者言說」。魯迅在論述過程中，大段地引用了作家的序言、後記或刊物的宣言、編輯餘談等自我詮釋，直接將其作為立論的觀點或論據。《導言》正文共 10030 字，而所引用的「如著者所說」便有 2 千多字，而且引用時大都為直接引用，例如汪敬熙「序中有云……」，然後直接引用汪靜熙在自序中的大段陳述，作為對其作品並無「什麼批評人生的意義」的評價，此外汪靜熙作品的具體內容、影響究竟如何，魯迅都沒有加以探討。再如：

　　（楊振聲）中篇小說《玉君》，那自序道——「……」；

　　胡山源作的《宣言》告訴我們說——「……」；

　　陳煒謨在他的小說集《爐邊》的「Proem」裏說——「……」；

　　蹇先艾的作品是簡樸的，如他在小說集《朝霧》裏說——「……」；

　　（黎錦明）在《烈火》再版的自序上說——……

　　黃鵬基將他的短篇小說印成一本，稱為《荊棘》……他說——「……」；

　　向培良當發表他第一本小說集《飄渺的夢》時，一開首就說——「……」

　　下面這一段就是那不知名的反抗者所自述的憎惡——「……」；

　　（臺靜農）《地之子》的後記裏自己說——「……」

　　編者從作家們的自我闡釋中來追尋創作者的心路歷程、思想變遷，乃至創作緣起、動機，來闡發創作手法，理念等，這樣的引用方式值得商榷。而且類似的斷章取義為我所用的情況，同樣也不是個案，我們如果稍作留心就會發現文學研究中存在的大量「如作家所言」、「作者曾坦言」、「作者自云」等徵引方式，這些「作者言說」以碎片化的形式，零散地夾雜在各種著述中，極為龐雜。作家們在序跋、隨筆、評論中留下了大量的作者話語，這些自我

詮釋作為潛在的附文本誠然提供了豐富可觀的信息,但是我們應該如何對待這些作者話語?如果僅把它作為一個取之不盡的龐大的論據庫,供論者自由摘引縱橫捭闔,作為便捷的佐證手段,恐怕就偏離了文學研究的本質。

綜上所述,魯迅在「第一篇」問題上的缺席並非偶然,魯迅對《新青年》時期除了自己之外發表白話創作小說的唯一作者陳衡哲的「隻字未提」,帶有「編者話語」的鮮明烙印。更需引起深思的是研究者對於「遺漏」的態度及其立論背後的邏輯關係,很多時候作者(編者)的自我言說在有意無意中成為了文學史上的權威論斷,這些「作者(編者)言說」的話語權力需要格外警惕,作者(編者)帶有極強主觀色彩的評價虛實相生,包含對「身份認同」的期待,對此學者在創作序跋的研究中尤其需要小心辨析,引以為戒的。

第四章　現代作家的自我闡釋

　　本章以中國現代文學中的經典作家作品為個案，通過對郭沫若、巴金、老舍、曹禺等現代作家創作序跋與作品的文本細讀、文本重讀，關注作家的自我闡釋在文學傳播與文學接受過程中的互動及影響，以此考察中國現代文學的發生與發展，探索文學創作與文學批評的內在理路，以期在現代文學研究、作家創作批評等方面有所創新。

第一節　《屈原》主題的闡釋與「發現」

　　七十年前的中國，歷史劇《屈原》的發表、演出與論爭，無疑是當年備受矚目的文化「事件」之一。在接下來的七十年裏間，歷史劇《屈原》不僅在國內久演不衰產生重要影響，而且走出國門被搬上日本、蘇聯、羅馬尼亞、捷克等世界各國的舞臺。《屈原》既是郭沫若歷史劇中成就最高、影響最大的集大成者，更是上世紀 40 年代乃至中國現代戲劇史上光輝的篇章，是愛國主義的不朽傑作。那麼，這部取材於歷代公認愛國典範的歷史劇，如何在衣冠古道聲裏發出「時代的忿怒」的弦外音？被認為具有鮮明諷喻意味的《屈原》何以能在國民黨的機關報上發表？其發表後又經歷了怎樣的針鋒相對的系列論爭，以什麼樣的方式獲得讀者的認同，進而在那個悲壯的抗戰年代綻放出炫目的光彩？關於歷史劇《屈原》尚有諸多疑問有待研究者深入探討，尤其是在宏大歷史書寫之下，《屈原》的「細部」發掘以及相關史料的整理、甄別與考辨工作還十分匱乏，存在不少籠統含混之處，甚至出現某些史實的

訛誤〔註1〕。對這段歷史進行重新爬梳，不僅試圖鈎沉史料以釐清事實的原委，更旨在通過對當時歷史語境的回歸，為深入《屈原》研究提供重要參考。

一

　　這個劇本是一九四二年一月，國民黨統治最黑暗的時候，而且是在反動派統治的中心最黑暗的重慶寫的。不僅中國社會又臨到階級不同的蛻變時期，而且我的眼前看見了大大小小的時代悲劇，無數的愛國青年、革命同志失蹤了，被關進了集中營。代表人民力量的中國共產黨在陝北遭受著封鎖，而在江南抵抗日本帝國主義侵略最有功勞的中共所領導的八路軍之外的另一支兄弟部隊——新四軍，遭到了反動派的圍剿，受到很大損失。全中國進步的人們都感受著憤怒，因而我便把這時代的忿怒復活在屈原時代裏去了。……劇本的發表和演出，從進步方面受到了前所未有的熱烈的歡迎，而從反動方面卻也受到了前所未有的猛烈的彈壓。〔註2〕

以上是 1950 年即《屈原》發表八年後，郭沫若為俄文譯本作序時寫下的一段話。在這篇自序中，郭沫若不僅突出強調了《屈原》創作所處的「黑暗」歷史背景，而且首次將劇本的創作動因與「新四軍」「反動派」直接聯繫在一起，對《屈原》借古喻今影射「皖南事變」，以抨擊國民政府反動統治的鮮明創作意圖，給予明確闡發。作者的這段自我詮釋作為最具有說服力的一手材料，在其後的文學研究中被研究者反覆引用。尤其是建國後大量回憶紀念性文章的出現，《屈原》的創作動因愈加清晰，作為黨中央親自關注，共同探討劇情、把握和深化主題的作品，周恩來對《屈原》主題的闡發「因為屈原受迫害，感到讒諂之蔽明也，邪曲之害公也，才憂憤而作《離騷》。『皖南事變』後，

〔註1〕例如，關於《屈原》刊發時間的基本史實，不少文章就表述有誤以訛傳訛。1983年 5 月 20 日《文摘報》的一篇文章表述為，孫伏園把郭沫若的劇本《屈原》刊在「星期天」的副刊上，「佔了一整版」。2010 年 9 月《魯迅研究月刊》刊發的孫伏園之子孫惠連先生的回憶文章中，繼續延用了「一整版」的說法。而郭沫若之女郭庶英的回憶錄中，則對刊發時間表述為「在報紙副刊連續刊登了十五天」。此後不少文章採用了「連續刊登十五天」的說法，如 2004 年《文史春秋》雜誌中的《圍繞歷史劇〈屈原〉的一場國共鬥爭》一文即描述為：「自元月 24 日起《中央日報》持續 15 天連載《屈原》」。實際上，《屈原》刊發的準確日期為，1942 年 1 月 24～25 日、27～31 日，2 月 4～7 日，共分十次分別刊載於《中央日報》的第四版。

〔註2〕郭沫若《序俄文譯本史劇〈屈原〉》，載《人民日報》，1952 年 5 月 28 日。

我們也受迫害，寫這個戲很有意義」〔註3〕，成為關於該劇主題選擇的權威性論述得到廣泛認同。不過，需要引起注意的是，隨著歷史的不斷重述，作者的自我詮釋與越來越多的親歷者以歷史回溯的方式共同參與到作品的解讀中來，從而導致對創作主題與歷史語境的某種誤讀。《屈原》的主題被日益簡化，不少論述將上述主觀「創作意圖」直接等同於「作品主題」的客觀呈現，似乎其所蘊藉的諷喻意味與政治指向在發表當時即是一目了然、不言而喻的。如果拋開作者的自我詮釋與論述者的事後追認，重返 1942 年的歷史語境，《屈原》的「指向性」果真如此清晰明瞭嗎？在當時如此險惡而複雜的歷史語境中，國民政府又怎麼會允許具有如此鮮明指向性的作品發表並上演呢？在彰顯《屈原》鮮明鬥爭性的同時，是否也遮蔽了特殊歷史語境下史劇創作的隱晦性與策略性呢？

屈原是歷代公認的愛國詩人，堪稱忠君愛國的典範，選擇這一題材進行「失事求似」地再創作，雖然其所具有的「題材優勢」有利於劇本獲得生存的合法性，但同時也令郭沫若在創作之初就面臨諸多創作難題，不僅要思考如何將屈原「三十多年的悲劇歷史」搬上舞臺，更需要解決對作品主題進行置換的重大難題，即如何將敘事的重心由傳統意義的「愛國」主題轉換為具有現實針對性的「影射」主題。於是，在劇本的創作過程中，郭沫若於幾番創作「滯礙」後，「另生新案，完全改易」，將原擬的上下兩部，每部各五六幕，濃縮為僅有的五幕。如此一來，原本試圖完整展現屈原一世命運與政治理想的「宏大敘事」，變成了描寫屈原一天生活的「橫截面」。對於這一「意想外的收穫」，郭沫若顯得頗為滿意，因為經此改動不僅使故事情節更為集中精練，更為重要的是，刪去了可能旁逸斜出的細節，從而使南後「陷害」屈原的情節成為史劇的中心。而且在有限的劇情中，突出了對人物身遭「陷害」的控訴，無論是「你陷害了的不是我，是我們整個兒的楚國呵！」等語句的多次重複，還是「雷電頌」中的「爆炸」宣言，都力圖使主題得到凸顯。

只是，從《屈原》文本所呈現的內容來看，主人公屈原仍可納入「愛國忠君」的思想體系下，在被南後誣陷而遭遇楚懷王怒罵時，屈原的反應竟是請求賜死以表明自己的清白。這個「消極地表示屈原的愚忠」〔註4〕的細節，

〔註3〕黃中模編著《郭沫若歷史劇〈屈原〉詩話》，成都：四川人民出版社，1981 年，第 14 頁。

〔註4〕郭沫若《郭沫若全集》（第 6 卷），北京：人民文學出版社，1986 年，第 423 頁。

在其後的俄文修改本中得到修正，改為「大王，我可以不再到你的宮庭裏來，也可以不再和你見面。但你以前聽信了我的話一點也沒有錯。你要多替楚國的老百姓設想，多替中國的老百姓設想。老百姓都想過人的生活，老百姓都希望中國結束分裂的局面，形成大一統的山河」。總體說來，劇中虛擬的「陷害」事件仍可以收納於「愛國」主題的大框架之下，「忠而被謗」的主題並未溢出司馬遷「信而見疑，忠而被謗，能無怨乎？屈平之作《離騷》，蓋自怨生也」(《史記·屈原賈生列傳》)的傳統觀點與概括。更何況，如當時讀者對劇本主題所概括的「佞臣寵姬蒙蔽國主，陷害忠良，國丈助虐，忠臣有口難辯，弱女罵奸，俠士救忠，都是愛看舊戲的人所熟習，瞧慣了的」〔註5〕，屈原的「忠臣」標籤，很大程度上遮蔽了劇本的影射性，或者說，儘管屈原遭遇被疑、被謗、被貶的命運，但在其忠君愛國「雖九死其猶未悔」的精神框架下，《屈原》依然存在一個可以從「愛國抗日」的正面角度加以理解的闡釋空間。因此，儘管郭沫若的創作初衷「別有用心」，但最終所呈現的文本主題卻是可以多元闡釋的。這也是《屈原》得以在國民黨機關報發表，甚至在發表之後很長一段時間內給予好評的重要原因。

有必要指出的是，如果將郭沫若落款為「三一年一月二十日日夜」，即 1942年 1 月 20 日劇本完稿不久所寫作的《我怎樣寫〈屈原〉》一文，與上述時隔八年後的俄文譯本序言進行參照研讀，也許會有更多發現。在這篇創作談中，郭沫若重點介紹了劇本的構思寫作過程，強調最終成稿的「即興發揮」與「意想外的收穫」，不厭其煩地將原計劃的「下部的分幕和人物表」抄錄出來給予詳細論述，並專門對人物形象設置的歷史依據加以說明。在近四千字的篇幅中，郭沫若唯獨沒有涉及到對創作主旨的闡釋。甚至沒有關於主題的任何「暗示」性的片言隻語。這篇創作談於《屈原》連載結束後接連兩天刊發在《中央日報》上，作者當時的審慎態度由此可見一斑。

另外，下面的這段回憶可能也有助於增加對郭沫若歷史劇創作思路的理解。1943 年，劇作家于伶曾就歷史劇創作中的「影射」問題向郭沫若求教：「我對郭老坦白承認了我的《大明英烈傳》是假歷史劇。劇中僅僅只有三個人的名字是於史有據的之外，所有故事、情節與人物關係，全部是杜撰的。郭老嚴肅地說：這當然瞞不過我囉。你們，杏村（阿英同志）和你，身處上海租

〔註5〕北長《詩劇〈屈原〉——話劇底民族形式的新基石》，載重慶《新民報》，1942
　　　 年 4 月 18 日。

界孤島，劇本上演必須逃過反動派的幾道審查關。搞搞借歷史諷日偽，勵觀眾，有何不可？特殊戰場上的特殊戰鬥武器嘛。我們在這裡也一樣在搞，只是五十步與百步之差，聯想多於影射而已。為了戰鬥，不是為了歷史而寫歷史劇，反正又不是歷史教科書吵，管它則甚！說完哈哈大笑了。」〔註6〕「身處上海租界孤島，劇本上演必須逃過反動派的幾道審查關」，身處重慶國統區的郭沫若顯然深諳個中滋味。在《屈原》的手稿中，原有下面一段對話：

> 屈原：這個人到什麼地方去了呢？
>
> 漁父：哼，可憐。他說這話不久，便來了兩位衛士把他抓去了。
>
> 屈原：怎麼？把他抓走了？
>
> 漁父：大概是這濠水裏面釣魚的，有好些恐怕並不一定在釣魚，
>
> 而是在釣人的吧。
>
> 屈原：唉，這世道真是暗無天日！

但是，這幾句「描繪楚懷王時代特務橫行，顯然凝聚著郭沫若在重慶對蔣介石特務統治的憤慨」的對話，卻被作者刪掉了，並在手稿中批註道：「把當時特務組織寫得太現代化，為不切實際」。〔註7〕上述敏感語句的自覺刪改，從側面反映出郭沫若對創作「分寸」的把握。歷史劇作為「特殊戰場上的特殊戰鬥武器」，「聯想多於影射」，可謂一語道出其中的真諦，不僅從另一角度印證了本文對《屈原》主題多元性的探討，同時也是對這一時期歷史劇普遍創作方法的一個精練概括。

　　至於郭沫若在序言中所陳述的，劇本的發表和演出都「受到了前所未有的猛烈的彈壓」，可能更多屬於作者在歷經滄桑後對崢嶸歲月的一種緬懷性追述，如果將其視為史料則是不夠準確的。一方面，從目前掌握的史料來看，劇本在當年的發表並沒有受到所謂「前所未有的猛烈的」彈壓；另一方面，該劇的演出也並非相關史料所描述的從「中華劇藝社正式開排《屈原》，國民黨就一再阻撓」〔註8〕。《屈原》於2月刊載完畢後，同年3月由文林出版社出版單行本，4月3日起中華劇藝社在重慶國泰戲院開始公演，彼時《屈原》的「春秋筆法」

〔註6〕于伶《懷念郭沫若同志》，載《上海文藝》，1978年第7期。

〔註7〕參見劉烜《讀郭沫若歷史劇〈屈原〉手稿》，載《讀書》，1984年第1期。

〔註8〕郭庶英《我的父親郭沫若》，成都：遼寧人民出版社，2004年，第51頁。持此觀點的還有《郭沫若歷史劇〈屈原〉詩話》，書中寫道「『中華劇藝社』終於衝破了重重阻撓和困難，於一九四二年四月三日，在重慶市中心區的『國泰』大戲院公演了《屈原》」。（黃中模編著，第11頁）

尚未引起國民黨官方的注意。下文將從這兩方面分別進行論述。

二

1942 年 1 月 24 日至 2 月 7 日間，《中央日報》的副刊先後用十個版面的大篇幅全文刊載了郭沫若的五幕劇《屈原》，在皖南事變後十分敏感的政治氛圍中，《屈原》能夠發表在國民黨的機關報上，負責副刊編輯工作的孫伏園功不可沒。作為我國新聞史上鼎鼎大名的副刊編輯，孫伏園對《屈原》的刊發，被視為其報人生涯中發出的有膽有識、氣概不凡的「三大炮」〔註9〕之一，向來為人稱道。但是，對於孫伏園在刊發《屈原》一事上所發揮的具體作用，作為當事者的郭沫若與孫伏園生前都沒有公開的文字說明，關於這段歷史的記載也多有訛誤，那麼，孫伏園是在什麼情況下刊發《屈原》的？其後又因何退出《中央日報》副刊工作的呢？

對於《屈原》的發表，目前學術界存在兩種不同的說法：一種說法認為是孫伏園慧眼識英主動索稿。40 年代與孫伏園多有往來的蔣星煜先生，根據自己當時的投稿與錄用情況，推斷《屈原》的稿件「肯定是孫伏園千方百計向郭沫若要來的」，因為「在這種情況之下，進步作家向『學海』、《中央副刊》投稿不多」〔註 10〕。而另一與孫伏園交往密切，在重慶期間多有書信往來的林辰先生，則證實了蔣星煜的這一推想，他在回憶中談到：「我還聽到孫伏園講過，郭老的《屈原》寫好以後，當時孫伏園在編《中央日報》的副刊，他與郭老要稿子，郭者就把《屈原》交給他，就在《中央日報》上連載起來了。」〔註11〕《舊聞錄 1937～1945：風雨傳媒》一書採用了這一說法，且突出強調了孫伏園以「不怕坐牢，不怕殺頭」的凜然正氣，連續刊載了郭沫若的歷史劇《屈原》〔註12〕。

〔註 9〕董謀先將孫伏園在北京《晨報副刊》發表魯迅的《阿Q正傳》，在武漢《中央日報》副刊發表毛澤東的《湖南農民運動考察報告》，在重慶《中央日報》副刊發表郭沫若的《屈原》稱為孫伏園的「三大炮」。參見董謀先《回憶〈屈原〉的發表與公演──紀念孫伏園先生一百週年誕辰》，紹興縣政協文史資料工作委員會、紹興魯迅紀念館編《孫伏園懷思錄》，紹興縣政協文史資料工作委員會，1994 年。

〔註10〕蔣星煜《文壇藝林備忘錄》，上海：遠東出版社，2006 年，第 252 頁。

〔註11〕「訪問林辰同志的談話記錄」，參見黃中模編著《郭沫若歷史劇〈屈原〉詩話》，成都：四川人民出版社，1981 年，第 130 頁。

〔註12〕長秋《孫伏園與毛澤東的文字緣》，載《重慶商報》，2010 年 1 月 23 日。

　　另一說法則認為是郭沫若利用身份主動投稿。《郭沫若歷史劇〈屈原〉詩話》一書中收入了「訪問王亞平同志的談話記錄」，王亞平以親歷者的身份對當時的情形作了如下描述：「《屈原》寫好了，為了便於鬥爭，便於演出，郭老不拿到其他的地方去發表，專門要拿到國民黨辦的《中央日報》上去發表，在《中央日報》上連載起來。這一手郭老是很屬害的，意思是說，我還是文化工作委員會的主任，你就不能改我的。有一次郭老向我說：『我還沒有把這個花瓶敲碎之前，國民黨的報紙還得給我發表劇本。』說完郭老就哈哈大笑。〔註13〕」《抗戰時期的重慶新聞界》（1995）、《我的父親郭沫若》（2004）、《圍繞歷史劇〈屈原〉的一場國共鬥爭》（2004）等論著都採用了「敲碎花瓶」的說法。此外，還有其他的一些論著、評傳、紀念文章等在論及這段史實時，雖在細節上有所出入，但基本未逃出上述兩種說法。需要引起注意的是，以孫伏園為論述對象的文章，大多採用「索稿」說，強調孫伏園作為副刊編輯的慧眼與膽略；而以郭沫若為論述對象的文章，則往往採用「投稿」說，突出郭沫若的鬥爭策略與勇氣。從中不難看出，研究者的主觀意圖直接影響了對史料的選取與運用。

　　不過，上述兩種說法也有相同之處，就是都突出了《屈原》劇本發表的「不易」，強調二人所冒的「風險」。那麼，這種風險是否存在呢？從孫伏園的角度，作為編者的他向當時的文壇名家積極約稿是再平常不過的，況且劇作者時任文工會主任——雖然後來的文學史往往強化郭沫若與共產黨關係的那部分，「對與國民黨官方的聯繫總是極力淡化，或者把其描繪成打入敵人內部的左翼文人形象」〔註14〕，但郭沫若彼時的公開身份畢竟是國民黨的政府官員，加之劇本的主人公屈原又是歷代公認的愛國典範（本文第二部分將重點進行探討），這都使得對《屈原》的刊發可以說是相對「保險」的。認為孫伏園刊發《屈原》要力排眾議，冒坐牢殺頭的風險，恐怕加入了當代人想像與演繹的成份；而從郭沫若的角度，為了宣傳的效果與鬥爭的方便，在「許多報刊的編輯紛紛登門求稿」〔註15〕的情況下，主動將《屈原》投給《中央日報》也合乎事情發展的邏輯。如果拋開「預設」的前提，《屈原》在《中央

〔註13〕「訪問王亞平同志的談話記錄」，參見黃中模編著《郭沫若歷史劇〈屈原〉詩話》，成都：四川人民出版社，1981年，第126頁。

〔註14〕張武軍《新史料的發掘與抗戰文學史觀之變革》，載《中國現代文學研究叢刊》，2010年第2期。

〔註15〕郭庶英《我的父親郭沫若》，瀋陽：遼寧人民出版社，2004年，第51頁。

日報》的刊發,應該說是孫伏園與郭沫若之間「雙向選擇」的結果,事實上《屈原》在發表的環節上也的確沒有多費周折,郭沫若 11 日完稿後,《中央日報》24 日即開始刊載,相隔不過十餘天,所以在刊發與發表這一行為本身上,兩人都無「險」可冒。而真正的風險因素,全部維繫於對劇本「弦外音」的「發現」之上,也就是說,兩人有可能因為劇本主題思想的「反動」而面臨事後清算的危險。不過,《屈原》發表後,郭沫若的「花瓶」並沒有立即摔碎〔註 16〕,那麼,孫伏園又在何時受到清算呢?

關於孫伏園撤職一事,董謀先在《回憶〈屈原〉的發表與公演——紀念孫伏園先生一百週年誕辰》一文中這樣寫道:「作為《中央日報》副刊主編,他不是不明白這樣做的嚴重後果,但他義無反顧,正氣凜然!無怪乎『蔣委員長』見到報紙就破口大罵:『《中央日報》裏有共產黨』,要當時的國民黨中宣部長許孝炎清查。其結果是可想而知的,伏老就立即被逐出了《中央日報》。」〔註 17〕董謀先既是孫伏園的學生,又是《屈原》發表與公演的親歷者,因此這段回憶作為信史被廣泛引用。郭庶英在《我的父親郭沫若》一書中也採用了這一說法,只不過發怒者由「蔣委員長」變成了「潘公展」——「國民黨宣傳部副部長潘公展讀後,大發雷霆,狠狠地罵道:『怎麼搞的?我們的報紙公然登起罵我們的東西來了。』他立即撤銷了副刊編輯孫伏園的職務」〔註 18〕——但在「立即撤銷」孫伏園編輯職務的史實描述上並無二致。

實際上,認為孫伏園「立即被逐出了《中央日報》」明顯有違史實。一方面,《屈原》連載結束後,《中央日報》在此後相當長時間裏對其進行關注和討論,且對劇本與公演持肯定態度,具體內容將在下文論及;另一方面,根據現有史料顯示,直至當年 11 月孫伏園仍然在負責副刊的編輯工作。作家蔣星煜在《文壇藝林備忘錄》中提供了一個重要線索,他曾於 1941 年前後向《中央日報》副刊多次投稿,先後被孫伏園錄用刊登。後來又投寄了一篇小說《威尼斯的憂鬱》,長達 6000 字,「沒有多考慮是否能被採用,就貿然寄給了孫伏園。沒有料到居然也被看中了,用『中央副刊』一整版的篇幅一次刊完」〔註 19〕。根據查閱結

〔註 16〕文化工作委員於 1945 年 3 月 30 日被國民黨當局藉口機構重迭而被解散。
〔註 17〕董謀先《回憶〈屈原〉的發表與公演——紀念孫伏園先生一百週年誕辰》,紹興縣政協文史資料工作委員會、紹興魯迅紀念館編《孫伏園懷思錄》,紹興縣政協文史資料工作委員會,1994 年,第 66 頁。
〔註 18〕郭庶英《我的父親郭沫若》,瀋陽:遼寧人民出版社,2004 年,第 51 頁。
〔註 19〕蔣星煜《文壇藝林備忘錄》,上海:遠東出版社,2006 年,第 252 頁。

果，被孫伏園看中的該文刊載於《中央日報》1942 年 11 月 6 日第四版。以此可見，直至當年 11 月 6 日，孫伏園依然在負責副刊工作。

那麼，孫伏園是在何時撤出了《中央日報》的編輯工作呢？根據堵述初先生的回憶，孫伏園並非獨自離開，而是與社長陳博生、總編輯詹辱生、總務主任高瑋卿、資料室主任劉尊棋等一起離開的《中央日報》。〔註 20〕堵述初先生當年不僅與孫伏園一起負責《士兵月刊》的編輯工作，而且由其介紹進入《中央日報》副刊任助理編輯，其後又隨之一同退出《中央日報》，他的這段回憶應該是可信的。另外，孫惠連先生在文章中也提供了相同的佐證〔註 21〕。

關於陳博生領導下的「北平《晨報》原班人馬」從加入到退出《中央日報》的具體情況，著名報人、曾任《中央日報》總編輯的王揅楨在《抗戰時期的〈中央日報〉》一文中給予了詳細說明。文中認為陳博生被迫辭職的原因是多方面的，包括其對報社經營管理不善、報紙出版時有延遲以及與《新華日報》互通有無發生借紙、鑄銅模事件等。最終「陳博生被迫於一九四二年十二月十日辭職，北平《晨報》的全班人馬撤出中央日報社。」〔註 22〕關於上述說法，還有一個更為有力的佐證，即時任《中央日報》總經理張志韓的回憶。1987 年，張志韓從紐約返滬並接受了記者採訪，重述當年的「借紙公案」及集體辭職詳情，對上述史實從另一角度給予了補充和印證〔註 23〕。

從以上多種史料的互證中可以推斷，孫伏園是於 1942 年 12 月 10 日陳博生辭職後，作為原北平《晨報》人馬一同撤出中央日報社的，其中的原因應該是多方面的。實際上，在退出副刊工作後，直至 1943 年孫伏園仍有文章陸續在《中央日報》發表，包括《平等新約與民眾教育》（1943-2-5）、《文協五週年》（1943-3-27）等，而他所負責的重慶軍委會政治部《士兵月刊》的編輯工作直至 1945 年 8 月方才終止。因此，強調孫伏園因刊發《屈原》受到懷疑而被立即撤職是不夠準確的。

〔註 20〕玄雲《憶孫伏園先生》，紹興縣政協文史資料工作委員會、紹興魯迅紀念館編《孫伏園懷思錄》，紹興縣政協文史資料工作委員會，1994 年，第 19 頁

〔註 21〕孫惠連《君問歸期未有期——記孫伏園在四川十年（1940～1949）》，載《魯迅研究月刊》，2010 年第 9 期。

〔註 22〕王揅楨《抗戰時期的〈中央日報〉》，中國人民政治協商會議四川省重慶市委員會文史資料研究委員會編《重慶文史資料選輯》（第 30 輯），重慶：西南師範大學出版社，1980 年，第 138～139 頁。

〔註 23〕賀宛男、戴洪英《前中央日報總經理張志韓申請回滬定居》，載《新聞記者》，1988 年第 2 期。

需要指出的是，對《屈原》發表相關史料的爬梳與鉤沉，並非要否定孫伏園的歷史功績，而是試圖通過對歷史語境的還原，為研究者拋開「成見」，在更為豐富的場景中理解作家作品提供多角度的參考。而對《屈原》發表史實的釐清，就從一個側面提示我們，歷史劇《屈原》的「弦外音」並非不言而喻、一目了然，而是有一個「發現」的過程。

三

1942 年 4 月 2 日，《屈原》公演的前一天，作為中共黨報的《新華日報》在第一版刊登了頗具聲勢的廣告：「五幕歷史劇《屈原》／明日在國泰公演／中華劇藝社空前貢獻／郭沫若先生空前傑作／重慶話劇界空前演出／全國第一的空前陣容／音樂與戲劇的空前試驗」，從而拉來了公演的序幕。4 月 13 日，《新華日報》又特闢的「《屈原》唱和」專欄，黃炎培、董必武、沈鈞儒、張西曼、陳禪心等各界人士紛紛揮毫賦詩，彼此應和，引起了強烈的迴響，被稱為「國統區抗戰文化運動中的一大盛事」。在「言志」「諷喻」等功能上，舊體詩體現出鮮明的體裁優勢，特別是引用、借代、雙關等修辭格的大量運用，傳遞出豐富的意蘊。當然，其中也不乏「回轉舞臺鞭白日，安危須仗定薰」〔註24〕等頗為尖銳的詩句。「唱和」專欄先後刊載舊體詩 64 首，5 月 7 日在刊發郭沫若答和詩時，附有編者按語：「『《屈原》唱和』在本報發表以來，和者相繼，自今日郭先生答和詩以後所有『《屈原》唱和』來稿，將逕交郭沫若先生，不另在本報發表」。「唱和」至此告一段落。

在《新華日報》大力宣傳《屈原》的同時，作為政府機關報的《中央日報》並沒有立即「大肆筆伐」。在這一時間裏，《中央日報》不僅持續刊發文章給予關注和討論，而且對劇本與公演均持肯定態度，具體發文情況如下：

2 月 7 日，《屈原》連載結束的當天，刊發孫伏園《讀〈屈原〉劇本》；

2 月 8 日至 9 日，刊發郭沫若《寫完〈屈原〉以後》；

4 月 4 日，《屈原》公演的次日，國民黨的中央社發表《屈原》「上座之佳，空前未有」的報導，給予正面報導；

4 月 7 日，刊發孫伏園《我們從此有了古裝劇——〈棠棣之花〉和〈屈原〉觀後感》、陳紀瀅《關於屈原片段》；

〔註24〕華崗和詩，載《新華日報》，1942 年 4 月 17 日。

4 月 25 日，刊發桂生《〈屈原〉觀後》；

5 月 17 日，刊發劉遽然《評〈屈原〉的劇作與演出》。

這一階段的評論與報導從各個角度對《屈原》給予高度評價，擴大了史劇的影響，不過上述評論也將《屈原》的闡釋限制一個十分「安全」的空間。其中，孫伏園、桂生在文章中對《屈原》主題進行了探討。作為對《屈原》的首篇評論文章，孫伏園盛讚《屈原》「滿紙充溢著正氣」，是一篇「新正氣歌」，強調「這是中國精神，殺身成仁的精神」，並由屈原論及現實中的愛國志士倍力，突出了《屈原》的愛國主題。桂生的評論角度與孫伏園相同，落腳點仍在於對「正氣」的歌頌，讚揚屈原、嬋娟與漁夫「青天白日的心胸，百鍊不磨的體魄，萬載千秋的志氣，與正氣凜人的品格」。其他的批評文章則沒有關注劇本的主題，孫伏園的第二篇文章就從「古裝劇」的角度出發進行論述，雖然對劇本持給予大力肯定，但沒有涉及對主題的探討。值得注意的是劉遽然的長篇評論文章，相對於他人的短評，作者從一個較為學理化的角度出發，分別對《屈原》創作中的情節安排、人物設置與表現手法等提出不同意見，論述中有肯定有批評，且言之有物頗具說服力。更為重要的是，整篇評論所持論調十分平和公允，從而將討論控制在「商榷」的氛圍中。這樣的閱讀批評與讀者反應離作者的創作初衷越來越遠。無怪乎這期間的郭沫若要發出「寂寞誰知弦外音」的喟歎了。

國民黨當局對《屈原》的正式批判，是從「《野玫瑰》風波」開始的。1942年 4 月 17 日，國民黨教育部頒發年度學術獎，陳銓的《野玫瑰》獲得三等獎，引起左翼文人的不滿與抗議。據延安《解放日報》6 月 28 日報導：「獲得教育部學術審議會獎勵的為漢奸製造理論根據之《野玫瑰》一劇，渝劇界同人曾聯名致函全國戲劇界杭敵協會，要求向教部提出抗議，撤銷原案；同時，其他學術文化界人士對該劇亦表示不滿，紛紛為文對該劇加以剖斥。並悉原來擔任該劇之演員亦拒不出演。日前在國民黨中央文化運動委員會及中央圖書雜誌審查委員會聯合招待戲劇界同人茶會上，劇界同人再度提出嚴重抗議，務求撤消獎勵，禁止上演。教育部長陳立夫首稱，審議會獎勵《野玫瑰》乃投票結果，給以三等獎，自非認為「最佳者」，不過「聊示提倡」而已……中央圖書雜誌審查委員合主任委員潘公展別說，《野玫瑰》不惟不應禁止，反應提倡，倒是《屈原》劇本「成問題」，這時候不應該「鼓吹爆炸」云云。

至此，《屈原》與《野玫瑰》以「對峙」的姿態被分別置於國共雙方的營

壘中，「一個是頌揚國軍特工鋤奸抗日，弘揚民族意識；一個是寫忠貞愛國的屈原主戰意願受壓抑，轉嫁為對現實不滿，含沙射影罵老蔣打新四軍。期望毀滅，狂呼『爆炸』新生」〔註25〕。《野玫瑰》和《屈原》形成默認的「對臺戲」之勢。很長一段時期，《野玫瑰》與劇作者陳銓受到左翼文化力量的猛烈攻擊，上述的這種尷尬的歷史處境無疑也是重要原因之一。

頗有意味的是，對於《野玫瑰》，《新華日報》雖然在後來有批評之聲〔註26〕，但在3月5日至20日重慶首次公演期間，總體是持肯定態度的，不僅稱該劇是「中國勞動協會為響應捐獻滑翔機運動特請留渝劇人假座抗建堂公演」，而且在公演期間連續刊發廣告，報導演出盛況。〔註27〕再對比《中央日報》對《屈原》的前褒後貶，其中的曲折在更大意義上反映出兩黨對意識形態控制權的爭奪，而劇本則在一定程度上成為雙方「借題發揮」的工具。

但《屈原》卻以此為嚆矢，在隨後針鋒相對的論爭中，凸顯出蘊藉的諷喻主題。「《野玫瑰》風波」之後，延安《解放日報》先後刊發了署名江布、金燦然的兩篇文章，在對《野玫瑰》進行批判的同時，高度讚揚《屈原》並明確闡發該劇的現實意義：「《屈原》雖是個歷史劇，但它卻不為做文章而做文章的，它曾談了政事，……這幕歷史上的政事，與目前中國的政事，有著某一方面的共同性，這種共同性，使歷史上的政事具備了現代化的色彩」〔註28〕。《屈原》也隨之列入了「被禁」的行列。1943年9月，國民黨圖書雜誌審查委員會發布的《取締劇本一覽表》中，《屈原》赫然在列。

需要指出的是，儘管國民黨當局在這一時期對文藝作品及相關宣傳進行嚴格地審查管制，但《屈原》的發表與演出仍然爭取到了可貴的空間，而其中蘊藉深意的政治主題，正是通過演出、唱和、論爭等多種形式的闡釋，於國共雙方的博弈中最終得以凸顯。80年代，黃中模先生在編著《郭沫若歷史劇〈屈原〉詩話》的過程中，專門致信當年嬋娟的扮演者張瑞芳瞭解當時的情況。在隨後的覆信中，張瑞芳特意指出：把當年的資料集中了，從與國民

〔註25〕 張放《我所親炙的王紹清教授》，載《臺南四川同鄉會會刊》，1999年第3期。
〔註26〕 1942年3月23日，在《野玫瑰》第一次公演結束後，《新華日報》刊發了署名顏翰彤的《讀〈野玫瑰〉》一文給予尖銳批評，認為該劇「隱藏了『戰國派』的毒素」，是「法西斯主義的應聲蟲」。
〔註27〕 《野玫瑰》自1942年3月5日至3月20日，在重慶抗建堂連演16場。
〔註28〕 金燦然《〈屈原〉為什麼「成問題」》，載延安《解放日報》，1942年7月11日。

黨作鬥爭的角度去分析就抓到點子上去了，「只是不要用今天的語言去形容那場鬥爭，因為當時的鬥爭是比較隱晦和曲折的。」〔註29〕「不要用今天的語言去形容那場鬥爭」，既是張瑞芳以親歷者身份針對歷史敘述中的謬誤所提出的敏銳建議，也提示研究者注意在重返歷史語境時應有的立場。

第二節　巴金創作序跋中的美學追求

　　巴金一生留下了大量的序跋文，它們既是巴金著作的一個重要組成部分，也是理解巴金、研究巴金的一個重要向度，但是目前為止還沒有研究者將其作為專門的研究對象進行整體研究。對巴金而言，通過創作序跋對自己的作品進行詮釋是他與讀者交流、對話的重要方式之一，從中我們可以窺見巴金文學追求的兩個重要方面：一是對「真實」的強調，將取材時代生活的文本上的「真實」轉化為寫作心態的情感上的「真誠」，從而獲得讀者情感的共鳴；二是對「溫暖」的渲染，「給讀者溫暖」既是巴金開始文學創作的動力和源泉，又是巴金文學創作的終極追求。從渴求作者施與溫暖的讀者，到給予讀者溫暖的作者，巴金對「溫暖」的追求打上了鮮明的個人體驗的印記，帶有薪火相傳的重要意味，從而更能感動讀者。序跋文既是巴金詮釋作品意義的「點睛之筆」，又是他不同時期的「思想彙報」，值得每位研究者認真研讀。

　　「沒有一個作家不鍾愛自己的著述，但是沒有一個作家像巴金那樣鍾愛他的作品。」〔註30〕批評家李健吾的這一評價正是基於巴金為自己的小說所寫的諸多序跋文。序跋文從寫作者的角度可以分為兩類，一類是為他人的作品所寫的批評序跋，另一類則是為自己的作品所作的創作序跋。巴金作品中的序跋文幾乎全部屬於後者，即巴金為自己的作品，包括小說、譯作、選集、全集等所作的序言和後記。巴金可謂公認的喜歡詮釋自己作品的作家，而創作序跋則是他在正文之外注解作品的一個最重要的方式。巴金也坦承自己「常常在『序』、『跋』上面花費工夫」（《序跋集·再序》〔註31〕），「一開頭便反來復去講個不停，唯恐別人不理解我的用意」（《序跋編·致樹基（代跋）一》）。

〔註29〕「訪問張瑞芳同志的談話記錄」，參見黃中模編著《郭沫若歷史劇〈屈原〉詩話》，成都：四川人民出版社，1981年，第100頁。
〔註30〕劉西渭《〈霧〉〈雨〉與〈電〉——巴金的〈愛情的三部曲〉》，巴金《巴金全集》（第6卷），北京：人民文學出版社，1987年，第454頁。
〔註31〕本文引用的關於巴金的文字除特別注明外均出自人民文學出版社，1987年版《巴金全集》。

其中，他為《愛情三部曲》所作的近三萬字的長序，更被評論者稱為「新文學創作中惟一的第一篇長序」〔註32〕。創作序跋既是巴金著作的一個重要組成部分，也是理解、研究巴金的一個重要向度，但是目前為止還沒有研究者將其作為專門的研究對象進行整體研究。

　　盤點巴金一生寫作的創作序跋，不僅篇幅長，而且量很大。人民文學出版社1987年版《巴金全集》的第17卷專門輯成《序跋集》，此外，巴金的《滅亡》《激流三部曲》《愛情三部曲》《發的故事》等長、短篇小說集，以及《短簡》《夢與醉》《友誼集》《新聲集》等散文集中還有大量的序跋文，因為編纂全集時將其分別附在各集中而沒有收入《序跋集》。僅以《家》為例，自1931年在《時報》上連載後，《家》先後有初版本、五版校訂本、十版改頂訂本、人文初印本、英譯刪改本、人文挖版改動本、文集本、人文重印本、選集本、全集本等眾多版本。巴金不僅多次對作品進行修改和修訂，而且不斷地為新出版的《家》寫序作跋，如30年代的《呈獻給一個人（初版代序）》《五版題記》《關於《家》（十版代序）——給我的一個表哥》，50年代的《後記》《和讀者談〈家〉》，70年代的《一九七七年再版後記》，80年代的《文學生活五十年（代序）》等等。

　　作家自己闡釋自己的作品，往往是件費力不討好的事。作家們可能會有這樣的體會，為別人的書寫序時，話很快就湧到筆端上來，可是，為自己的書寫序，「卻感到有些迷惘、惆悵」〔註33〕。還有作家乾脆表示「作家不應該解釋自己的作品」，因為「這是讀者和批評家的事情」〔註34〕。但是，巴金卻堅持認為「對自己的作品我當然有發言權」（《巴金選集》（十卷本）後記）。如評論者所言「瞭解一件作品和它的作者，幾乎所有的困難全在人與人之間的層層隔膜」〔註35〕，因此，通過序跋文對自己的作品進行詮釋，就成為巴金與讀者交流、對話的重要方式之一。

〔註32〕常風《巴金：〈愛情三部曲〉》，陳思和、周立民選編《解讀巴金》，瀋陽：春風文藝出版社，2002年，第179頁。

〔註33〕孫犁《文集自序》，《書林秋草》，上海：生活・讀書・新知三聯書店，1983年，第1頁。

〔註34〕李皓《阿來：我不缺寫小說才能 作家不該解釋自己作品》，載《西海都市報》，2009年07月14日。

〔註35〕劉西渭《〈霧〉〈雨〉與〈電〉——巴金的〈愛情的三部曲〉》，巴金《巴金全集》（第6卷），北京：人民文學出版社，1987年，第451頁。

一

　　認真研讀巴金的創作序跋，我們會發現巴金在介紹自己作品的內容以及寫作緣起時慣用的一個表述方式：

> 　　我只寫了一些耳聞目睹的小事，我只寫了一個肺病患者的血痰，我只寫了一個渺小的讀書人的生與死。但是我並沒有撒謊。（《寒夜》後記）

> 　　至於《第四病室》，……這是我自己的親身經歷。……病人、醫生和護士們全是真人，事情也全是真的（不用說，姓名都是假的），我只有在楊大夫的身上如了好些東西。……關於他我寫的全是真事。……這些都是真的事實……（《巴金文集》（第13卷）後記）

> 　　我自己就是在這個公館裏出生的。我寫的是真實的生活。（《憩園》法文譯本序）

> 　　我並沒有虛構史事。話都是有根據的，只除了羅伯斯庇爾和盧騷見面的那段談話是出於一個法國小說家的想像，……（《靜夜的悲劇》後記）

> 　　我寫這篇小說是在紀念一個亡友，……我的文章裏並沒有歪曲事實的地方。（《關於〈髮的故事〉》（代跋））

> 　　……

「真實」，「沒有撒謊」，在創作序跋中巴金竭力地表明自己創作的真實性，「寫作同生活一致」可以說是巴金文學創作的一個基本要求。關於巴金的文學真實觀，研究者已有諸多討論，這裏探究的是巴金對於小說創作同樣強調真實。

　　眾所周知，小說是虛構的藝術，如當代小說家蘇童就對「虛構」直言不諱：「我的所有小說幾乎都是虛構，我崇拜虛構的力量。以我的文學觀來說，虛構是一種最大的現實。」〔註36〕從讀者的角度，只有散文這樣的文體，才會對作者敘事的真實性有所要求。可是讀者不較真，作者卻生怕讀者認為其中有假，不惜筆墨反覆強調確有其事，證明自己作品的真實性。最典型的是小說《人——一個人在屋子裏做的噩夢》，標題的後面作者特意加了這樣的腳注：「這不是『噩夢』，這是一九三五年四月裏的某一天我在東京親身經歷的

〔註36〕汪秋萍《蘇童談新長篇小說〈河岸〉：不再遠離時代》，載《新華日報》，2009年4月10日。

事情。」巴金時刻提醒讀者注意小說的真實意義，有時看似指出作品的某些
虛構處，其結果也是從另一方面凸顯真實。如巴金在《滅亡》的序中曾特別
強調「這本書裏所敘述的並沒有一件是我自己底事」，但緊接著卻在括號中注
明「有許多事都是我看見過，或者聽說過的」，而且「橫貫全書的悲哀卻是我
自己底悲哀」。作者又說「自然杜大心不是我自己」，但卻另加注釋告知讀者
「第十二章內5月28日的日記是從我自己底日記中摘錄下來的」（《滅亡》序）。
也許，潛意識裏巴金是不希望讀者把自己的小說當做虛構的作品來看待的。
在《沉默集》序二中，巴金曾提到這樣一個細節：「我希望他把這當作散文看，
而他卻把它作為小說發表了」（《沉默集》序二）。從序跋文的自敘中，我們確
實會有這樣的感受，某些方面巴金是把小說當散文來寫的。

　　但是，小說畢竟不是散文，其中的藝術加工、藝術虛構必不可少，既然
如此，那麼何談「全是真事」「都是真的事實」呢？巴金是這樣表述自己的創
作思路的：「我要主要地描寫出幾個典型，而且使這些典型普遍化，我就不得
不創造一些事實。但這並不是說，我從腦子裏憑空想出了一些東西。我不過
把別人做過的事加在我的朋友們的身上。這也不是說我把他們所已經做過的
事如實地寫了出來。」（《愛情三部曲》總序）巴金一方面指明了自己的虛構
和加工，但另一方面意在強調這些虛構來自於「真實」的人物、事件。從巴
金在序跋文中的自述可以發現，小說的人物幾乎都在作者的「生活」中有跡
可循，即使小說中的某些摹寫與現實情況有所出入，在作者心中依然不失真
實。比如巴金對「高志元」的分析，「高志元在《雨》裏面是一個重要的人物。
這是一個真實的人。然而他被寫進《電》裏面時卻成了理想的人物了。」巴
金似乎意在說明該人物的藝術加工成分，但是，巴金隨後指出「不，這不能
說是理想的人物。我的朋友如果處在《電》的環境裏，他的行動跟高志元的
不會是兩樣。」（《愛情三部曲》總序）由此可見，巴金所追求的真實更確切
地說是時代的真實。這點在《家》的後記中有更加清晰的論述：「我熟悉我所
描寫的人物和生活，因為我在那樣的家庭裏度過了我最初的十九年的歲月，
那些人都是我當時朝夕相見的，也是我所愛過和我所恨過的。然而我並不是
寫我自己家庭的歷史，我寫了一般的官僚地主家庭的歷史。」（《和讀者談〈家〉》）
巴金希望讀者意識到自己小說中的這些故事情節和人物命運，並不是巴金一
己的人生體驗和遭遇，而是時代命運的真實再現，這才是巴金追求的文本的
「真實」。

在《愛情三部曲》總序中，巴金用大量的篇幅再三解釋作品中的人物，並引用許多朋友的書信和他自己的文字證明所創作的某一角色不是朋友的完全寫照。對此，有評論者曾提出批評，認為這樣一篇自訴狀應當專給那些「疑心被巴金先生作為創作的模特兒」的朋友看，對於讀者「有點過分慷慨」〔註37〕。恰恰相反，我們認為巴金的這些自敘不僅僅是對朋友的告白，更是為讀者所準備的。從讀者接受的角度，作者對「真實」的強調與對創作經過的披露，往往更能捕獲讀者的心。除了從序跋中獲取了很多文本之外的真實信息，在讀者的眼中，作者與他小說中的人物、情節一樣變得真實、可信，作者的苦惱、矛盾、徘徊以及一系列為之奮鬥的探索因而有了依附。文如其人，人如其文，巴金的自我詮釋製造出一種「特殊的寫實主義的真理效果」〔註38〕，無形中拉近了作者與讀者的距離，從而更容易產生情感的共鳴。更有意味的是，對於作者在序跋文指出的某些藝術加工的部分，讀者卻往往反其道行之，更願意相信其中的真實性。特別是巴金長篇累牘、不厭其煩的解釋，難免予人「此地無銀三百兩」的印象，所以從讀者閱讀的角度來說，作者序跋文中的這番表白，愈發證明作品的真實性。讀者從中獲得的恰恰是作品中人物、情節的「真實」的信息，最起碼也會覺得該作品虛構的成分較少。

而從作者的角度看，通過對寫作緣起、思路以及角色塑造的披露，巴金為讀者打開了自己「靈魂的一隅」。《愛情三部曲》總序的開頭，巴金曾經無比遺憾地說：「沒有一個讀者能夠想像到我寫這三本小書時所經歷的感情的波動。沒有一個讀者能夠想像到我下筆時的內心的激鬥。更沒有一個人能夠瞭解我是怎樣深切地愛著這些小說裏面的人物。知道這一切的只有我自己。」（《愛情三部曲》總序）緊接著，作者使用大量篇幅詳細地描述了自己創作《愛情的三部曲》的「真實」感受和經過，如此一來，將原本「只有我自己」知道的「事實」的真實轉化成為一種「情感」的真實傳達給廣大讀者。「我在創作裏犯了種種的過失跟在生活裏一樣；有時候憎恨會迷了我的眼睛像愛迷了我的眼睛那樣。但是我始終相信我的創作態度是真實的，因此我的作品裏就含了矛盾：愛與憎的矛盾。」（《光明》序）這樣的序跋文，不僅豐富了原作

〔註37〕常風《巴金：〈愛情三部曲〉》，陳思和、周立民選編《解讀巴金》，瀋陽：春風文藝出版社，2002 年，第 179 頁。

〔註38〕李明駿《從自傳到寓言——〈憩園〉、〈第四病室〉裏巴金的動搖、彷徨》，陳思和、周立民選編《解讀巴金》，瀋陽：春風文藝出版社，2002 年，第 241 頁。

的內容，而且完成了作者與讀者的情感交流。巴金通過序跋文的自我陳述，成功地將取材時代生活的文本上的「真實」轉化為寫作心態的情感上的「真誠」。這一文學真實觀在晚年的《隨想錄》中找到了契合點，《隨想錄》可以說是巴金對真實的追求、表達的完美延伸與昇華。

二

在巴金看來，只有真實的、真誠的作品才是對讀者有益的，這也是巴金獨特的美學追求。對於文學藝術的作用和目的，巴金曾發出這樣的質問：「難道我是在沙灘上建造象牙的樓臺、用美麗的辭藻裝飾自己？難道我們有權用個人的才智和藝術的技巧玩弄讀者、考讀者、讓讀者猜謎？難道我們在紙上寫字只是為了表現自己？文學藝術究竟是不是只供少數人享受的娛樂品、消遣品或者『益智圖』？究竟是不是讓人順著臺階往上爬的敲門磚？」（《巴金選集》（十卷本）後記）答案當然是否定的，與上述否定一一對應的則是巴金對文學創作的一貫主張：樸素平實的語言，真實簡單的情節，以及激勵、感染讀者的文學功能。可見，巴金序跋文中營造的「寫作同生活一致」，文如其人的真實效果，其落腳點正在於更好地說服和感染讀者，如巴金所言「像我這樣一個小說家算得了什麼，如果我的作品不能給他們帶來溫暖，不能支持他們前進。」（《把心交給讀者（1）》）這就涉及到巴金序跋文中另一個高頻出現的詞語——「溫暖」。

《憩園》中作為小說家的「我」歷經許多心理的掙扎、折磨，最終在與女主人公的對話中頓悟：「人世間的事情縱然苦多樂少，不見得事事如意。可是你們寫小說的人卻可以給人間添一點溫暖，揩乾每隻流淚的眼睛，讓每個人歡笑。」（《憩園》）在《憩園》的後記中，巴金再次引用了這段話，強調寫小說的人「可以給人間添一點溫暖」（《憩園》後記）。「溫暖」是巴金十分喜歡使用的一個詞語，據筆者粗略統計，該詞在《愛情三部曲》中出現了 16 次，在《激流三部曲》中出現了 37 次，在《隨想錄》中出現了 12 次，《寒夜》的結尾處也留下了一句意味深長的「她需要溫暖」。給讀者溫暖，不僅是巴金開始文學創作的動力和源泉，也是巴金文學創作的終極追求。

這裡有必要提及巴金作為讀者時期的一段閱讀經歷，可以說，日後成為作家的巴金，對文學創作價值與功能的認識，很大程度上帶有這段個人體驗的印記。早在五四時期，作為讀者的巴金就非常渴望與自己喜愛的作家、編

者進行對話和交流。1920 年，年僅 15 歲的巴金讀了克魯泡特金《告少年》的中譯本而激動不已，因聽說主持翻印《告少年》的是新青年社，便鄭重地攤開信紙給《新青年》的編者陳獨秀寫信。巴金在《我的幼年》一文中描述了自己當時的心情：「這是我一生寫的第一封信，我把我的全心靈都放在這裡面，我像一個謙卑的孩子，我懇求他給我指一條路，我等著他來吩咐我怎樣獻出我個人的一切。」(《我的幼年》)信寄出後，巴金「每天不能忍耐地等待著」，「但是回信始終沒有來」。之所以沒有收到回信，根據陳思和先生的分析，可能是巴金弄錯了《告少年》的出版人，「因為 1920 年陳獨秀已經是一個馬克思主義者，並剛剛寫了《談政治》一文批評無政府主義，他支持下的《新青年》應該不會去翻印這本書」。事實上，巴金給陳獨秀寫信，除了認為他是《告少年》的中譯者外，很可能還有另一層原因，即他是《新青年》通信欄目的主持者，該欄目曾經刊發了大量讀者與編者之間的往來通信。

　　1915 年 9 月 15 日，《新青年》在創刊號中發表社告「特闢通信一門」，「以為質析疑難發抒意見之用」，「凡青年諸君對於物情學理有所懷疑，或有所闡發，皆可直緘惠示。本志當盡其所知，用以奉答，庶可啟發心思，增益神志。」〔註39〕。此後，「通信」欄成為《新青年》中的固定專欄，幾乎每期都刊載了大量的通信，至 1920 年 5 月第 7 卷止，刊發往來通信達 349 封之多，《新青年》「通信」欄在當時具有非常大的影響，它的價值和意義在於對於普通讀者來說，獲得了一個質析疑難、發抒意見的渠道與平臺，它既是充滿活力的啟蒙場，又在一定程度上鼓勵了讀者的思考，培養了讀者與精英知識分子、與報刊傳媒之間的交流與互動。對於《新青年》「通信」欄，巴金無疑給予了一定的關注。巴金在小說《家》中不僅多達 15 處提及《新青年》雜誌，作為關鍵時刻給予小說主人公啟發和支持的精神資源，而且有兩處寫到「通信欄」：「她（指琴──作者注）為了學寫白話信，曾經把《新青年》雜誌的通信欄仔細研究過一番。」「每天晚上，他（指覺新──作者注）和兩個兄弟輪流地讀這些書報，連通訊欄也不肯輕易放過。」因此，巴金給《新青年》編者寫信的想法可能多少受到《新青年》「通信」欄的影響和啟發。而之所以沒收到回信，除了考慮到書信往來過程中遺失的因素外，還有很大的可能就是，這一時期的《新青年》「通信」欄急劇萎縮，1920 年陳獨秀返回上海，新青年雜誌社也隨之遷回，《新青年》內部的分化使得編者疏於應對讀者來信。

〔註39〕「社告」，載《青年雜誌》第 1 卷第 1 號，1915 年 9 月 15 日。

　　儘管初次通信未果，但是巴金沒有放棄尋求交流與對話的嘗試。1921 年
2 月，巴金讀到《半月》雜誌上轉載的《適社的旨趣和組織大綱》一文後，曾
連夜寫信給《半月》的編輯，請求他介紹自己加入該社。結果信發出的第二
天，編輯就親自送來了回信。由此，巴金不僅結識了很多志同道合的朋友，
而且成為半月刊的同仁，編輯，後來還組織了均社；1922 年 8 月，巴金致信
《時事新報》副刊《文學旬刊》的編者，這封信同樣很快得到回覆，9 月 11
日《文學旬刊》第 49 期的通信欄中不僅刊發了這封來信，而且刊出了編者的
回信，對他的意見表示贊同；1925 年初，巴金經朋友介紹與美國無政府主義
者愛瑪‧高德曼通信，得到了滿是鼓勵的回信；1927 年 6 月，巴金參加薩柯、
樊賽蒂救援運動，並給樊賽蒂寫信，幾個月後收到樊賽蒂回信：「青年是人類
的希望」。不難想像，這樣的交流和回饋對於當時身為普通讀者的巴金將是多
麼大的肯定與鼓舞。多年後，巴金依然無法忘懷這些讓自己為之歡欣鼓舞的
通信和交流，並滿懷感恩地追憶它們對自己的巨大影響：「在那裡的兩小時的
談話照徹了我的靈魂。我好像一隻被風暴打破的船找到了停泊的港口。我的
心情昂揚，我帶著幸福的微笑回到家裏」（《我的幼年》）；「當我 15 歲的時候
你曾經把我從懸崖上的生活裏喚了轉來。以後，……你許多次用了親切的鼓
勵的話來安慰我，用了你的寶貴的經驗來教導我。你的那些美麗的信至今還
是我的鼓舞的源泉」（《將軍集》序一）……夏志清教授曾這樣分析巴金的這
段閱讀體驗：「對於多數態度嚴肅的作家來說，一本十五歲所喜愛的書，往往
在二十五歲時遭到淘汰；或者說，到了二十五歲時，因為對於該書在智慧上
或者文學上有所新發現，而產生了不同的閱讀方法。很多中國作家（巴金不
過是一個極端的例子）卻是：在他們未經指導、青春期間所嗜讀的書，往往
便是他們終生寫作的靈感泉源和行動方針。」〔註 40〕在我們看來，對巴金產
生重大影響的，與其說是「青春期間所嗜讀的書」，不如說是青年時期的這段
閱讀、尋求交流，並得到回饋的方式和體驗。

三

　　某種程度上，巴金的寫作之路正始於這種互動型態的對話與交流。巴金
曾這樣描述自己寫作的衝動，「當熱情在我的身體內燃燒的時候，我那顆心，

〔註40〕夏志清《中國現代小說史》，劉紹銘等譯，香港：香港中文大學出版社，2001
　　　　年，第 206 頁。

那顆快要炸裂的心是無處安放的，我非得拿起筆寫點什麼不可。」（《巴金文集》前記）這與巴金當初滿懷激動「需要活動來發散我的熱情；需要事實來證實我的理想」（《我的幼年》），而按奈不住地給自己喜愛的作家、編者寫信時的心情何其相似。巴金後來曾多次強調「我是從讀者成為作家的」（《核時代的文學》），恐怕也與自己的這段切身經歷密切相關。這樣的對話與交流的方式和體驗，對巴金的文學創作以及日後的人生選擇所起的重要作用都是無法估量的。

　　正因如此，日後作為作家的巴金一方面特別重視讀者的反饋，一如當年自己渴望得到回覆的急切心情，巴金對讀者的來信和疑問總是做到盡力答覆。在《我和讀者》一文中，巴金深情地寫道：「我說過我把心交給讀者，可是我忘記說讀者們也把心給了我。我的生命中也有過火花四射的時候，我的心和年輕的心緊緊貼在一起，人們把不肯告訴父母的話，不肯告訴兄弟姐妹的話，把埋藏在心底的秘密全寫在紙上送到我的身邊。我常說作家靠讀者們養活，不僅因為讀者買了我寫的書，更重要的是他們送來精神的養料。我寫得最多的時候也就是和讀者聯繫最密切的時候。」（《我和讀者》）巴金的很多散文作品如《我的幼年》《我的幾個先生》《我的故事》《尋找理想》等等都是對讀者來信和疑問的一種回覆。三十年代巴金還專門將自己的回覆編成《短簡》一書與讀者分享，用他的話說，「倘使我還有一點點力量，我也要拿來給年輕的心添一點溫暖」（《短簡》序）。巴金與讀者之間的交流、對話是非常典型的，他也因此成為擁有最大讀者群的現代作家之一。

　　另一方面，巴金力圖通過自己的作品來反饋讀者。在《巴金選集》的後記中巴金引用了別林斯基在《作家日記》中的一段話：「我們批評家說明一切事物的道理，而你們藝術家憑想像竟然接觸到一個人靈魂的深處。這是藝術的奧妙，藝術家的魔術！」（《巴金選集》後記）作為作家的巴金一直堅信藝術的這種魔力，即通過自己的藝術創作而接觸到一個人靈魂的深處！序跋文寫作正體現出巴金文學創作的使命感以及與讀者交流、對話的渴望。在《巴金論創作》序言中，他說「若干年前我決定繼續走文學道路的時候，我曾在我心靈的祭壇前立下這樣的誓言：要做一個在寒天送炭、在痛苦中送安慰的人」（《巴金論創作》序）。從渴求作者施與溫暖的讀者，到給予讀者溫暖的作者，巴金悄然發生著角色的轉換。成為作家的巴金希望自己能向當年的高德曼、樊賽蒂一樣，給予讀者「溫暖」的鼓勵和引導，巴金對「溫暖」的追求

帶有薪火相傳的意味:「我的心燃燒了幾十年,即使有一天它同骨頭一道化為灰燼,灰堆中的火星也不會給傾盆大雨澆滅。這熱灰將同泥土攪和在一起,讓前進者的腳帶到我不曾到過的地方。我說「溫暖的腳印」,因為燒成灰的心還在噴火,化成泥土它也可能為前進者『暖腳』。」(《願化泥土》前記)這是巴金的文學追求,也是他人生歷程的形象寫照。

一方面是對生活、時代的「真實」的反映和摹寫;一方面是對讀者的「溫暖」的感召和激勵,這是巴金創作序跋中的兩個重要元素,也是巴金美學追求的重要內容。不過,矛盾在於小說創作如果強調經驗或現實的真實表達,往往會受到諸多藝術創作上的限制,從而難以實現「給人溫暖」的情感訴求。比如三十年代曾有評論者指出巴金作品中有太多的憂鬱,對此,巴金很快在序跋文中給予反駁。他一方面承認作品中有自己的同情、眼淚、悲哀、憤怒以及絕望,另一方面則指出自己作品中「掩藏在絕望和憂鬱下面的光明與希望」。巴金認為自己是把一個垂死的制度擺在人們的面前,「也許有人會憎厭地跑開,也許還有人會站在旁邊看著那些傷痕流下同情的眼淚。但是聰明的讀者就不會從這傷痕遍體的屍首上面看出來一個合理的制度的產生麼?」(《砂丁》序)類似的詮釋還有很多,巴金將許多他所要暗示的「非藝術的效果」留到創作序跋裏演述,正是在這一意義上,序跋文中的自我詮釋顯得格外重要,如有論者指出的「瞭解巴金先生的作品,先得看他的序跋,先得瞭解他自己」〔註41〕。作為巴金著作必不可少的組成部分,創作序跋既是巴金詮釋作品意義的「點睛之筆」,又是他不同時期的「思想彙報」(《〈序跋集〉序》),值得每位研究者認真研讀。

第三節 「我」的嬗變與《貓城記》的自我闡釋

《貓城記》是老舍小說中一個「特立獨行」的存在,對其解讀眾說紛紜,頗有爭議,而老舍對《貓城記》的自我闡釋也在不同的歷史時期和歷史語境下呈現出或隱微或迥異的變化。在藝術創作逐漸成熟與思想覺悟不斷提高的影響之外,本文通過分析小說中「我」的形象的嬗變來解讀老舍對《貓城記》的自我評價從藝術審視滑向政治審視的變化之因。在對《貓城記》一分為二的「斷裂式」的批評思路下,老舍最初的自評「《貓城記》是個惡夢」或許能

〔註41〕 李健吾《神・鬼・人》,陳思和、周立民選編《解讀巴金》,瀋陽:春風文藝出版社,2002年,第188頁。

為我們從整體上觀照《貓城記》提供新的線索。

三十年代的黑暗中國像一個「惡夢」，給了剛回國不久卻一直渴盼故土的老舍一次精神上的震盪。1932 年，他滿懷憂憤與痛苦，用沉重而辛酸的諷刺之筆寫下長篇小說《貓城記》。《貓城記》自初版發行，至今已有八十年，不僅小說的命運沉浮與起落一波三折，作家自己對其評價也呈現出迥異之態。那麼，是什麼原因導致老舍自我闡釋的迥異之變？在藝術反思與政治反思的影響之餘，能否在小說內部找到隱藏的變化之流？在對《貓城記》長期「斷裂式」的批評下，老舍的自我闡釋又為我們提供了哪些新的考察角度？這正是本文所需要思考的問題所在。

一

作為老舍小說創作中一個「特立獨行」的存在，對《貓城記》的評價與研究一直是個爭議頗多而又言之不盡的話題。就老舍對該小說的自我闡釋與評價來說，其態度也有一個曲折的變化過程。梳理這一過程中或隱微或迥異的變化，透視老舍在不同時期對《貓城記》的不同評價，也是一件饒有意味的事情。

最初的評價來自於《貓城記》的初版自序。在這篇充滿隨意性與調侃語氣的自序中，老舍用輕鬆的筆調幽默地說到：「好吧，這麼說：《貓城記》是個惡夢。為什麼寫它？最大的原因——吃多了。可是寫得很不錯，因為二姐和外甥都向我伸大拇指，雖然我自己還有一點點不滿意。不很幽默。」〔註42〕從中我們至少可以讀出以下幾層意思：其一，作者對《貓城記》的總體感覺——「是個惡夢」；其二，作者對《貓城記》的評價良好，「可是寫得很不錯」甚至還有點自得的意味；其三，作者「不滿意」的原因在於「不很幽默」，可見，作者最初評價《貓城記》的著眼點在於語言的表現力上，而語言的幽默風趣也是作者早期的文學創作中孜孜以求的目標甚至評價尺度之一。當然，這「一點點不滿意」也可以解讀為作者的自謙之語。至於寫《貓城記》是因為「吃多了」，以及最後的「夢中倘有所見，也許還能寫本『狗城記』」、「年月日，剛睡醒，不大記得」〔註43〕等話語，也都是作者興之所至的隨意之筆罷了。在這篇自序中，沒有束縛也無所謂顧慮，是彼時老舍對《貓城記》最

〔註42〕 老舍《〈貓城記〉自序》，《老舍全集》（第 2 卷），北京：人民文學出版社，1999年，第 145 頁。
〔註43〕 老舍《〈貓城記〉自序》，《老舍全集》（第 2 卷），北京：人民文學出版社，1999年，第 145 頁。

真實也最自然的評價。作者並沒有顯出對這篇小說太大的重視，也沒有對小說內容進行過多的自我闡釋，彷彿平常得普通至極。

僅僅相隔四年的時間，老舍對《貓城記》的評價由最初的「寫得很不錯」轉而變為「是本失敗的作品」〔註44〕，我們不禁要問：是出於什麼樣的原因，使作者對當初自己滿意的作品來了個一百八十度的大轉彎呢？其中的「失敗」是自謙之語，還是一種徹底的否定？

首先，從老舍自身的創作歷程來說，從 1932 年到 1936 年是他逐漸走向成熟的一個時期，在此之後，1937 年《駱駝祥子》的誕生更是標誌著其小說創作所達到的巔峰狀態。《貓城記》之後，老舍不僅寫出了《離婚》等極能代表其創作風格的優秀的長篇小說，在中短篇小說的創作上也是收穫頗豐。而且在 1936 年，老舍辭去在大學的任教，從事專職寫作。在這個基礎上，再回望自己從《老張的哲學》一路走來的痕跡，《貓城記》在藝術上的缺陷自然也逃不過老舍的眼睛，因此，這種反思也是水到渠成的。

其次，從老舍的自評作品集《老牛破車》中，我們可以更為詳盡地瞭解到《貓城記》創作的前因後果以及老舍對其細心的自我解讀。認為其「失敗」，至少有以下幾個方面的原因：老舍一開始就坦言了寫作過程中的窘境：「寫到了一半，我就想收兵，可是事實不允許我這樣作，硬把它湊完了。」〔註 45〕可見，在小說的構思上，作者並沒有一個完整的思路，至少在寫作過程中出現了瓶頸，遇到了困難，後半部分有點勉強為之的意思；其次，在老舍較為看重的幽默與諷刺之間，捨去了幽默，諷刺又沒達到理想的效果，使得《貓城記》「爬在地上，像隻折了翅的鳥兒。」〔註 46〕更在一些時候，「把諷刺改為說教，越說便越膩得慌」〔註 47〕，且發表了「不少膚淺的感慨」〔註 48〕。而造成這一狀態的原因，作者也承認「在思想上，我沒有積極的主張與建

〔註44〕老舍《我怎樣寫〈貓城記〉》，《老舍全集》（第 16 卷），北京：人民文學出版社，1999 年，第 185 頁。

〔註45〕老舍《我怎樣寫〈貓城記〉》，《老舍全集》（第 16 卷），北京：人民文學出版社，1999 年，第 185 頁。

〔註46〕老舍《我怎樣寫〈貓城記〉》，《老舍全集》（第 16 卷），北京：人民文學出版社，1999 年，第 186 頁。

〔註47〕老舍《我怎樣寫〈貓城記〉》，《老舍全集》（第 16 卷），北京：人民文學出版社，1999 年，第 186 頁。

〔註48〕老舍《我怎樣寫〈貓城記〉》，《老舍全集》（第 16 卷），北京：人民文學出版社，1999 年，第 188 頁。

議⋯⋯既不能有積極的領導，又不能精到的搜出病根，所以只有諷刺的弱點，而沒得到它的正當效用。」〔註49〕這一篇評價其實是相當公允的，「失敗」固然有著「老舍式」的自謙，但更多的是從小說本身出發，來剖析《貓城記》的在藝術上的青澀以及思想上的不成熟所導致的小說的缺陷。可以說，這是老舍對於《貓城記》一次較為嚴肅的反省。但是，儘管言其「失敗」，我們從字裏行間也並沒有讀出老舍對於《貓城記》的討厭與鄙夷，他甚至還別有風趣地解釋《貓城記》之名的來歷，也很真誠地感慨「我愛他們，慚愧！我到底只能諷刺他們了！」〔註50〕表達出老舍對小說中人物的一份別樣的情感。對於這一言其「失敗」又實則喜愛的矛盾，夏志清在其《中國現代小說史》中則認為老舍貶低《貓城記》這一舉動的真正目的令人懷疑。儘管他說「後來老舍以為缺乏藝術上的成就，這也許是恰當的」〔註51〕，但在其注釋中卻認為老舍「是為了掩人耳目，因為《貓城記》之令人注意，在其中對中國共產黨及其支持者作了猛烈抨擊。在三十年代中期，文壇完全操於左派和共黨作家手中，而老舍並不希望被人指為反共的中堅分子。」〔註52〕這一遊走於文學與政治中的解讀或許更能解釋老舍的矛盾之處。

　　時隔十五年，再看老舍為《貓城記》在1947年由上海晨光出版公司出版修訂版時所作的新序中，我們又看到了一個「矛盾」的老舍。作者開門見山地說到：「在我的十來本長篇小說中，《貓城記》是最『軟』的一本。」〔註53〕除了之前就意識到的諷刺的侷限外，還談及了小說人物塑造上的毛病——「人物的發展受到限制，而成為傀儡」。作者不忍「讓它繼續作棄兒」，因為「到底是費了些心血寫出來的」，但讓其再版入全集又「於心未安」，稱此新序為一篇「未入流的作家的悔過書」〔註54〕。這其中，作者的矛盾心態昭然可見，

〔註49〕 老舍《我怎樣寫〈貓城記〉》，《老舍全集》（第16卷），北京：人民文學出版社，1999年，第186頁。

〔註50〕 老舍《我怎樣寫〈貓城記〉》，《老舍全集》（第16卷），北京：人民文學出版社，1999年，第188頁。

〔註51〕 夏志清《中國現代小說史》，劉紹銘等譯，香港：中文大學出版社，1979年，第469頁。

〔註52〕 夏志清《中國現代小說史》，劉紹銘等譯，香港：中文大學出版社，1979年，第469頁。

〔註53〕 老舍《〈貓城記〉新序》，《老舍全集》（第17卷），北京：人民文學出版社，1999年，第140頁。

〔註54〕 老舍《〈貓城記〉新序》，《老舍全集》（第17卷），北京：人民文學出版社，1999年，第140頁。

沒有了輕鬆與幽默，有的只是反思與擔憂。一個「悔過」，又或許包含了許多老舍想而為發的感慨。

建國後，老舍的自我批判給《貓城記》的定位，已經不是簡單的藝術上的缺陷了，而是政治上的錯誤。從自我檢討到自我嘲諷，老舍對其批評越來越重，甚至表現出深深的自責與後悔——這是一個老人民藝術家面對毛澤東文藝思想時的懺悔之詞：「我很後悔我曾寫過那樣的諷刺，並決定不再重印那本書。」〔註55〕「甚至寫出《貓城記》那樣有錯誤的東西，也拿去發表！」〔註56〕就老舍來說，我並不否認這些話有出自肺腑之言的真誠，遺憾的是，從藝術審美到政治審美的轉變中，老舍不可避免地丟失了一份文學的單純而主動跳進了政治至上的「陷阱」。

此後，《貓城記》一度遭受冷落，在「文革」中的遭遇也可想而知，而老舍 1966 年的驟然辭世，也讓我們再也無從看到他對《貓城記》隻言片語的評價，留給後來者的，是一個再度發掘、再度反思的充滿爭議的闡釋之旅。

二

從三十年代到五十年代，隨著老舍在藝術創作上的深入認識以及在政治思想上的深刻覺悟，老舍對《貓城記》的自我闡釋與評價一路下滑，這種態度變化迴異的原因似乎「不言自明」。然而，在小說內部，究竟呈現出一個怎樣的思維邏輯，使得作者「有機可趁」，在兩個不同時期裏的態度能呈現天壤之別？

為方便闡述，以小說情節為基礎，兼顧「我」的情感轉變以及作者的情感波動，我們大致可以把小說分成以下四個部分：從第一章到第十章，「我」和朋友去火星冒險，意外地機毀友亡，「我」從迷茫無助到漸漸適應陌生環境，靠一把手槍名滿火星，靠外國人的身份得以在貓國生存。「我」懷著一種「精神上的優越」〔註57〕透過貓人的行為習慣嘲笑著貓人的性格弱點，作者此時對貓人的批判也是冷靜的、從容不迫的。第十一章到第十六章，初到貓城，「我」在「毀滅的手指」的預言的籠罩下，觀察並感受著貓國在窮途末路下的生活

〔註55〕老舍《〈老舍選集〉自序》，《老舍全集》（第 17 卷），北京：人民文學出版社，1999 年，第 203 頁。

〔註56〕老舍《毛主席給了我新的文藝生命》，載《人民日報》，1952 年 5 月 31 日。

〔註57〕老舍《貓城記》，《老舍全集》（第 2 卷），北京：人民文學出版社，1999 年，第 151 頁。

之態，「我」的優越感減少，批判中有深藏的悲觀，也有卑微希望的若隱若現，似乎帶有點「溫度」。第十七章到第二十二章，「我」目睹貓國教育的荒誕與政治的可笑，作者的批判再度尖銳，由徹底失望而來的極度悲觀達到高潮，這一部分與現實的影射關係最為密切，因此也是作者批判的重心所在。最後，從第二十三章到第二十七章，矮人進攻貓城，「我」親眼目睹了貓國滅亡之時的社會百態，痛心不已。半年之後得一機會返回中國。

　　老舍在談到自己幽默態度形成的原因的時候這樣說到：「我的脾氣是與家境有關係的。因為窮，我很孤高，特別是在十七八歲的時候。一個孤高的人或者愛獨自沉思，而每每引起悲觀。自十七八歲到二十五歲，我是個悲觀者。我不喜歡跟著大家走，大家所走的路似乎不永遠高明，可是不許人說這個路不高明，我只好冷笑。趕到歲數大了一些，我覺得這冷笑也未必對，於是連自己也看不起了。」〔註58〕由「窮」而生的骨子裏的「孤高」，由「孤高」而生的思考，由「沉思」而生的「悲觀」，更重要的是「我要笑，可並不把自己除外」〔註59〕的認識，讓我們為解讀《貓城記》這部小說中的人物——「我」——找到了一個突破口。

　　小說中，「我」的心路歷程——從懷著精神優越感的批判到逐漸以平等客觀的姿態感受貓人的生活，到融入其中，帶著一種「愛之深責之切」情感，以冷酷的話語、悲觀的心情進行嘲諷，到最後目睹貓國毀於自己之手的痛心，「我」在「優越」與「悲觀」中的情感波動與起伏，其實都是老舍在寫作時不自覺地「進入」與「抽離」小說故事情節中時的情感波動的線索與映像。

　　前十章，作者有很清醒地意識到自己是在寫一個「小說」，故事情節相對密集，小說的節奏也相對均衡發展。從「我」墜落火星到被貓人所捉，之後想盡一切辦法逃脫，然後遇到大蠍，來到迷林，並且逐漸學會貓語，瞭解貓國的歷史，在相處過程中認清大蠍本性，並為自己爭取正當的生存權利，「我」在這個過程中看到了貓人身上的善疑與「過度的謹慎」和「異常的殘忍」〔註60〕，以及他們的生性懶惰、自欺欺人和妄自尊大。而「我」，從「光

〔註58〕老舍《我的創作經驗（講演稿）》，《老舍全集》（第 16 卷），北京：人民文學出版社，1999 年，第 490 頁。

〔註59〕老舍《我的創作經驗（講演稿）》，《老舍全集》（第 16 卷），北京：人民文學出版社，1999 年，第 490 頁。

〔註60〕老舍《貓城記》，《老舍全集》（第 2 卷），北京：人民文學出版社，1999 年，第 153 頁。

明的中國，偉大的中國，沒有殘暴，沒有毒刑，沒有鷹吃死屍」〔註61〕的「文明」的中國而來，帶著一種「精神上的優越」敏銳地從貓人的一言一行中看到了他們人性中的弱點，帶點不屑一顧的嘲諷，作者的批判筆調遊刃有餘、從容不迫。也就是說，在這一部分，「我」「進入」了故事而「抽離」了現實。

然而，進入貓城之後的描寫，卻是一個「我」逐漸「抽離」故事而「進入」現實的過程，也就是說，作者被現實的強大力量所支配而使得在對小說情節的處理上有所疏忽，這也是作者的悲觀情緒從顯露到加深的原因，也是作者在情感的支配下長篇控訴貓國在教育、政治等方面荒誕不羈的原因。老舍說：「《貓城記》是但丁的遊『地獄』，看見什麼就說什麼」〔註62〕，限於貓國這個固定範圍，儘管依舊有不少小說情節的支撐，比如「我」與老蠍和小蠍的相遇，公使太太和八個妾的故事，「我」參觀古物院與目睹「圖書館革命」的情節，以及會見政客時的感受，但很多時候，作者「移步換景」的只是根據政治、經濟、教育等的分類來進行陳述。正如30年代初李長之指出的一樣：「我覺得它是一篇通俗日報上的社論，或者更恰當一點，它不過是還算有興味的化妝演講」，「我們覺得空虛，貧乏，在材料的處理上」〔註63〕，不得不說是一針見血，直陳其弊。然而，這也是一個「對國事的失望，軍事與外交種種的失敗，使一個有些感情而沒有多大見解」「由憤恨而失望」進而「想規勸」〔註64〕之人不得不說的肺腑之言。在教育和政治問題上達到情感噴發的頂峰，「長篇大論」不可避免。

而在小說中，「我」的形象似乎也有點捉摸不定：「我」有軟弱的一面、時常感到悲觀失望；但卻有著極強的生存韌性，又常露點骨氣，顯出凜然正氣的一面；「我」有一種骨子裏的高傲自大，但又常後悔自己不經意嚇死貓人的舉動，頗會自嘲；「我」決定不再吃迷葉，但依舊擺脫不了迷葉的「誘惑」……很多時候，我們會有一種錯覺，「我」以一個批判者的眼光來批判貓人，但似乎有時候，「我」也在不經意間成了被批判的對象，即「我」的身上也或多或少地帶有點所謂的「人性弱點」。

〔註61〕老舍《貓城記》，《老舍全集》（第2卷），北京：人民文學出版社，1999年，第153頁。

〔註62〕老舍《我怎樣寫〈離婚〉》，《老舍全集》（第16卷），北京：人民文學出版社，1999年，第190頁。

〔註63〕李長之《〈貓城記〉（書評）》，載《國聞週報》，1934年11月2日。

〔註64〕老舍《我怎樣寫〈貓城記〉》，《老舍全集》（第16卷），北京：人民文學出版社，1999年，第186頁。

　　我覺得，很大程度上，老舍的「我要笑，可並不把自己除外」的寫作態度造成了小說中「我」的性格的不明晰。貓國是作者所要諷刺的對象，而小說中「偉大的光明的自由的中國」〔註65〕顯而易見地也是作者諷刺所隱射的對象，在某種程度上，兩者是合二為一的。「我」既然從「中國」來，就不可能居高臨下地以一個純粹的批判者的姿態出現。這也就是小說的矛盾之所在。正是由於作者事先預設好了所要影射的社會現狀，但又無法很好地節制自己的時而濃烈的感情，作者在寫作過程中對「我」的情感向度並沒有一個到位的把握，因此，小說中的「我」才會呈現出一種複雜的狀態：時而可以用冷眼旁觀貓國，時而又似乎成為貓國中人；既有著「中國人」的優越感以及由此而來的嘲諷，又有著與之同悲的情緒以及由此而來的心痛。與其說是一次客觀的審視，想要針砭時弊，刀刀入骨；不如說是一次主觀的發洩，表達一種衝動的激情，書寫一次無法重來的「粗糙的珍貴」。貶之者，認為其客觀審視出現了無法原諒的偏差與錯誤；褒之者，珍惜這份衝動激情下大膽言說的勇氣與銳氣，也驚歎於小說「準確」的「預言」。因此，由「我」的形象的複雜所帶來的客觀審視與主觀發洩的交錯，造成了小說對現實審視正誤交雜的「混沌」之態，而這種擇其部分而觀之的態度，正是老舍看待《貓城記》時從藝術審視走向政治審視的原因所在。

三

　　老舍對現實審視與真實歷史的偏差是《貓城記》受到冷落、批判，甚至一直以來爭議不休的原因之一，也是老舍在藝術與政治的天平中無法權衡以致最終失去平衡的重要因素。

　　與此同時，評論者眼中的《貓城記》也基本上是一個被全盤否定的「錯誤體」或者被割裂的「分散體」。1934年，在最初關於《貓城記》的兩篇同名書評中，王淑明和李長之就已然清楚地意識到了該小說的優劣之所在。前者指出《貓城記》「於神秘的外衣裏，包含著現實的核心」，「它是現在幽默文學中的白眉」，這些評價肯定了《貓城記》的成就，但同時他也指出其中有作者「無視客觀現實所得的主觀見解」，「這樣的武斷，更有些不合於事實」〔註66〕。這些評價還算客觀和公允。建國之後特別是「文革」中的評論自然可想而知，

〔註65〕老舍《貓城記》，《老舍全集》（第2卷），北京：人民文學出版社，1999年，第298頁。
〔註66〕王淑明《〈貓城記〉（書評）》，載《現代》，1934年4（3）。

這裡不做贅述。即使是到了八十年代，一些學者開始重評《貓城記》，也大多將小說割裂成思想正確與思想錯誤的兩部分分而述之，老舍當時對政治的錯誤書寫也成了評論家無法繞開且必須重申的話題。有學者開篇就陳述了《貓城記》中「對群眾的態度問題」以及「對革命和革命者的態度問題」〔註67〕。而「《貓城記》一方面成就顯著，另一方面他又不僅存在著一定的缺點和錯誤，有些還是比較嚴重的⋯⋯作品還對一切政黨都不加區分地進行了嘲諷和否定」〔註68〕，這種「一分為二」的觀點看上去無疑是解讀《貓城記》最正確最客觀的方法。然而，從這個意義上來說，《貓城記》注定得背負著老舍犯下的政治傾向的錯誤之名而被一分為二，無法在一個統一的標準下進行評判。這種「斷裂」似乎是《貓城記》的無法承受之重。

而我覺得，無論老舍後來怎樣評價《貓城記》，都或多或少地帶有某種成熟的創作方法的影響，或是政治語境下的顧慮。而老舍當初在初版自序中，也許不經意的一句「《貓城記》是個惡夢」，似乎有點「一語成讖」的意味——它不僅僅可以闡釋為小說中貓國的滅亡是個恐怖的「惡夢」，就其《貓城記》在初版之後到如今這八十年來所受的待遇，似乎也是個「惡夢」。但是，如果把從「我」墜落火星一直到「我」乘法國的探險飛機回到祖國這一段時間裏面的經歷看成是「我」所做的一場惡夢的話，夢裏的一切固然有現實的投影，但夢畢竟只是虛幻，真假難辨。「假作真時真亦假，無為有處有還無」，給我們以震撼的，是夢境中毀滅性的力量以及揮之不去的灰色悲觀，而其中的細節不過是現實或扭曲變形或誇張放大的投影，它固然有現實的影子，但畢竟不是現實。正如作者自己所言：「所謂『真』，不過是大致的說，人與事都有個影子，而不是與我所寫的完全一樣。」〔註69〕我們需要做的，不是按圖索驥地一一比附，而是尋找那抹相似而又不完全相同的痕跡，以此來警醒人心。沒有人會承認貓國就是現實的中國，就像你會認為貓國的滅亡僅僅只是小說裏虛構的情節一樣，不會認為貓國的滅亡就一定暗示象徵著中國的滅亡。在最核心最重要的問題上，以一種藝術的眼光處理之，反而在小說的某個細節部分錙銖必較，似乎有失偏頗。

〔註67〕徐文鬥《關於〈貓城記〉的幾個問題》，載《齊魯學刊》，1983年第6期。

〔註68〕陳震文《應該怎樣評價老舍的〈貓城記〉》，載《遼寧大學學報（哲學社會科學版）》，1982年第1期。

〔註69〕老舍《我怎樣寫〈趙子曰〉》，《老舍文集》（第16卷），北京：人民文學出版社，1999年，第168頁。

　　當然，在這裡，我們無意忽視老舍當初對國內情勢認識的不足而導致的他對所隱射的對象的錯誤描述，站在具體的歷史事件之外，懷著熱忱的心遠遠觀望，這似乎是老舍前期小說的一個姿態。「感情使我的心跳得快，因而不加思索便把最普通的、膚淺的見解拿過來，作為我判斷一切的準則」，「憑藉一點浮淺的感情而大發議論」「見解總是平凡」〔註70〕。《老張的哲學》中的這個毛病，《貓城記》中有。「在今天想起來，我之立在五四運動外面使我的思想吃了極大的虧」，「《趙子曰》，簡直沒多少事實，而只有些可笑的體態，像些滑稽舞」〔註71〕，「在寫《二馬》的時節，正趕上革命軍北伐，我又遠遠的立在一旁，沒機會參加」，「我們的消息只來自新聞報，我們沒親眼看見血與肉的犧牲，沒有聽見槍炮的響聲，更不明白的是國內青年們的思想」〔註72〕。這種在「歷史」之外「隔靴搔癢」的毛病，《貓城記》中也有。而當他從英國歸來，在新加坡「思想猛的前進了好幾丈」，便「決定趕快回國來看看了」〔註73〕。然而，對祖國滿腔的熱情不過是遠距離的一個美好的念想，一個溫暖的夢境，就像當年聞一多回國後的痛心疾呼：「我會見的是噩夢，哪裏是你？／那是恐怖，是噩夢掛著懸崖，／那不是你，那不是我的心愛！」「噩夢」，也許是他們共同的心境寫照。兩者的體裁不同，但心靈之流卻是在同一個沸點沸騰不息。把一個敏感問題看得太過嚴重，或許會把對小說的解讀鎖定在一個陳陳相因的政治怪圈裏。而把握「我」的情感之流，我們才會真正理解老舍這種激烈、直露的批判背後灌注於小說中的深切的愛與痛。在小說寫貓國滅亡的情景時，「我」的心裏充滿著無限的悲涼：大鷹的頭顱空蕩蕩地掛在死寂的灰城，小蠍和迷在一個清晨用「我」的手槍結束了自己的生命，僅存的兩個貓人沒有被敵人殺死卻自相殘殺而死……老舍用一場最殘酷的滅亡和最徹底的毀滅讓這個夢「惡」到極致。這也是老舍在痛陳貓國的種種弊病之後一個情感的回歸。他獨自承擔起毀滅的重量，只為喚醒一個新生的祖國。即使有瑕疵，大概也是相形見絀了吧。設若真的把貓國的軍隊改頭換面，那如此悲劇結局或許也就不再存焉？那火星冒險也就不必了。若《貓

〔註70〕老舍《我怎樣寫〈老張的哲學〉》，《老舍文集》（第16卷），北京：人民文學出版社，1999年，第165頁。

〔註71〕老舍《我怎樣寫〈趙子曰〉》，《老舍文集》（第16卷），北京：人民文學出版社，1999年，第169頁。

〔註72〕老舍《我怎樣寫〈二馬〉》，《老舍文集》（第16卷），北京：人民文學出版社，1999年，第174頁。

〔註73〕老舍《我怎樣寫〈小坡的生日〉》，《老舍文集》（第16卷），北京：人民文學出版社，1999年，第181頁。

城記》是個惡夢，那也夢得值。這大概也是老舍的良苦用心之所在吧。

　　儘管《貓城記》還存在諸多爭議，但其中的「諷刺」也恐怕是「空前絕後」。有人說，老舍諷刺的兩端是幽默和熱情，「如果熱情是淚珠，幽默不過是那淚珠的瑩瑩的光亮」〔註 74〕，就像《貓城記》，愛與憂是內核，其餘的，不過是表面的荒草罷了，荒草可生可滅，可多可少，而精神的內核，永遠不會改變。

第四節　　《雷雨》與序跋中的「潛臺詞」

　　1933 年，苦心孤詣構思五年之久的《雷雨》終於孕育而出，年僅二十三歲的曹禺卻未必預料到中國話劇史上新的大幕即將開啟。近八十年的大浪淘沙，從話劇文本到舞臺藝術，《雷雨》不僅咀嚼著作者自身對於這個「第一聲呻吟，或許是一聲呼喊」〔註 75〕的「嬰兒」的「單純的喜悅」〔註 76〕與複雜的情愫，更承受著來自批評家或褒或貶、或中肯或誤讀的種種理論闡釋與話語定位，但不管怎樣，《雷雨》的經典性已然確立。更重要的是，對於演出即是生命的話劇來說，舞臺上的《雷雨》難能可貴地保持著「當年海上驚雷雨」〔註 77〕般震撼人心的轟動效應，呈現出一種恒久的生命力。作者、讀者、批評者、導演、演員、觀眾，各種與之相關聯的人、事在時間與空間的維度下構成了一個強大的關於《雷雨》的磁場，吸引著無數人的持續關注與喜愛或深入發掘與探討，這不能不說是曹禺親手書寫的「奇蹟」，也是中國話劇史上一個難以複製的「神話」。然而，儘管距離《雷雨》的文學現場已有漫長年歲，但關於《雷雨》的爭論話題卻一直存在且無定見。在眾多批評文字紛至沓來的情況下，眾聲喧嘩中的《〈雷雨〉序》卻如沉靜的處子，悄然散發著它獨樹一幟而又令人珍愛的光芒。在最初的《雷雨》自序中，隱藏了作者怎樣複雜的情感與期待？在近八十年的傳播與接受中，評論者對《雷雨》的批評又經歷了一個怎樣的變化？而這外界的種種因素又怎樣地影響了作者自身對《雷

〔註 74〕李長之《〈貓城記〉（書評）》，載《國聞週報》，1934 年 11 月 2 日。
〔註 75〕曹禺《曹禺選集・後記》，《曹禺戲劇集：論戲劇》，成都：四川人民出版社，1985 年，第 429 頁。
〔註 76〕曹禺《雷雨・序》，《曹禺文集（第 1 卷）》，北京：中國戲劇出版社，1988 年，第 210 頁。
〔註 77〕茅盾《贈曹禺》，《茅盾全集（第 10 卷）》，北京：人民文學出版社，1985 年，第 480 頁。

雨》的評價？反觀作者彼時滿懷青春激情用詩意之筆寫下的肺腑之言，又對我們重新考察《雷雨》以及作者自序的意義有何啟示？這將是本文思考的出發點與探討的問題所在。

一

從 1934 年 7 月發表在《文學季刊》第 1 卷第 3 期上第一次與讀者見面，到 1936 年 1 月上海文化生活出版社出版發行，讀者眼中的《雷雨》與《〈雷雨〉序》之間隔著近兩年的時間差。但也正是這個沉澱的時間差，讓《〈雷雨〉序》這篇洋洋灑灑長達近七千字的序言有了更多值得咀嚼的意味——它不僅僅是作者對《雷雨》最初的一個闡釋與評價，也同時形成了作者與批評者、導演等人之間的雙向互動。正是在這種隱藏的對話模式中，作者完成了一次對《雷雨》精彩的自我詮釋。

《〈雷雨〉序》中最令人怦然心動的也許是這段話：「我愛著《雷雨》如歡喜在溶冰後的春天，看一個活潑潑的孩子在日光下跳躍，或如在鄰鄰的野塘邊偶然聽得一聲青蛙那樣的欣悅。我會呼出這些小生命是交付我有多少靈感，給予我若何的興奮。」〔註 78〕詩意的筆觸，青春的氣息，難掩的喜悅，就像作者說《雷雨》「寫的是一首詩，一首敘事詩」〔註 79〕一樣，這篇自序也同樣飽蘸著作者的全身的激情與熱愛。從這些輕靈跳躍而又虎虎有生氣的文字裏，我們完全可以想像，「五年磨一劍」誕生《雷雨》，對作者來說是一件多麼愉快而又令人自豪的事情。更重要的是，這是一段完完全全的感性的心靈獨白，充盈著自我個性的個人話語。也只有在這個意義與基調上，我們才能準確把握曹禺灌注於《〈雷雨〉序》中的情感。

首先，在與批評者的潛在對話中，作者委婉地表示了對於「承襲說」的不滿與不解。「我很欽佩，有許多人肯費了時間和精力，使用了說不盡的言語來替我的劇本下注腳」，「但儘管我用了力量來思索，我追憶不出哪一點是在故意模擬誰」，「我想不出執筆的時候我是追念著哪些作品而寫下《雷雨》」〔註 80〕，這些話語裏有作者極力的辯解，也有不自覺的諷刺。評論者將其稱

〔註 78〕曹禺《雷雨·序》，《曹禺文集（第 1 卷）》，北京：中國戲劇出版社，1988 年，第 210 頁。

〔註 79〕曹禺《〈雷雨〉的寫作》，載《質文》1935 年第 2 期。

〔註 80〕曹禺《雷雨·序》，《曹禺文集（第 1 卷）》，北京：中國戲劇出版社，1988 年，第 210 頁。

之為「易卜生的信徒」〔註81〕，認為其作品承襲了古希臘悲劇的靈感，這在作者看來是驚訝與可笑的。他稱自己是「忘恩的僕隸，一縷一縷地抽取主人家的金線，織好了自己醜陋的衣服，而否認這些褪了色的金絲也還是主人家的」〔註82〕，這個貌似很恰當又帶些負氣與自嘲意味的比喻恐怕也非作者的冷靜之言，依然表現出一種青春的叛逆與衝動。作者認為《雷雨》並非刻意模仿，而是屬於自己的故事，而評論家卻看到《雷雨》與其他作品千絲萬縷的聯繫，兩者看似出現了矛盾，實則來源於作者的自我闡釋與批評者的文本解讀有著本質的不同。而這一闡釋角度的不同不僅出現在《雷雨》中，也有可能出現在對其他作品的解讀中，本無可厚非。至於作者對其一而再再而三的辯解，我們也可以在作者關於《雷雨》創作前後的文字記載中找到答案，因為在作者看來，這完全是一個有著自己生活底色的故事，一個有著中國印跡的故事。

其次，是對《雷雨》主題的辯解，追根溯源，其實也是對其創作動機的闡釋。評論者眼中的《雷雨》是「暴露大家庭的罪惡」，而作者並未明確意識到「要匡正諷刺或攻擊些什麼」〔註83〕，《雷雨》的誕生在作者看來，最重要的兩個關鍵詞是「誘惑」和「情感」。從對宇宙間神秘事物的憧憬中覺出「天地間的『殘忍』」，並用「一種悲憫的心情」，一雙「悲憫的眼」〔註84〕來俯瞰掙扎於其間的芸芸眾生。前者，是《雷雨》所達到的現實的高度；後者，則是作者在不經意間披露的心靈的高度。兩者之間孰對孰錯，又是否存在不可統一的矛盾，這是後話。

此後，作者開始了對《雷雨》人物的具體分析與解讀。正如作者所言，《雷雨》裏描繪了一群「盲目地爭執著，泥鰍似的在情感的火坑裏打著昏迷的滾，用盡心力來拯救自己，而不知千萬仞的深淵在眼前張著巨大的口」〔註85〕的

〔註81〕曹禺《雷雨·序》，《曹禺文集（第 1 卷）》，北京：中國戲劇出版社，1988 年，第 209 頁。

〔註82〕曹禺《雷雨·序》，《曹禺文集（第 1 卷）》，北京：中國戲劇出版社，1988 年，第 210 頁。

〔註83〕曹禺《雷雨·序》，《曹禺文集（第 1 卷）》，北京：中國戲劇出版社，1988 年，第 210 頁。

〔註84〕曹禺《雷雨·序》，《曹禺文集（第 1 卷）》，北京：中國戲劇出版社，1988 年，第 212 頁。

〔註85〕曹禺《雷雨·序》，《曹禺文集（第 1 卷）》，北京：中國戲劇出版社，1988 年，第 213 頁。

人。掙扎，是他們共同的生存狀態。在其中，可以窺見作者對其人物的褒貶態度以及喜愛程度的深淺不一。作者花了最多筆墨解讀的，其實只有兩個人物，而這兩個人物恰好構成了「人性」最極端的兩頭。繁漪表現的是人性的極深極複雜處，周沖則表現的是人物的極淺極單純處。這種複雜是一種探尋的誘惑，這種單純是一種稀有的珍貴。因此，作者眼中的繁漪「交織著最殘酷的愛和最不忍的恨」，她「最富於魅惑性」，尖銳，熱情，強悍，「她敢衝破一切的桎梏，做一次困獸的鬥」〔註 86〕。作者對這樣一個人物充滿了「憐憫與尊敬」。而周沖，只是一個夢幻的探尋者，現實的殘酷，理想的虛空，最終導致了他的崩潰，生活撕開一張血淋淋的口子等著他進入，卻沒有一個人肯向他伸出一隻溫柔的手。他是一個晶瑩透明的存在，「有了他，才襯出《雷雨》的明暗」〔註 87〕。這些人物，在作者心中，不是簡單的符號，為某個意義、某種標籤而存在。他們身上，生動地湧流著作者的真實情感與生活體驗，因此，對這些甚至有些「性格缺陷」的人物，作者才能從人性本身出發，用最大的悲憫之心予以理解和同情。

對於與文本向呼應的舞臺演出，作者不惜筆墨說明了他心目中演員的表演要求：懂得節制，追求一種無聲勝有聲的效果。即使是再激烈緊張的場面，也需要讓情感的狂風形成有韻味的餘波，「在一舉一動上應有理性的根據與分寸」〔註 88〕。就像文本中作者對繁漪的描寫：「然而她的外形是沉靜的，憂煩的，她會如秋天傍晚的樹葉輕輕落在你的身旁，她覺得自己的夏天已經過去，自己只是殘萎的玫瑰咋秋風裏搖落了，西天的晚霞暗下來了。」〔註 89〕即使是再「雷雨」的性格，作者也希望能給人物一個從「夏」到「秋」的轉變。其中，作者重點針對「序幕」和「尾聲」作出了自己的解釋：「簡單地說，是想送看戲的人們回家，帶著一種哀靜的心情。……蕩漾在他們的心裏應該是水似的悲哀，流不盡的；而不是惶惑的，恐怖的，回念著雷雨像一場噩夢，

〔註 86〕曹禺《雷雨·序》，《曹禺文集（第 1 卷）》，北京：中國戲劇出版社，1988 年，第 214 頁。
〔註 87〕曹禺《雷雨·序》，《曹禺文集（第 1 卷）》，北京：中國戲劇出版社，1988 年，第 218 頁。
〔註 88〕曹禺《雷雨·序》，《曹禺文集（第 1 卷）》，北京：中國戲劇出版社，1988 年，第 219 頁。
〔註 89〕曹禺《雷雨》，《曹禺文集（第 1 卷）》，北京：中國戲劇出版社，1988 年，第 40 頁。

死亡，慘痛如一隻鉗子似地夾住人的心靈，喘不出一口氣來。」〔註90〕作者依然懷有一種詩樣的情懷，希望把觀眾的思緒引向遼遠處，給人一種時間與空間上的距離感。這種對於「欣賞的距離」〔註91〕的追求，或者說苦心經營，也從另一個方面顯示出作者對人性的尊重以及他對掙扎於天地間的渺小的人類的悲憫之心。也許，他希望觀眾記住的，並不是這齣慘痛的悲劇，而是由此生發出的一種流動在人們心靈深處的共通的情感。然而，由於演出的種種限制，《雷雨》的「序幕」和「尾聲」從 1935 年 5 月在日本東京的首演就被導演刪去，預言般的暗示著此後兩者與舞臺的分離，而作者也遺憾地未等到有「聰明」的導演把其精巧地搬到舞臺上。70 餘年之後，王延松導演的新版《雷雨》的問世，不僅恢復了曹禺原著中的「序幕」和「尾聲」，還加入了唱詩班的演唱，以其全新的舞臺處理呈現了一種更貼近於作者心靈的《雷雨》。打破了反封建、階級鬥爭等等意識形態的束縛，真正從一種人性的角度，用年輕時曹禺的眼睛來打量這些人物的悲喜，可以說，這是話劇《雷雨》的一次新生，更是一種回歸。這種回歸固然可喜，但近八十年的時間，卻未免有些漫長而無奈。

　　《雷雨》中的故事發生在十餘年前，本身就與三十年代存在著一定的「隔膜」，再加上這種個人話語與時代話語的疏離，《〈雷雨〉序》似乎並不為人所關注，時代與政治話語到底有著太過強大的力量。然而，它就像一塊璞玉，儘管被歲月浮塵所掩，但並不改其質。而對「序幕」和「尾聲」的重新關注與闡釋，其實也暗含著對《雷雨》主題的重新理解與定位。

二

　　《雷雨》從三十年代現身文壇，便一石激起千層浪。它不僅在曹禺的創作之旅上豎起第一座高峰，也標誌著中國話劇走向了成熟之境。儘管對其解讀眾說紛紜，頗有爭議，又受到各種時代話語的制約與誤解，但它憑藉其藝術魅力穿透了歷史塵埃的掩埋，至今仍然散發著誘人的光芒。而近八十年來的《雷雨》研究也同樣走過了一條充滿曲折的道路：三、四十年代，對《雷

〔註90〕曹禺《雷雨·序》，《曹禺文集（第 1 卷）》，北京：中國戲劇出版社，1988 年，
　　　　第 220 頁。
〔註91〕曹禺《雷雨·序》，《曹禺文集（第 1 卷）》，北京：中國戲劇出版社，1988 年，
　　　　第 221 頁。

雨》的研究多侷限在主題思想與作者世界觀和創作方法的探討上，而忽視了對作者創作意圖以及作品審美價值的研究；新中國成立後，依然在很大程度上繼承了前一時期的研究思路與模式，從政治角度和社會角度進行解讀的趨勢進一步加強；新世紀以來，隨著研究局勢的好轉，對《雷雨》的探討也更加深入和細緻，收穫頗豐。

其中，對《雷雨》主題的探討是一直爭論不休且貫穿始終的話題，並且在不同的歷史時期表現出了不同的話語傾向。三十年代的批評文章大多以篇幅短小的隨感式話語為主。一種是採用階級分析的方法從社會批評的角度切入，認為《雷雨》揭示了資產階級的罪惡。1935 年 5 月白寧在其報導《〈雷雨〉在東京公演》中認為《雷雨》「描寫一個資產階級的家庭中錯綜複雜的戀愛關係，及殘酷地暴露著他們淫惡的醜態。用夏夜猛烈的『雷雨』來象徵這階級的崩潰」〔註 92〕，這是關於《雷雨》最早的評價文字。相類似的，還有人認為《雷雨》的演出讓人感受到的「是對於現實的一個極好的暴露，對於落寞者是一個極好的諷刺」〔註 93〕。與之相對應的另一觀點則是《雷雨》中的「命運觀」問題。最早提出這一觀點的是劉西渭。他在《〈雷雨〉——曹禺先生作》中說到「這齣長劇裏，最有力量的一個隱而不見的力量，卻是處處令我們感到的一個命運觀念」，但他並不認為這「命運」是「天意」，「決定而且隱隱推動全劇的進行」的力量來自於「報復的觀念」，它「藏在人物錯綜的社會關係和人物錯綜的心理作用裏」〔註 94〕。「命運觀」提出後，引起了研究者持續的關注，至今仍然莫衷一是。其次，張庚在《悲劇的發展——評〈雷雨〉》一文中認為曹禺繼承了「由傳統中留下來的」「宿命論」〔註 95〕的觀點。此後，關於《雷雨》中的「命運觀」與「宿命論」的爭執也一直存在。 1937 年 7 月，黃芝岡發表《從〈雷雨〉到〈日出〉》，對《雷雨》的結局表現出很大的不滿，認為其是「『正式結婚至上主義』和青年人都死完了留老年人撐持世界的可笑的收束」，「對青年人的指導走上了歪路」。對於這一有失公允的評價，周揚發表了《論〈雷雨〉和〈日出〉》一文，認為《雷雨》「無論是在形式技巧上，在主題內容上，都是優秀的作品，它們具有反封建反資本主義的意義」。「反

〔註 92〕白寧《〈雷雨〉在東京公演》，載《雜文》創刊號，1935 年 5 月。

〔註 93〕編者按《曹禺〈雷雨〉的寫作》，載《雜文》，1935 年 7 月。

〔註 94〕劉西渭《〈雷雨〉——曹禺先生作》，載《大公報‧本市附刊》，1935 年 8 月 31 日。

〔註 95〕張庚《悲劇的發展》，載《光明》創刊號，1936 年 6 月。

封建」是周揚提出來，也被後來人廣泛接受的一個觀點。他在這篇文章中還指出：「如果說反封建制度是這劇本的主題，那麼宿命論就成了它的 Sub-Text（潛在主題），對於一般觀眾的原和命定思想有些血緣的樸素的頭腦會發生極有害的影響，這大大地降低了《雷雨》這個劇本的思想的意義。」周揚的這一觀點對以後長時間的《雷雨》研究都產生了巨大的影響。

四十年代的研究較三十年代來說，更加趨於系統化和理論化。這一時期比較有代表性的文章是楊晦的《曹禺論》以及呂熒的《曹禺的道路》。對於《雷雨》主題的探討，後者更為突出。呂熒並沒有沿著周揚的道路走下去，而認為劇本中描寫的「殘忍」與「冷酷」正「顯示著宇宙『主宰』的真相的一面」，而「這一主宰是《雷雨》的主題」，「顯示主宰的『殘忍』的意義要更強於所謂『暴露大家庭罪惡』的意義」。這一觀點在四十年代尤為可貴，可惜並未引起太大的關注。建國以來，對於《雷雨》的評價也被賦予了更多的政治色彩和社會意義。甘競、徐剛對之前提出的「命運觀」進行了否定，認為它們「並不構成作家的真正世界觀」，並且指出，由於曹禺脫離實際政治鬥爭，缺乏馬克思主義的武裝，沒有與工農兵相結合，因此其作品「無法達到高度的歷史真實性，沒有有力地表現出現實生活中的革命情勢和廣闊的社會背景」〔註96〕。

直到新時期以降，人們逐漸擺脫政治話語、階級立場的束縛，對《雷雨》的解讀也更加深入和多元。最多的是關於《雷雨》是社會悲劇還是命運悲劇的探討。儘管依舊還有研究者認為「《雷雨》暴露了一個帶有濃厚的封建色彩的資產積極家庭和舊社會的罪惡」〔註97〕，「它是通過描寫周樸園在家庭和社會上的罪惡，從而充分暴露了封建資本家的反動腐朽本質，及其必然衰亡的命運。這才是《雷雨》的主題。」〔註98〕但更多的是關於社會、命運、性格等多重悲劇性的探討。比如有研究者指出：「《雷雨》首先的也是主要的，是一齣命運悲劇；但由於作者創作時忠實於生活，因此，在客觀上，它也是一齣社會悲劇；又由於作者刻畫人物時，尊重人物性格自身發展的邏輯，並把

〔註96〕甘競、徐剛《也談曹禺的〈雷雨〉和〈日出〉——兼論作家的世界觀和創作方法》，載《處女地》，1958 年第 2 期。

〔註97〕鄒水旺《曹禺創作〈雷雨〉的主觀思想和作品的客觀意義》，載《江西師範大學學報（哲學社會科學版）》，1986 年第 3 期。

〔註98〕劉炎生《〈雷雨〉的主題及若干人物形象異議》，載《中國文學研究》，1988 年第 1 期。

人物性格的弱點同他們的悲劇結局寫成一種必然的聯繫，因此它也可以看作是一齣性格悲劇。」〔註 99〕這幾重意蘊是同時存在且有輕重之分的，顧此失彼或只此不彼都不是明智的合理的解釋。其次，從宗教層面進行的基督教色彩的解讀，從哲學層面進行的生存悲劇、人性悲劇的解讀，也顯示了《雷雨》主題闡釋的多元性和豐富性。最早闡釋《雷雨》宗教主題的是宋劍華。他在《試論〈雷雨〉的基督教色彩》〔註 100〕一文中指出《雷雨》中的結構模式和中心人物暗示了其中的基督教色彩，而環境布局則直接把這種色彩表現了出來。並從劇中提取二十二對矛盾，用基督教的「原罪」和「報應」思想進行解讀，顯得新穎別致。還有研究者認為「其主題已經超越現實功利層面，上升到了形而上的哲學層面，體現了劇作家對人類生存之秘的更高層次的揭示和探索，其內涵是深邃的」，「它充分體現了人性的弱點在命運困境之中無奈的掙扎及所導致的必然的毀滅。」〔註 101〕這些評價，在考慮到作品的客觀效果外，更加尊重原著，尊重作者的創作動機，表現出良好的發展態勢。

主題之外，關於對「序幕」和「尾聲」的探討從一開始就存在。儘管曹禺自己將其看得很重要，但它們的遭遇常常使曹禺感到遺憾。自從首演被刪之後，「序幕」和「尾聲」就一度在舞臺上銷聲匿跡，甚至還有一段時間，文本中的「序幕」和「尾聲」也被刪去，只留下一個不完整的殘缺的《雷雨》呈現在讀者面前。三四十年代，評論家普遍認為「序幕」和「尾聲」影響了作品反映現實的深度和廣度，削弱了作品的批判力度，表現出「宿命論」、「唯心主義」等等消極的因素。建國以來，文藝界「左」的觀點日益佔據上風，面對如此嚴峻的形式，連曹禺本人也表示刪去「序幕」和「尾聲」不是遺憾了。

進入新世紀，對「序幕」和「尾聲」的認識主要有以下三種情況：其一，持否定態度，認為它「影響了作品反映現實的深廣程度，並且帶來一些思維上和藝術上的弱點」，並將其歸因於「作家主觀上對產生這些悲劇的社會意識根源……缺乏科學的理解」〔註 102〕。其二，表現出不置可否的態度，既

〔註 99〕韓南宗《社會悲劇還是命運悲劇——論曹禺〈雷雨〉的悲劇性質與主題》，載《廣州民族學院學報（社會科學版）》，1994 年第 3 期。

〔註 100〕宋劍華《試論〈雷雨〉的基督教色彩》，載《中國現代文學研究叢刊》，1988 年第 1 期。

〔註 101〕李美皆《命運的困頓與人性的掙扎——〈雷雨〉原著主題暨悲劇內涵論》，載《名作欣賞》，2001 年第 1 期。

〔註 102〕唐弢主編《中國現代文學史》，北京：人民文學出版社，1979 年，第 186 頁。

肯定全劇的社會悲劇內涵,又試圖以「在亂倫的恐懼和帶有某種宿命論色彩
的氛圍中,顯示的卻是社會歷史的真實」〔註103〕。其三,積極肯定了兩者
的意義,認為其「追索著隱藏於現實背後深處的人生、人性、人的生命存在
的奧秘」〔註104〕。隨著時間的推移和認識的加深,特別是近些年來,人們
對不僅對兩者表現出極大的重視,對其探討也更加細緻和深入。首先是從宏
觀上的把握,田本相指出加上「序幕」和「尾聲」,「給了我們一部『全新』
的《雷雨》,一個具有『全新』的主題和體現『全新』的戲劇觀念的《雷雨》。」
〔註105〕其次是從微觀上進行具體文本的分析。如有研究者就從戲劇觀念、
宗教意識、審美內涵三個方面對兩者進行了深入分析,並指出兩者長期以來
不受重視的原因,一是現實政治的干預,其次則是「其宗教背景與受眾的文
化傳統、心裏習慣的差異」〔註106〕。對「序幕」和「尾聲」的重新重視,
一方面表現出對傳統思維定式的一個突破,是《雷雨》真正回歸文本的一個
新的起點;但另一方面,對其探討的許多方面其實都可以在《〈雷雨〉序》
中找到源頭,這種重新審視的背後能否發現新的因素,還有待後來者的深入
分析。

　　隨著對《雷雨》文本越來越客觀公正的評定與細緻的解讀,關於《雷雨》
的研究也越來越呈現出多元豐富的景觀。內容上,關於其戲劇結構和人物形
象的探討湧現出大量的研究成果,比較研究也日益繁盛;藝術特色上,特別
是對其語言藝術的運用也有較多研究者予以了關注。並且,隨著話劇、電影、
電視劇的不斷改編,許多文本之外的研究領域也越來越受到研究者的關注。
《雷雨》研究在經歷了近八十年的風雲變遷之後,漸漸走上一條開闊的道路。

三

　　《雷雨》很大程度上代表了中國話劇的最高峰,縱觀《雷雨》近八十年

〔註103〕郭志剛、孫中田主編《中國現代文學史》,北京:高等教育出版社,1993年,
　　　　第427頁。

〔註104〕錢理群、溫儒敏、吳福輝《中國現代文學三十年》,北京:北京大學出版社,
　　　　1998年,第415頁。

〔註105〕田本相《全本〈雷雨〉的意義和價值》,載《中國文化報》,2003年4月30
　　　　日。

〔註106〕趙雷《論〈雷雨〉的序幕和尾聲》,載《四川師範大學學報(社會科學版)》,
　　　　2003年第3期。

的接受史，它被廣泛地閱讀著，觀賞著，讚美著，但同時它又無端地被分離，被肢解，被誤讀著。雖然曹禺說自己是一個不願多發議論的人，但除了最初的《〈雷雨〉序》，曹禺對《雷雨》的評價也留下不少隻言片語。儘管再也沒有當初那種灌注於其中的詩意的筆觸與濃烈的情感，但這種被淡化、被消解的現象與態度的變化卻依然有跡可尋。

在《〈雷雨〉序》之前，曹禺也有相關文字談論到《雷雨》的寫作。在一封 1935 年 2 月的書信中，曹禺就解釋了《雷雨》寫的是「一首詩」，「決非一個社會問題劇」，並闡述了他寫「序幕」和「尾聲」的原因，又談到「所以為著太長的緣故，把序幕及尾聲刪去了真是不得已的事情」，作者一開始就對導演的改變表現出不得已的無奈與寬容。但曹禺還是不惜筆墨用詩意的語言解釋了「尾聲」中音樂的作用：「這劇收束應該使觀眾的感情又恢復到古井似的平靜，但這平靜是豐富的，如秋日的靜野，不吹一絲風的草原，外面雖然寂靜，我們知道草的下面，翁翁叫著多少的爬蟲，落下多少豐富的穀種呢」〔註 107〕。寧靜中的豐富和回味，與《〈雷雨〉序》中關於「欣賞的距離」這一說法是一脈相承的。其實也可以看出作者自身對「序幕」和「尾聲」的極其重視的態度。在這封信中，儘管作者並沒有表露太多的不滿，但卻可以窺見，從《雷雨》一出版或者演出以來，接受者的反映與作者本身的意圖就存在著很大的差距，也許正是由於這種理解的「差距」，作者在一年後的《〈雷雨〉序》中對這些問題又做了一個鄭重其事的正式闡述。而在這一闡述中，作者與批評者的態度卻又了微妙的變化。李健吾在 1935 年 8 月發表的《雷雨——曹禺先生作》中「亂問一句，作者隱隱中有沒有受到兩齣戲的暗示？一個是希臘歐里庇得斯（Euripides 的 Hippolytus），一個是法國拉辛（Racine）的 Phedle，二者用的全是同一的故事：後母愛上了前妻的兒子。」〔註 108〕這一發問讓作者對「承襲」說產生了十分的不滿，進行了不厭其煩的辯護，壓抑的怒火轉化為自嘲與諷刺：「我會再說，我想不出執筆的時候我是追念這哪些作品而寫下《雷雨》，雖然明明曉得能描摹出來這幾位大師的遒勁和瑰麗，哪怕是一抹、一點或一勾呢，會是我無上的光彩。」〔註 109〕

〔註 107〕曹禺《〈雷雨〉的寫作》，載《質文》，1935 年第 2 期。

〔註 108〕劉西渭《雷雨——曹禺先生作》，載《大公報·本市附刊》，1935 年 8 月 31 日。

〔註 109〕曹禺《雷雨·序》，《曹禺文集（第 1 卷）》，北京：中國戲劇出版社，1988 年，第 210 頁。

這種「緊張」的關係有無改善並不重要，重要的是，在這之後，曹禺看待《雷雨》的心態有了很大的轉變，難道真是如作者所言「這一年來批評《雷雨》的文章確實嚇住了我，它們似乎刺痛了我的自卑意識」而放棄辯解了嗎？

　　幾乎是同時，1936 年 2 月，《雷雨》的日譯本在日出版，曹禺在這一版本的序言中，卻以極度自謙和不自信的話語表達了迥異於《〈雷雨〉序》中的情感。「我並不認為自己是個劇作家，絲毫也沒想到自己的劇本會有人閱讀、搬上舞臺乃至譯成日文。……我是一個普通的人，只不過寫了一個普通家庭可能發生的故事而已。因此，即使它會引起日本朋友的注目，那無疑也只是暫時的，說不定他們將來會醒悟到這種做法的輕率，會發現選中這個作品本身就是一個大錯誤。我想，這部作品會像水草下的鳥影一樣飄然而過，也不知消失在何方。」〔註 110〕對於這種情感的轉變，我們還是可以「按圖索驥」尋找到一些線索的。首先，來自於作者的性格。「我素來是有些憂鬱而暗澀」〔註 111〕，「我這個人膽小謹慎、憂鬱、愛挑剔，不能理解自己。我缺乏希臘人的智慧──『自知之明』」〔註 112〕，這其中，他的家庭，他從小的生活環境，特別是他父親的影響不可小覷，因此，他很少會有盛氣凌人之感。其次，則是現實的「打擊」。「國內經多次公演後，許多批評家猜測我是三四個戲劇大家的信徒，乃至是靈感的繼承者。」〔註 113〕《雷雨》是曹禺苦思五年殫精竭慮而成，他似乎特別反感「承襲」一說。所有的問題在經過他的思考之後，矛頭都指向自己。對於解釋自己作品的茫然不知所措，「突地發現它們的主人瞭解我的作品比我自己要明切得多」〔註 114〕；對於導演的刪減，又是否是《雷雨》太過冗長而累贅的原因所致？作者不得其解。

　　而在同年出版的第二部話劇《日出》的跋裏，曹禺卻明確表示了對於《雷雨》的不滿與反感。「寫完《雷雨》，漸漸生出一種對於《雷雨》的厭倦。我

〔註 110〕曹禺《〈雷雨〉日譯本序》，影山三郎《雷雨（日譯本）》，東京：汽笛出版社，1936 年，第 1 頁。

〔註 111〕曹禺《雷雨·序》，《曹禺文集（第 1 卷）》，北京：中國戲劇出版社，1988 年，第 209 頁。

〔註 112〕曹禺《〈雷雨〉日譯本序》，影山三郎《雷雨（日譯本）》，東京：汽笛出版社，1936 年，第 1 頁。

〔註 113〕曹禺《〈雷雨〉日譯本序》，影山三郎《雷雨（日譯本）》，東京：汽笛出版社，1936 年，第 1 頁。

〔註 114〕曹禺《雷雨·序》，《曹禺文集（第 1 卷）》，北京：中國戲劇出版社，1988 年，第 211 頁。

很討厭它的結構，我覺出有些『太像戲』了。技巧上，我用的過分。彷彿我只顧貪婪地使用著那簡陋的『招數』，不想胃裏有點裝不下，過後我每讀一遍《雷雨》便有點要作嘔的感覺。」〔註 115〕如果說前者的不滿更多地來自於外界，那這一點的闡釋卻來自於作品的內部，它關乎《雷雨》的結構，關乎創作的技巧。但作者的「厭倦」、「作嘔」等詞的使用卻讓我們感覺有些過猶不及。當然，一方面，作者此時對話劇的看法已經有了改變，他一心想尋求一種新的不同於《雷雨》的寫法，「我很想平鋪直敘地寫點東西，想敲碎了我從前拾得那一點點淺薄的技巧，老老實實重新學一點較為深刻的。」〔註 116〕作為與《日出》的比較，這樣的說法其實是可以理解的；更何況，《雷雨》本身這種極度緊張與封閉式的結構並非完美無缺。但是，他有必要將曾經視若生命般愛護的《雷雨》說得如此不堪嗎？我想，作者大概已經在種種的批評話語中放棄了申辯的努力，接受者的一次次與作者原意背道而馳的「誤讀」將《雷雨》不自覺地引向了另一條被規範化的道路。而曹禺，也終將為這種屈服和自卑付出沉重的代價，《雷雨》的價值幾何，歷史終有客觀的評價，而作為劇作家的曹禺的生命，卻隱隱然有了某種悲劇的意味。

　　建國後作者對《雷雨》的評價，其實於話劇本身已無太大意義，更多地，是我們對曹禺作為戲劇家生命的探尋。從曹禺的種種言談中，我們可以看到一個最明顯的轉變就是對讀者和觀眾的「重視」，並害怕由於自己的錯誤而導致的對讀者和觀眾的蒙蔽。他一直想努力地尋求「改造」，做一個人民的作家，「對今天的讀者和觀眾還能產生一些有益的效用，那我也就非常欣慰了」〔註 117〕；其次則是明顯的階級意味與政治色彩，主要表現在對人物分析的側重上。周樸園的封建思想，魯大海的工人階級的身份被不斷提及且不斷批判。「若以小資產階級的情感來寫工農兵，其結果，必定不倫不類，你便成了掛羊頭賣狗肉的作家。我在《雷雨》裏就賣過一次狗皮膏藥，很得意地抬出一個叫魯大海的工人。那是可怕的失敗，僵硬，不真實，自不必說。我把他放在一串怪誕的穿插中，我以小資產階級的情感，為著故事，使他跳

〔註115〕曹禺《〈日出〉跋》，《曹禺文集（第 1 卷）》，北京：中國戲劇出版社，1988
　　　　年，第 381 頁。
〔註116〕曹禺《〈日出〉跋》，《曹禺文集（第 1 卷）》，北京：中國戲劇出版社，1988
　　　　年，第 381 頁。
〔註117〕曹禺《〈曹禺選集〉序言》，《曹禺戲劇集：論戲劇》，成都：四川文藝出版社，
　　　　1985 年，第 428 頁。

進跳出，喪失了他應有的工人階級的品質，變成那樣奇特的人物。他只是穿上工人衣服的小資產階級。我完全跳不出我的階級圈子，我寫工人像寫我自己，那如何使人看得下去？」〔註 118〕這是一個文學藝術價值消弭的時代，我們看到的是一個被畸形闡釋的「另類」的《雷雨》。

新時期，當黑暗的一頁即將翻過的時候，我們十分期待曹禺能在藝術上迎來他新的春天，然而這一頁，終將由於太沉重而難以翻閱，曹禺最後給人留下的，是一抹曾經無法企及的絢爛，與一股深沉悲涼的遺憾。「我不願承認我是什麼作家，更當不了理論家，我只想在短促的一生裏，寫一點於人類有益的東西。當寫不出或無法去寫時我是多麼地痛苦。」（曹禺《曹禺論創作》序）1985 年，75 歲的曹禺如是說。「作家」和「理論家」，曹禺的一生裏被這兩種不同的身份糾纏著，從一開始的自己與他人，到最後的自己和自己。他為此「痛苦」不已。萬方在《靈魂的石頭》一文中這樣訴說她父親的這份「痛苦」：「這痛苦不像『文革』時期的恐懼那樣咄咄逼人，人人不可幸免。這痛苦是只屬於他自己的。我曾經反覆琢磨這份痛苦的含義，我猜想，痛苦大約像是一把鑰匙，惟有這把鑰匙能打開他的心靈之門。他知道這一點，他感到放心，甚至感到某種欣慰。然而他並不去打開那扇門，他只是經常得撫摸著這把鑰匙，感受鑰匙在手中的那份沉甸甸冷冰冰的分量。從某種意義上說，這甚至成為一種獨特的遊戲。真正的他則永遠被鎖在門的裏面。也許裏面已經人去樓空，他不知道，也並不真的想知道。但是痛苦確實是痛苦，絕沒有摻一點假。」〔註 119〕

與這份深沉的痛苦遙遙呼應的，是《〈雷雨〉序》中那份「單純的喜悅」。歷史的風雲輾轉變換近八十年之後，當曾經禁錮一時的意識形態因素逐漸消退之後，我們再一次回眸誕生於三十年代的似乎「生不逢時」的《雷雨》，再一次細細品讀這篇與時代話語相疏離的充盈個人話語的序言，或許真該感歎曹禺藝術感覺的超前性與永恆性，這來源於一個作家的「純粹」，一種心靈的純粹。

〔註 118〕曹禺《我對今後創作的初步認識》，《曹禺戲劇集：論戲劇》，成都：四川文藝出版社，1985 年，第 425～426 頁.

〔註 119〕萬方《靈魂的石頭》，《曹禺評說七十年》，北京：文化藝術出版社，2007 年，第 98 頁。

第五章　當代作家的闡釋之維

　　到了當代尤其是新時期以來，作家的自我言說的空間不斷擴大，自我言說的自主性不斷增強，序跋的寫作也隨之發生變化，大致包括以下幾個方面：第一，創作序跋寫作整體上趨於減少，不少小說作品都沒有序跋；第二，序跋的媒介宣傳功能由書的腰封、書評、媒體宣傳等共同完成，序跋寫作的商業化意味日益明顯；第三，當代序跋寫作更為平易、幽默，凸顯作家的個性特徵等等。總體說來，昔日作為作者自我闡釋的重要方式與言說空間的創作序跋，在當代已由眾多的言說方式所共同完成，在現代大眾傳媒語境下，除了創作序跋、創作經驗談外，作家往往以媒體訪談、批評者對話、演講等多種形式留下了大量的言說文字——這些自我詮釋依然為我們提供了大量的素材與新鮮的視角。而另一方面，創作序跋在當代文學傳播，尤其是中國文學的海外傳播中依然發揮舉足輕重的作品，隨著世界文學的交流與發展進程，對傳播過程中的媒介功能與宣傳方式的相關研究尤其顯示出重要現實意義，如何在交流互動中實現多元詮釋與有效傳播，促進中國文學獲得更為廣泛的讀者接受與認同，進而多方面提升中國文學的世界影響力，是有待中國當代作家和學者共同努力的一項艱巨而緊迫的課題。

第一節　《空山》與阿來的自我闡釋

　　《空山》自創作之日起就置身於作者、讀者以及批評者的共同「超越」期待中，從「碎片結構」的突破與疏離，到「多重細部」的從容與逸出，再到「認知價值」的思辨與悖論，阿來在史詩敘事的建構中展開了「從形式到

思想方法」的陌生化探索，既具有文本探索的先鋒性和深刻性，也反映出作者的創作意圖、創作理念與小說文本最終呈現之間的某些錯位和不足。阿來《空山》史詩敘事的詮釋與建構，不僅為研究者提供了新的視角與切入點，同時也為近年來持續不斷的長篇史詩化創作提供了重要的經驗與借鑒。

榮獲茅盾文學獎的《塵埃落定》可謂得到了閱讀界、批評界的一致認同，阿來其後「十年磨一劍」的《空山》因此備受矚目，自創作之日起就置身於作者、讀者以及批評者的共同「超越」期待中。對於作者而言，尋求青出於藍而勝於藍的超越成為創作中亟待突破的關鍵所在；對於讀者而言，後者是否超越前者成為閱讀過程中的潛在追問；而對於研究者，關注的焦點不僅在其形式與內容上、藝術性與思想性上有哪些超越或不足，更試圖以此探究中國當代長篇寫作中面臨的「如何超越」的整體困境。

作為一個處於極高起點的、對寫作有著執著追求的作家，阿來自然無意「在文本的互相模仿而產生出來的熟悉路徑中過於輕快地滑行」，而試圖在新著中有所突破。對此阿來給予了諸多闡釋——儘管阿來本人多次強調「作家不應該解釋自己的作品」〔註1〕，但在現代大眾傳媒語境下，仍無可避免地以媒體訪談、批評者對話以及創作經驗談等多種形式留下了大量的言說文字——這些自我詮釋為我們提供了新的視角與切入點，《空山》的創作有哪些超越或不足？作家的創作意圖與創作理念在作品中是否得以最終呈現？其為史詩敘事的建構以及近年來持續不斷的長篇史詩化創作提供了哪些經驗與借鑒？這些正是本文在潛心剖析《空山》文本的基礎上重點探討並試圖回答的。

一

「從形式到思想方法」的陌生化探索，在《空山》的創作上首先表現為敘事結構上的突破。《塵埃落定》因對土司制度變遷的歷史呈現而被譽為「浩大的民族史敘事」，與之相比，《空山》也試圖架構一個藏族村莊歷史浮沉的史詩敘事，但是後者在敘事結構上的布局安排上呈現明顯差異。《塵埃落定》的敘事在總體上屬於線性結構，以時間為序，一方面是傻子二少爺「我」在家族中壯大崛起的興盛歷程，另一方面是以麥其土司家族為代表的整個土司制度分崩離析走向必然衰亡的歷史宿命，盛衰對比之間構成敘事的內在張力；而《空山》另

〔註1〕李皓《阿來：我不缺寫小說才能 作家不該解釋自己作品》，載《西海都市報》，2009 年 7 月 14 日。

闢蹊徑，採用多中心多線索的「碎片式」結構，試圖通過六個「既獨立又相互聯繫」的大中篇來呈現一個村莊的變遷史。全書沒有一以貫之的故事，沒有貫穿始終的主人公形象，代之的是在敘事中處於中心地位的名為機村的藏族村莊，恩波、格拉、多吉、索波、格桑旺堆、達瑟、達戈、駝子、拉加澤里等各色人物來來往往，在時間小徑上交錯變幻，最終於機村殊途同歸構成一部「機村傳說」。這樣的片段式敘事結構無疑凝聚著作者史詩敘事的理想：既能保持一部小說結構的完整性，又能最大限度包容這個村落值得一說的人物與事件，最終構成一幅「相對豐富與全面的當代藏區鄉村圖景」。

　　阿來擬對敘事結構的突破應該說是一種有探索精神的嘗試，但是具體到文本創作實踐上，片段式敘事結構卻增加了寫作的難度〔註2〕，尤其是放大了構思上的欠缺或不足。六卷之間「既獨立又互相聯繫」是阿來理想中的結構安排，六個歷史截面中的敘事切口互相映照補充，展現出的將是現代性進程中古老藏區大跨度、多方位的村落變遷史。那麼，「獨立」之外如何做到互相之間嚴密合榫的有機「聯繫」，各卷之間的布局配合就顯得尤其重要——情節的銜接呼應，素材的取捨整合、文本的伏筆留白以及各卷之間的起承轉合等等都需要反覆考量——否則很容易造成各個單篇之間的鬆散孤立，以及與小說整體構架之間的疏離脫節。

　　以第一卷為例，作為獨立的中篇小說，《隨風飄散》稱得上是一部構思精巧的佳作，開頭的懸置緊張到結尾的真相大白，首尾之間精心呼應，但作為整部長篇的一個部分，該卷的封閉結構卻在一定程度上損失了推進敘事進程的必要張力。也許是為了彌補結構上的鬆散感，及至第二卷《天火》中出現了這樣的一段文字：「所以在這個故事開始時，又把那個死去後還形神不散的少年人提起，並不包含因此要把已寫與將寫的機村故事綴連成一部編年史的意思。」不得不說，這樣的元敘事技法於藝術上並不新穎，於情節上與整部作品又略顯突兀。

〔註2〕關於《空山》敘事結構的選擇，阿來在訪談中多次談及，認為「鄉村生活更多的是零碎的拼圖」，「這個故事需要這樣的結構」，「為了講好鄉村的故事，給它找了一個恰當的表達方式」。也有批評者認為「用幾個大中篇來結構一段大歷史，……顯示了作者喪失了把握宏大結構的能力，與其說這是避重就輕，不如說是逃避難度」（閻作雷《精神還鄉與宏大夢魘——評阿來〈空山〉》，載《海南師範大學學報》2009 年第 4 期）。不過，從《空山》六卷的最終呈現來看，這樣的結構恰恰造成較大弊端，實際上增加了寫作的難度。

　　外部形式的疏離體現的正是《空山》六卷之間內在邏輯上的某些欠缺，如果說第一卷《隨風飄散》通過格拉之死來探究人性的信度，暗示機村在時代變遷中的心理變化，屬於開篇鋪墊；而第六卷《空山》中飽經滄桑的主人公們紛紛匯聚，對之前遺留的問題分別作出解答，屬於大結局，一首一尾尚有章可循的話，那麼，中間四卷──《天火》展示文革中天災人禍共同引發的一樣森林大火；《達瑟與達戈》描寫書癡達瑟和情癡達戈在荒誕時代的荒誕作為；《荒蕪》聚焦機村人的開荒種地以抵抗土地的荒蕪；《輕雷》敘述拉加澤里倒賣木材從致富到入獄的人生經歷──除了地點基本一致（實際上到第五卷時，故事的主要地點已經轉移到雙江口鎮），時間先後相繼，個別人物偶而穿插出現之外，四卷之間的敘事邏輯與勾連尚有待縝密的推敲，從而影響了作者由「點」到「面」的史詩敘事構想，著眼於整部小說時也就缺少了某些更為豐富的層次性。

　　阿來作為當代傑出的小說家，我們毫不質疑其寫作建構的能力，事實上，他在《空山》創作的同時寫下的作為「小碎片」的 12 篇「事物筆記」和「人物素描」，就在謀篇布局上表現出了極高的藝術造詣。這裡有必要提及的是阿來的構思方式以及《空山》的發表出版情況。在談及小說的整體構思時，阿來曾有過這樣的表述「其實我也不太知道，我寫小說對我有一個吸引力，每一個東西都有一個大致的想法，但是我想的不是過於清楚，也許想的過於清楚的時候，我的衝動就消失了」〔註 3〕，「說實話，寫作的材料很多，我也不知道這部拼貼式的長篇會有多大篇幅，我知道的只是第一個故事《隨風飄散》已經寫出來了。現在正在寫一次森林火災，名字就叫《天火》」〔註 4〕。結構可以說是長篇小說最為核心的藝術參數，無論是下筆前的整體構思還是寫作過程中的不斷打磨，以及完稿後的統籌修改都顯得十分必要。阿來類似於「意識流」的構思方式，加上《空山》邊寫作邊發表的並不十分連貫的寫作過程，可能多少影響到作家對長篇小說這樣的大型文體的整體駕馭。

二

　　作為一個在全球化背景下使用漢語寫作的少數民族作家，阿來在創作中

〔註 3〕邢虹《阿來〈空山〉三部曲收官　「文革」部分敘寫現實》，載《南京日報》，2009 年 2 月 11 日。
〔註 4〕阿來《一部可能失敗的村落史》，載《當代》，2004 年第 5 期。

幾乎無可避免地要遭遇民族、國家、歷史等宏大命題的挑戰。但阿來的獨特意義在於，即使面對史詩敘事的宏大建構，他依然堅持「從感性出發」，尋求生命最深處的表達衝動，以真摯的情感摹寫生存體驗下的那些具體的人，具體的鄉村，以及包蘊其中的「具體的痛苦、艱難、希望、蘇醒，以及更多的迷茫」〔註5〕，試圖「在磅礴的歷史中凸現多重細部生活場景」〔註6〕。當然，上述的碎片式敘述結構也為這種「多重細部」的描寫留下了足夠的空間，輕拂紛揚瑣碎的歷史塵埃，阿來的講述氣定神閒，娓娓道來格外從容。

　　對機村的詩性建構是阿來精心摹寫的部分之一，在作者寫實的態度下，空靈虛幻的意境營造巧妙地落腳於機村的一草一木，也因此成就了不少精彩片段。《隨風飄散》是六卷中最為詩意的篇章，格拉和兔子在草地上躺下來，這時文中有一段非常出色的景物描寫：「兩個小人一躺下去，草棵便高出了他們的身子，在腦袋上方迎風搖晃。風的上面，是很深的天空，偶而有片雲緩緩飄過，像一堆洗淨了又撕得蓬蓬鬆鬆的羊毛。搖搖擺擺的草棵中，有許多蟲子在上上下下奔忙。螞蟻急匆匆地，上到草梢頂端，無路可走了，伸出觸手在虛空中徒然摸索一陣，又返身順著草棵回到地上。背著漂亮硬殼的瓢蟲爬得高了，一抖身子，多彩的硬殼變成輕盈的翅膀。從一棵草渡向另一棵草，從一叢花飄向另一叢花。草棵下面，有身子肥胖的螞蚱，草棵上面則懸停著體態輕盈的蜻蜓。」風，天空，雲，草棵，蟲子，螞蟻，瓢蟲，螞蚱，蜻蜓……景物的細膩描寫顯示出阿來高超的寫實功力，細細品位之後不難體會作者對大自然真誠的讚美，以及對人與自然和諧共處的嚮往。這樣的描寫可以說貫穿始終，如插曲般悠揚縹緲不時迴蕩在整部小說中，既展現了故事發生的自然環境，又抒情寫意表達了對故土的深深的依戀，或清新婉轉，或雋永悠長，奠定了全書的基調。

　　通過細部景物著力營造悠遠深邃的詩意情境的同時，阿來更試圖捕捉人物生活中帶有「溫度」的感覺經驗，尋求對普遍人性的洞微。《隨風飄散》以私生子格拉的視角打量審視著機村，這個被機村歧視和孤立的少年，對周圍有著更為敏銳和細膩的感知。格拉眼中的那塊「帶著膠凍的熟牛肉」，既是滿溢著幸福的回憶，更對人性真與善的展露和探微，讀來倍感溫馨：老態龍鍾的額席江奶奶跌跌撞撞的回到屋裏，把一塊「帶著膠凍的熟牛肉」放在格拉手上。「牛肉是隔夜就煮好的，上面帶著一汪汪透明的膠凍，這是濃濃的湯汁

〔註5〕阿來《有關〈空山〉的三個問題》，載《揚子江評論》，2009年第2期。
〔註6〕術術《阿來：如何「隨風飄散」》，載《新京報》，2004年10月21日。

凝成的。格拉一面往家走,一面吸溜著這些膠凍。這些膠狀物在他嘴裏化開,帶著讓人感到幸福的濃厚的牛肉與香料味道。也正因為有了這些膠凍,才使格拉沒有在路上就把牛肉吃光。他母親也才分享到了這份幸福。」孱弱的兔子出生了,這個脆弱天真的嬰兒寄託著作者對人類「童心」的讚美與呼喚,小說以細膩的文字描寫了格拉與兔子的第一次接觸,記錄下了野孩子格拉的震驚與感動:「格拉伸出手,指頭剛剛挨到嬰兒那塗滿酥油的額頭,便飛快地像被火燙著了一樣縮回來。他從來沒有接觸過如此光滑,如此細膩的東西。生活是粗糙的,但生活的某一個地方,卻存在著這樣細膩得不可思議的東西,讓這個四歲小孩習慣了粗糙接觸的手指被如此陌生的觸感嚇了一跳。……嬰兒那光滑細膩的手把這根手指緊緊抓住了。格拉不知道一個嬰兒的手,還有這樣緊握的力量,還帶著這樣的溫暖。」在後來的誤解與謠言中,兔子對「格拉哥哥」執拗的相信,正如嬰兒小手帶著柔滑與溫軟的緊握的力量,不僅是對格拉貼心的撫慰,更是駁雜深邃的人性呈現中透射出的一縷單純而美好的光芒。《輕雷》中卑微的拉加澤里終於拿到了「指標」,加入到倒賣木材的行列,當他訂了木頭雇下車,並打點好檢查站,等待即將到手的人生第一桶金時,文中這樣描寫他的心神不定:「他繫上圍裙,戴上手套,用鐵撬棍把鋼圈和膠輪分開,坐下來修補輪胎。……銼刀一下一下拉在富於彈性的膠皮上,有種很舒服的起伏不定的手感,每一銼下去,效果都清晰可見:光滑的橡皮表面的光澤消失了,起毛了,起了更多的毛,更大面積的毛,可以塗上膠水了。強力膠水氣味強烈,而且令人興奮。膠水把兩片被銼刀拉毛的橡膠緊緊黏合在一起了。」在不動聲色的細膩描寫下,不僅反襯出主人公拉加澤里內心的矛盾與忐忑,更折射出作者對人性沉淪的隱憂。因為無論是李老闆手下拉動的那「低緩猶疑」、「如泣如訴」、「似悲還喜」的二胡,還是拉加澤里「曾經用很漂亮的文字寫過」的「使溝壑峰巒一片絢爛」的杜鵑花,都寄託著作者對已逝去或即將逝去的美好事物的最哀婉的追念。

宏大場面的綿密描寫是《空山》「多重細部」展現的另一突出特色。實際上,《塵埃落定》對「罌粟花戰爭」中門巴喇嘛仗劍做法的一段場面描寫就處理得尤為出色〔註7〕,在《空山》中作者對場景整體掌握的同時更凸顯了對具象的

〔註7〕這段劍拔弩張充滿魔幻色彩的場面描寫,在同名電視劇的改編中僅被弱化為巫師在祭臺上的簡單動作和對白,光影蒙太奇的難以再現從另一個角度凸顯了阿來對局部細化描寫的語言功力。

縝密描摹。其中，最為精彩的場景當屬《天火》在熊熊燃燒勢不可擋的大火瘋狂推進的跌宕節奏中，對火勢、森林、動物以及文革背景、機村環境、人物活動等等一系列描寫對象的集中表現：被火焰與風噴吐到天空的，漫天飛舞帶著焦糊味的黑色「火老鴰」；如埋藏著火藥一樣，劈劈啪啪不斷炸開火球的「松脂包」；無聲無息，迅速綻開花蕾，在乾熱的風中晃動一陣嬌媚的容顏，便迅速枯萎了的野草莓、蒲公英；方寸大亂四處逃竄的鹿、麂子、野豬、兔子、熊、狼、豺、豹、山貓和成群的松鼠；轟然爆炸之後，神秘消失的色媒措；機村無時不在的「文革」會議和口號；外來的藍工裝、專案組的三條灰色影子以及被劃分為新舊兩派的機村村民……各色人物縱橫交織，大量豐滿而耐人尋味的細節於「動態」敘述中輻射出寓意豐沛的內涵。「細微之處見工夫」，在磅礴緊張的整體俯瞰中，細部視角的多重切入顯示出作者別具匠心的細節抓拍能力，描寫、記敘、抒情、議論等諸多表達手段的採用，以及象徵、映襯等手法的綜合運用，徐徐展開的是一幅驚心動魄、磅礴連綿又精謹縝密的充滿感染力的工筆劃，阿來對細部絲絲入扣的高密度呈現著實令人驚歎。

　　不過，有待商榷的是作者執著於「多重細部」的同時，似乎也造成了結構上的某些旁逸斜出以及敘事中的拖沓鬆弛之感。對於眾多素材的難以捨棄，使阿來在創作中常常面臨抉擇的痛苦，在《塵埃落定》的寫作中他就有過這樣的矛盾，「寫到一個小人物，放棄可惜，寫呢，又會影響結構，影響敘事」。《空山》的碎片式結構雖然增加了包容性，但在主題結構的統率之下，儘管「有些材料其實是非常有意思的」，仍需要作者的忍痛割愛。例如，駱木匠作為次要人物中的「主角」，在小說的第三四卷中多次出現，無論是《達瑟與達戈》中使用複寫紙作畫的細節，還是《荒蕪》中對其來歷的追溯，以及最後死於泥石流的悲劇，駱木匠的一系列活動雖然貢獻了生動的「細節」，但這些「細節」與整部小說的關聯甚微，實際上是游離於小說發展脈絡之外的，換句話說，「細節」與人物、情節之間沒有達到很好的契合，缺乏推動故事發展的張力，在筆墨上略顯拖沓。此外，對人物命運的全景展示是長篇小說最為擅長的部分之一，而《空山》在群像成功描寫的同時在主要人物形象上筆力稍弱，沒有塑造出具有歷史沉浮感的主人公形象。當然，如上所述作者的創作意圖既然基於對敘事結構的突破，碎片式敘事之下不設置貫穿始終的人物形象，本是《空山》結構探索中的應有之義，也就使我們不得不放棄這樣的考量標準。

三

同《塵埃落定》一樣，《空山》依然選擇在歷史發展的「轉折點」中來解讀現代性的曲折進程。不過，與前者相比，阿來對《空山》寄予了更多的期望，因為「我相信它對這個社會的認知價值要大於《塵埃落定》。《塵埃落定》幾個月時間一蹴而就，而《空山》我傾注的心血最多。我確實期望《空山》為這個社會提供很多認知的東西」〔註8〕。正是出於對「認知價值」的強調與追求，使阿來手中的文學利刃無情地剖向歷史的褶皺。在《空山》或宏大或細微的敘事摹寫中，阿來不僅要建構起「機村」外在的史詩圖景，更試圖將自己內心跋涉與探索的思辨在作品中給予呈現，以豐沛的筆力使《空山》超越個體的層面上升為意味綿長的「一個人類境況的寓言」〔註9〕，進而建立起自己的精神之維，這也就注定了《空山》寫作的精英立場。

《天火》中觸及到的是作為「傳統」的不證自明的放火燒荒行為與作為「現代」意識的國家規章制度之間的多元衝突──「新的世道迎來了新的神，新的神教我們開會，新的神教我們讀報紙」，「新的神只管教我們曉得不懂的東西，卻不管這些瘋長讓牧草無處生長，讓我們的牛羊無草可吃」。多吉的困惑和矛盾正是《天火》的敘事張力所在，也是《空山》六卷的潛在線索──作者不僅描繪了現代性進程對機村毀滅性的衝擊，而且從更深的文化層面上剖析了導致這種毀滅的原因，那就是「現代性的強行進入未能與地域文化鍥合，創造出新的生長點，由此導致了一系列的錯位和異化」。〔註10〕然而，這種對新舊衝突的反思以及對線性歷史觀的批判，似乎在不經意間陷入了敘述邏輯「一邊倒」的二元對立思維的嫌疑，批評家邵燕君就對此提出了質疑：「革命來以前的『舊日子』是好的，革命來以後的『新日子』是壞的；傾向『舊日子』的是好人，擁護『新日子』的是壞人或者至少不是好人……甚至，這裡出現的機器也都是破壞性的，如砍伐森林的電鋸，炸毀神湖的炸藥，現代化的雙刃劍只露出了其傷人的一面」〔註11〕。

實際上，細心的讀者從阿來一系列的詮釋中或許會體察到，作者深沉的

〔註8〕吳娟《阿來：我從來不取悅讀者》，載《新安晚報》，2009年4月12日。

〔註9〕阿來《有關〈空山〉的三個問題》，載《揚子江評論》，2009年第2期。

〔註10〕梁海《民族史詩最動人心魄的力量──阿來論》，載《中國作家》2011年第3期。

〔註11〕邵燕君《「純文學」方法與史詩敘事的困境──以阿來〈空山〉為例》，載《文藝爭鳴》，2009年第2期。

歷史文化意識及其對民族身份的超越和對普世價值的追求。「所有文化都能延伸出關於自己和他人的辯證關係，主語『我』是本土的，真實的，熟悉的，而賓語『它』或『你』則是外來的或許危險的，不同的，陌生的。」阿來曾引用薩義德的這段話來提示自己不要陷入「民族／世界」、「內部／外部」、「我／它或你」等二元對立的思維陷阱。在訪談中他多次強調，自己面對的一個最大的問題或者說最大的挑戰，就是作為一個藏族作家如何從身份中超越出來，從文化失落中，從某種撕裂的痛楚中，從歷史悲情中超越出來。〔註 12〕因此，在《空山》新舊衝突的外在批判上，作者實則將思考悄然指向歷史浮沉中的繁複「人心」。《達瑟與達戈》是六卷中思考密度最大的篇章，其中「射殺猴群」的片段尤為觸目驚心，發人深省。機村人與猴群之間保持著「長達千年的默契」，這個象徵著人與自然和諧共處的「傳統」，表面上被作為外來符號的「王科長」與作為現代符號的「電唱機」切斷——王科長以金錢為誘餌引誘機村人，以電唱機為誘餌引誘達戈，從此機村人開始了對動物鄰居毫無節制的屠殺。但是，稍加思索就會發現真正的入侵者是機村人自身的「心魔」，達戈為了美嗓子色媜輕易地背棄了與猴群的契約，而且，不獨是達戈，「猴子再來，大家都會動手的」，作為作者代言人的達瑟，十分清晰地預言道：「全世界的人，到處都會對猴子動手。這些對猴子動手的人，曾經跟我們一樣，也不打猴子的。可是後來，他們都動手了。」在作者平靜而冷酷地書寫背後是對人性的質詢與拷問，而《空山》更為深遠的意義就在於其所展現的是人類在歷史境遇下無法克服的弱點以及由此招致的悲劇。也正是在這一意義上，《空山》顯示出靈魂拷問的深度與力度，被譽為「表現生命韌性和存在奧義的最為典範之作」〔註 13〕，從而真正實現了阿來所期許的「超越」——「就我本人的寫作來說，雖然命定要從一種在這個世界上顯得相當特殊的文化與族群的生活出發，但我一直努力想做到的就是，超越這種特殊性，通過這種特殊而達到人性的普遍，在普世價值的層面與整個世界對話」〔註 14〕。

　　但是，這種自我詮釋或創作預期在《空山》的敘事中有時又確實出現邏輯上的悖論，導致上述為批評者所詬病的二元對立的價值判斷。當《達瑟與達戈》中作者為「最後一個與獵物同歸於盡的獵人」達戈而哀歎，因為此後

〔註 12〕阿來《現代性視野中的藏地世界》，載《當代作家評論》，2009 年第 1 期。
〔註 13〕張學昕《孤獨「機村」的存在維度》，載《當代文壇》，2010 年第 2 期。
〔註 14〕阿來、陳祖君《文學應如何尋求「大聲音」》，載《現代中國文化與文學》，2005年第 2 期。

獵人的武器越來越精良，沒有任何飛禽走獸能夠抗衡時，那種對傳統的嚮往表露無疑。但正如批評家南帆所質疑的，嚴格地說，人與自然的平衡早就打破了。火、石斧和弓箭出現的時候，人類就注定會登上萬物之靈長的寶座。不存在一個稱之為「古代」的凝固不動的歷史標本。「古代」的確是一個美學意象，但是，返回「古代」只能是一個自我安慰的幻象。〔註 15〕無論是「格桑旺堆的熊」，色媄措裏虛無飄渺的「金野鴨」的，還是「四季裏三個季節都有鮮花飄香」的覺爾郎峽谷，以及「在一地白雪與燦爛陽光中」的落葉松，無疑都是一個個象徵符號，寄託著作者對「原生態」生存方式的深切緬懷。「機村」在藏語中是「根」的意思，在漫長的尋根之旅中，阿來最終找到的仍是一個虛妄的象徵。

自稱為「地方史專家」的阿來不僅編寫過相關地方史的專著，還在《空山》的創作過程中專門到檔案館潛心研讀中國農村以及少數民族地區特別是藏族地區的相關歷史文化資料，在當代文壇中，阿來是表現尤為突出的有著自覺歷史意識與人文情懷的學者型作家。正因如此，阿來史詩敘事建構的超越與不足都對當下長篇小說的史詩化創作熱潮有著重要的參考與借鑒意義。如何在保持藝術水準的同時提升作品思想認知的向度與高度，是當下長篇小說寫作面臨的嚴峻挑戰，但正如法國文學史家丹納所言，莎士比亞並非從其他星球飛來的隕石，他的背後有整整一個民族合唱隊的合唱，當代長篇小說試圖達到的高度所憑藉的也將是整個民族、整個思想界的思考與探索的高度。

在日益浮躁的當下文壇，阿來沈寂十年後，歷時四載潛心推出的長達七十萬字的《空山》六卷本，無疑是當代文壇最重要的收穫之一。從「碎片結構」的突破與疏離，到「多重細部」的從容與逸出，再到「認知價值」的思辨與悖論，阿來在史詩敘事的建構中展開了「從形式到思想方法」的陌生化探索。在這場「費力的遠征」中，阿來為自己的寫作設置了相當的難度，負載著多元意義的探索與實踐，這也使得本文的某些批評或許有求全責備之嫌。因為當我們拋開「是否超越」這個潛在命題的追問時，阿來圓熟精湛的敘事，飄逸空靈的筆法和富有彈力的文字共同營造的村落變遷史，以及敘事背後所秉持的知識分子精英立場對現代化進程的批判與反思，都使《空山》的閱讀之旅充滿驚喜。儘管每個作家都處於「侷限下的寫作」，但對將寫作視為終身

〔註 15〕南帆《美學意象與歷史的幻象》，載《當代文壇》，2007 年第 3 期。

事業的阿來來說，一定會盡可能地超越這些侷限，從而奉獻出更為卓越的代表現代漢語文學最高敘事水準的史詩巨著，如昆德拉所預言的「讓小說永恆地照亮『生活世界』」。

第二節　新歷史小說與莫言的他者認同

　　對於自己在新歷史小說創作中的文學史意義，莫言做過這樣一段表述：「按照張（指張清華）的說法，我用《紅高粱家族》引發了新歷史評論小說創作，又用《豐乳肥臀》給這個小說運動做了一個輝煌的總結」。莫言的他者認同，以互文方式有力地確認並張揚了自己的文學史地位與影響，正如前文所言，在文學史建構中，作家並不是無可作為的，相反表現出了明顯的歷史意識，直接參與到文學史的建構中。

　　新歷史小說是一個既具有明確的針對性、顛覆性、消解性、重構性，同時又含義模糊、內容廣泛、歧義叢生的文學思潮。儘管如此，它仍是當代文學繞不開的重要話題，多部文學史將其納入書寫框架，從而迅速完成了經典化的過程。新歷史小說與其文學史書寫之間的「互文性」值得深思。當對新歷史小說的概念界定難以為繼時，相關研究逐漸從時間緣起、命名流變、代表作家作品等「史」的外在內容中剝離出來，而留下了顛覆與消解等文本特徵的「核」。研究者們往往傾向於將其與「舊」的歷史小說進行比較辨析：一方面，為了突出新歷史主義的「新」，研究者不遺餘力地強調「舊」所沒有的「新」的特質；另一方面，對於這種「新」質，研究者們又不斷追根溯源，勾勒出一條更為深遠的歷史脈絡。而當研究者筆下的新歷史小說的整體脈絡特徵愈加清晰時，實際上作為文本的新歷史小說的主體性與個體性也越來越被忽略。在新歷史主義的「理論」「歷史」維度之外，還有一個「文學」的尺度，而後者恰恰是新歷史小說的獨特藝術魅力之所在。從文學的維度來關注新歷史小說歷史敘事的限度與可能，文學史的書寫期待新的範式，文學批評期待更多有誠意的文本細讀。

一

　　在中國當代文學史上，新歷史小說同新寫實小說一樣，是一個既具有明確的針對性、顛覆性、消解性、重構性，同時又含義模糊、內容廣泛、歧義叢生的文學思潮。儘管如此，新歷史小說仍是當代文學研究繞不開的一個重

要話題，中國知網 90 年代以來以「新歷史小說」為題的論文共 280 多篇，其中研究綜述、研究述評類的總結性的論文達 50 篇之多。而且，多部文學史教材均將其納入文學史的書寫框架，完成了文本的經典化。如果說新歷史研究者們試圖通過對歷史文本「互文性」的考察，看到歷史寫作過程中存在著的錯綜複雜的權力運作和歧義迭生的偏見，從而實現對傳統歷史寫作的合法性的質疑。那麼，在新歷史小說的文學史書寫中，同樣存在這樣一個建構與消解的歷史過程，新歷史小說與其文學史書寫之間、作家與批評家之間的「互文性」同樣值得我們深思。

　　1993 年，浙江文藝出版社出版了由身兼作家、批評家雙重身份的王彪所主編的《新歷史小說選》。這是「新歷史小說」首次以群體的形態集中亮相，呈現在公眾的閱讀視野中。有學者認為由此「『新歷史主義』作為一種文學思潮而為中國當代文學史所銘文」，事實上，該書的導論《與歷史對話——新歷史小說論》，已於一年前發表在《文藝評論》上。〔註 16〕在這篇文章中，作者嘗試性地對「新歷史小說」進行了命名與較為模糊的界定：

　　　　1986 年後，中國文壇出現了一批寫往昔年代的、以家族頹敗故事為主要內容的小說，表現了強烈的追尋歷史的意識。但這些小說與傳統的歷史小說不同，它往往不以還原歷史的本來面目為目的，歷史背景與事件完全虛化了，也很難找出某位歷史人物的真實踪迹。事實上，它以敘說歷史的方式分割著與歷史本相的真切聯繫，歷史純粹成了一道布景。這些小說，我們或可以認為僅是往昔歲月的追憶與敘說，它裏面的家族衰敗故事和殘缺不全的傳說，與我們習慣所稱的「歷史小說」完全是兩個不同的概念。但是，這些小說在往事敘說中又始終貫注了歷史意識與歷史精神，它是以一種新的切入歷史的角度走向另一層面上的歷史真實的，它用現代的歷史方式藝術地把握著歷史。所以，從這個角度看，我們稱這些小說為「新歷史小說」，也是未嘗不可的。〔註 17〕

這裡主要強調了新歷史小說的三點特徵：一是時間上為「1986 年後」；二是內容上以「寫往昔年代的」、「家族頹敗故事」為主；三是「新的切入歷史的角度」。

〔註 16〕該文章還專門作了標注：此文係《新歷史小說選》導論，《新歷史小說選》將與《新寫實小說選》《新實驗小說選》《新鄉土小說選》等 6 本合成《中國當代最新小說文庫》，由浙江文藝出版社出版（預計 92 年 10 月份出書）。

〔註 17〕王彪《與歷史對話——新歷史小說論》，載《文藝評論》，1992 年第 4 期。

　　同年 9 月陳思和在《文匯報》發表了《關於「新歷史小說」》〔註18〕，用不太確定的口吻提出了「新歷史小說」的說法：「『新歷史小說』是筆者對近年來舊題材小說創作現象的一種暫且的提法」。

　　實際上，在這前一年，1991 年洪治綱在論文《新歷史小說論》中已經明確提出了「新歷史小說」的概念。如果繼續追溯，會發現在這之前已經出現很多相關的論文，例如張德祥的《論新時期小說的歷史意識》〔註19〕（1987）、李星的《新歷史神話：民族價值觀念的傾斜——對幾部新歷史小說的別一解》〔註20〕（1988）、吳秀明和周天曉的《〈張學良將軍〉與現代新歷史小說》〔註21〕（1989）等，作為文學思潮的「新歷史小說」呼之欲出。但是，明確提出「新歷史小說」的概念並將其作為獨立的研究對象進行界定和探討，洪治綱的論文當屬首次：

> 　　大約從 1985 年開始，新時期文壇上陸續出現了下列小說：馮驥才的「怪世奇談」系列，莫言的「紅高粱」系列，周梅森的「戰爭與人」系列，張廷竹的「我父親」系列，葉兆言的「夜泊秦淮」系列，喬良的《靈旗》，格非的《迷舟》《敵人》，蘇童的《妻妾成群》《紅粉》，權延赤的《狼毒花》，方方的《祖父在父親心中》，林深的《大燈》等等。這些小說敘述的都是一些作者及其同代人不曾經歷過的故事，若從題材上進行簡單的歸類，它們無疑均屬歷史小說，但它們與傳統歷史小說又迥乎不同，無論主旨內蘊抑或文本形式都明顯超越了傳統歷史小說的某些既成規範，顯示出許多新型的審美意圖和價值取向，潛示著歷史小說發展的某種新動向。因此，我把它們稱為「新歷史小說」……〔註22〕

在這篇論文中，洪治綱不僅列出了新歷史小說的作家作品序列，而且相對深入地分析了新歷史小說對傳統歷史小說的突破，指出其不僅僅停留在「主旨內蘊」上，還滲入到「形式本體」中，使新歷史小說「從內容到形式都呈現出種種新型的審美品格，標誌著小說發展正向某些新形態演進」。

〔註18〕陳思和《關於「新歷史小說」》，載《文匯報》，1992 年 9 月 2 日。

〔註19〕張德祥《論新時期小說的歷史意識》，載《小說評論》，1987 年第 1 期。

〔註20〕李星《新歷史神話：民族價值觀念的傾斜——對幾部新歷史小說的別一解》，載《當代文壇》，1988 年第 5 期。

〔註21〕吳秀明、周天曉《〈張學良將軍〉與現代新歷史小說》，載《當代作家評論》，1989 年第 3 期。

〔註22〕洪治綱《新歷史小說論》，載《浙江師大學報》，1991 年第 4 期。

二

　　時隔僅僅三年，「新歷史小說」被正式載入文學史。1994 年陳思和主編的《中國當代文學史教程》由對新歷史小說列出專章予以介紹和評論：

　　　　「新歷史小說」與新寫實小說是同根異枝而生，只是把所描寫的時空領域推移到歷史之中。就具體的創作情況來看，新歷史小說所選取的題材範圍大致限制在民國時期，並且避免了在此期間的重大革命事件，所以，界定新歷史小說的概念，主要是指其包括了民國時期的非黨史題材。其創作方法與新寫實小說基本傾向是相一致的。

　　　　新歷史小說在創作題材選擇上，與革命歷史小說有諸多雷同之處。大都涉及到共產黨建黨以及其後的革命歷史生活。但新歷史小說作家們因受其個人生活經歷，現實生活特別是各種西方現代思潮的影響。使他們對這些相同或相似的歷史題材做出了截然不同的歷史判斷。新歷史小說的言說主體是地主、資產者、商人、妓女、小妾、黑幫首領、土匪等非「工農兵」的邊緣人，主要描寫他們的吃喝拉撒、婚喪嫁娶、朋友反目、母女相相仇、家庭興衰等生活的日常性、世俗性甚至卑瑣性的一面。

　　　　其代表性作品有：陳忠實的《白鹿原》，余華《活著》，莫言的《紅高粱》，蘇童的「楓楊樹村」系列（《罌粟之家》《1934 年的逃亡》《妻妾成群》），葉兆言的「夜泊秦淮」系列（《棗樹的故事》《追月樓》《狀元鏡》《半邊營》），劉震雲的《溫故一九四二》《故鄉天下黃花》，池莉的《預謀殺人》，方方的《祖父活在父親心中》，周梅森的《國殤》等等。

這裡仍然強調了三點：一是題材範圍，「大致限制在民國時期」；二是創作方法上，「與新寫實小說基本傾向是相一致的」；三是表現內容上，展現邊緣人的日常性、世俗性甚至卑瑣性。最後，同樣列出了代表性的作家作品，與洪治綱相比，這裡增加了陳忠實、余華、劉震雲、池莉等的作品，而替換掉了馮驥才、喬良等的作品。

　　目前高校使用非常廣泛的當代文學史教材，還有洪子誠的《中國當代文學史》。對於新歷史小說，該書表現出嚴謹審慎的態度，沒有專節論述，而僅

在「90 年代的文學狀況」一章中予以提及：

> 反思「歷史」，仍是 90 年代文學創作的一個主題，但在反思的
> 立場和深度以及「歷史」的指向上，卻有了不同。這些小說處理的
> 「歷史」並不是重大的歷史事件，而是在「正史」的背景下，書寫
> 個人或家族的命運。有的小說（如蘇童的《我的帝王生涯》），「歷史」
> 只是一個忽略了時間限定的與當下的現實不同的空間。這些小說都
> 彌漫著一種滄桑感。歷史往往被處理為一系列的暴力事件，個人總
> 是難以把握自己的命運而成為歷史暴行中的犧牲品。與五六十年代
> 的史詩性和 80 年代初期的「政治反思」性相比，這些小說更加重視
> 的是一種「抒情詩」式的個人的經驗和命運。因此，有些批評家將
> 之稱為「新歷史小說」。

隨後以注釋的形式，給予進一步闡釋：「新歷史小說是陳曉明、陳思和等批評家提出的概念用來概括自莫言的《紅高粱》、格非的《大年》等以來的某些表現『歷史』的小說。但對這一概念並沒有明確的界定，在文學界也沒有獲得廣泛認可。」可以說，新歷史小說題材內容的多樣性、作家作品序列的不確定性、文本特徵的模糊性等，都使它面臨命名與界定的尷尬。

當對新歷史小說的概念界定難以為繼時，相關研究逐漸從時間緣起、命名流變、代表作家作品等「史」的外在內容中剝離出來，而留下了作為群像所呈現凝練的「新」質——顛覆性、消解性、解構性等新歷史小說的文本特徵的「核」。對於新歷史小說在「創作觀念」和「創作視角」方面所展現出的「新」質的探討，無疑更具有史學價值與方法論意義，這也是相關研究中探討得最為充分的一個部分。研究者們更加傾向將新歷史小說與「舊」的——已往及同時代的——歷史小說進行比較，以更好地辨析它的新質和特質。例如，王岳川曾將中國當代新歷史小說相對於舊歷史小說的轉型簡約地概括為以下 5 個方面的特徵：1、小說主題強調從正史到野史；2、思想觀念從民族寓言到家族寓言；3、敘事角度強調歷史的虛構敘事；4、人物形象從紅黑對立到中間灰色色域；5、小說語言表徵為從雅語到俗語。

在具體研究中，一方面，為了突出新歷史主義的「新」，研究者不遺餘力地強調「舊」所沒有的「新」的特質；另一方面，對於這種「新」質，研究者們又不斷追根溯源，勾勒出一條更為深遠的歷史脈絡。例如，不少研究者都關注到了魯迅的《故事新編》。這部寫於 1922 年至 1935 年的歷史小說集，

它對歷史的顛覆性與消解性，借助新歷史小說的闡釋框架，其在歷史小說創作上的貢獻和開拓意義得到有力彰顯。按照這個思路其實還可以列出一長串帶有「新歷史」特徵的書單，如施蟄存的《石秀》，甚至更為久遠的《史記》。研究對象的不確定性，也因此造成了言說的混亂。大家都在談「新歷史」，但是你的「歷史」不是我的「歷史」，所謂的「新歷史」成為各取所需的素材。

三

那麼，對於新歷史小說的命名與界定，作家本人又是如何看待呢？張清華的論文《十年新歷史主義文學思潮回顧》與莫言的文章《我與新歷史主義文學思潮》，可謂提供了一組作家與批評家之間互動的典型文本。

張清華的論文《十年新歷史主義文學思潮回顧》，發表於《鍾山》1998 年第 4 期。同年，莫言在臺北圖書館作了題為「我與新歷史主義文學思潮」的演講，該演講稿後經各大報刊網站轉載，影響廣泛。莫言首先調侃說思潮是批評家發明的，與作家沒有什麼關係。批評家發明思潮的過程就是編織袋子的過程。他們手裏提著貼有各種標籤的思潮袋子，把符合自己需要的作家或是作品裝進去，根本不徵求作家的意見，這叫作「裝你沒商量」。莫言說自己經常給裝進不同評論家的貼著不同標籤的袋子裏。那麼，對於「新歷史小說」這個袋子，莫言感覺如何呢？莫言大段引用了張清華的評論：

> 1986 年莫言的《紅高粱家族》系列小說的問世，淡化和消解了尋根小說文化分析和判別的主題中心，進一步使歷史成為審美對象和超驗想像領域，在觀照歷史的時候更傾向於邊緣的「家族史」和民間的所謂「稗官野史」民間化，在這裡具有決定性的意義。莫言的小說不僅從故事的歷史內容上民間化了，而且敘述的風格也民間化了，這與此前許多尋根作家的那種精英知識分子式的嚴肅敘事形成了區別，這就為「新歷史主義」小說在嗣後的崛起做好了邏輯鋪墊和創作準備。從這個意義上說，莫言的《紅高粱家族》既是「新歷史主義」小說濫觴的直接引發點，又是「新歷史主義小說」的一部分。

之後，莫言解釋說「上邊的話都是評論家說的，並不是我厚顏無恥地吹捧自己」。尚嫌不足，在結尾處，莫言進行了提煉總結，以進一步彰顯自己的文學史意義：「按照張的說法，我用《紅高粱家族》引發了新歷史評論小說創作，

又用《豐乳肥臀》給這個小說運動做了一個輝煌的總結」。可以說，莫言的發言不僅是對批評者張清華的回應，更是以這樣的互文方式，十分有力地確認並進一步張揚了自己的文學史地位與影響。這也再次提示我們在文學史建構中，作家並不是無可作為的，相反表現出了明顯的歷史意識，直接參與到文學史的建構中。

回到新歷史小說的相關研究，一方面，如前文所說，新歷史小說在時間、界定、作家作品序列方面都顯示出模糊與混亂，甚至很長時間以來說法各異，除了「新歷史小說」的命名外，還包括「現代新歷史小說」「新歷史主義小說」「新歷史敘事」「新歷史主義文藝思潮」「新歷史題材小說」「後歷史主義」等等；而另一方面，批評者又試圖為讀者描繪出一條清晰的「新歷史小說」的創作脈絡。例如，張清華所概括總結出新歷史小說發展的三個主要階段：第一階段是前奏，表現為尋根、啟蒙歷史主義，大致是指 1986 年之前，其最早的源頭甚至可以追溯到八十年代初與七十年代末；第二階段是核心階段，表現為新歷史主義或審美歷史主義，其全盛期大約在 1987～1992 年年間；第三個階段是餘波和尾聲，表現為遊戲歷史主義，大概從 1992 年後，新歷史主義小說思潮進入了它的末期。當研究者們用概念和理性，為新歷史小說的發展脈絡畫出一道優美的弧線時，當研究者筆下的新歷史小說的整體特徵愈加清晰時，實際上作為文本的新歷史小說的主體性也越來越被忽略。對於那些具有顛覆性、消解性、解構性的多元化、個性化的文學創作，試圖用歸類貼標籤的方式來一網打盡，顯然是草率的也是徒勞的。這種探討在很大程度上忽略了作為言說之外的小說文本的特殊性，而後者恰恰是小說的獨特藝術魅力之所在。

歷史的存在就像蘇童《黃雀記》中的「那張笨重的紅木雕花大床傾頹在地」，當潤保把祖宗的大床一片一片地運往門外，他發現「所有的龐然大物被分解後，都是如此瑣碎，如此脆弱」。然而不僅如此，新歷史小說的意義還在於通過生動豐富的文本，向我們描述歷史是「怎樣」瑣碎「如何」脆弱的。在新歷史主義的理論維度之外，還有一個文學的尺度。正如美國作家馬克·肖勒所言，素材與藝術之間的差距即是技巧，當研究者們詮釋歷史是什麼，不是什麼的時候，作家們卻要面臨「如何呈現」的文學追問，而這恰恰是新歷史小說的獨特藝術魅力之所在。跳出理論的怪圈，讀者更加期待的可能是那些有誠意的作品鑒賞。從文學的維度來關注新歷史小說歷史敘事的限度與可能，文學史的書寫期待新的範式，文學批評期待更多有誠意的文本細讀。

第三節　《河岸》與蘇童的認同危機

　　蘇童是十分出色的文體家，只是較之上百篇的中短篇精品，蘇童在長篇小說的創作上表現得甚為審慎。歷經三年沈寂，2009 年長篇小說《河岸》〔註23〕甫一問世就引起廣泛關注，這種關注不僅緣自作家本人的高度評價，視其為目前為止「最滿意」「最接近寫作理想」的作品，以及批評家們對這一讓故事和人物等基本元素都能夠「溢出文本自身」〔註24〕的作品從各個角度的不同解讀，更在於《河岸》在蘇童長篇小說創作軌跡中的里程碑意義，它既是對之前「楓楊樹鄉村」、「香椿樹街」系列敘事的一次厚積薄發的集大成者，又是蘇童傾盡心力於價值找尋，承載著作家創作焦慮與期望的一部有誠意的作品。

一

　　《河岸》的故事發生地延伸到了楓楊樹鄉村的「對岸」，作者的巧妙之處正在於對「岸」與「河」的對峙空間的設計，河與岸的涇渭分明並不僅僅在於地理空間的差異，如果說以油坊鎮為代表的「岸」意味著正常秩序的生活，那麼向陽船隊所在的驅逐之「河」則多少低人一等，被放逐河上的「家家來歷不明，歷史都不清白」，被放逐者們承受的不僅是身體上的漂泊，更是心理上的隱痛。

　　小說中的「三個半孤兒」———如作者所言，庫文軒、傻子扁金、慧仙都是孤兒，庫東亮算半個孤兒———都有著「我是誰」的困惑，他們對自己「身份」的尋找是貫穿整部小說的主題。「身份認同」（identity）是西方文化研究中的一個重要概念，在社會學意義上指人們思想觀念的一致性，作為個體的人正是在與他人的交往與關聯中獲得自身存在的依據與意義的，因此尋求認同成為人類與生俱來的心理需求。加拿大哲學家查爾斯·泰勒（Charles Taylor）指出，「身份認同」經常同時被人們用這樣的句子表達：我是誰？而如何回答這個問題，「意味著一種對我們來說是最為重要的東西的理解。知道我是誰就是瞭解我立於何處。」〔註25〕孤兒們對自己身份的尋找，與其說是尋找母親，

〔註23〕《河岸》首先發表於《收穫》2009 年第 2 期，同年正式出版，本文對《河岸》的相關引用均出自人民文學出版社 2009 年 4 月版。

〔註24〕張學昕、梁海《重現歷史幽暗處的生命與靈魂———讀蘇童的長篇小說〈河岸〉》，載《文藝評論》，2009 年第 6 期。

〔註25〕〔加〕查爾斯·泰勒《自我的起源———現代認同的形成》，韓震等譯，南京：譯林出版社，2001 年，第 39 頁。

不如說是尋找社會的認同，尋找一種精神上的歸宿。這些無根的漂泊者在尋找的過程中試圖獲得社會認同，並由此建立自我認同。

小說是從「我」的父親庫文軒切入的：「庫文軒，我父親，曾經是鄧少香的兒子」。作者特意提醒讀者注意「曾經」一詞，「恰好是解讀我父親一生的金鑰匙」。曾經是鄧少香兒子的庫文軒，因為這份神秘的烈士遺孤的光榮身份而得到了社會的認同，高貴的血統帶來了顯赫的權力，順理成章地成為油坊鎮的書記，娶到金雀河沿岸最漂亮的文藝女青年，並四處尋花問柳。但是，隨著神秘工作組的介入調查，昔日光榮的出身被瞬間顛覆，由此改寫了庫文軒一家人的命運軌跡。在敘事方式上，《河岸》再次啟用了「少年眼光」，小說通過兒子庫東亮的視角來呈現庫家因身份的轉變而產生的巨大落差。第二天，母親就告誡他「從今天開始，你給我夾起尾巴做人」。而庫東亮也很快從搶麵包事件、周圍人無休止的糾纏等一系列連鎖反映中得出結論：「我父親不是鄧少香的兒子，我就不是鄧少香的孫子」，連傻子扁金也成為血統的有力競爭者，原有的一切都成了「空屁」。庫文軒在經歷隔離、審查、離異等一系列懲罰後，最終被放逐到向陽船隊，庫東亮也連帶成了一條「陰鬱的尾巴」。

由身份變化而帶來的人生軌跡的變更，看似荒誕卻順理成章，不容置疑。小說為讀者呈現了幾個人生片斷，庫東亮的每次岸上之旅都成為故事發展的導火線，勾連起「河」與「岸」的衝突和交鋒。而伴隨著庫東亮的個體成長，「岸」的巨大吸引力被潛移默化地凸顯出來。對於父親的身份變化，庫東亮除了憐憫還有不可抑制的痛恨，兩次與父親的衝突他都使用了惡毒的言辭來羞辱打擊自己的父親，儘管是情急之下的口不擇言，依然可以看出他對父親的那種輕蔑和厭惡。在他的眼中「岸上到處鶯歌燕舞，流水潺潺」，「岸上就是比水上好」，是父親連累了自己，把自己困在了船上。他甚至萌生了「調換身份」的想法，「如果所有人的血緣都容許更改，那該多麼有趣啊！」河上十三年，庫東亮的青春成長歷程交織著無家可歸的恐懼感，青春萌動的性壓抑感，以及無人交流與傾訴的孤獨感。正因如此，小慧仙的出現成為庫東亮叛逆、壓抑、苦澀、空虛的成長經歷中惟一的一抹春光。

慧仙是小說中著力描寫的另一個孤兒，其身世同樣是個謎。被母親遺棄的她，陰差陽錯地被命運「掛」到向陽船隊，又機緣巧合成為「小鐵梅」而「風風光光地上了岸」。慧仙曾是整個向陽船隊的驕傲，然而慧仙對自己的既定身份並不認同，她總是試圖擺脫這種命運的牽絆。漂亮乖巧的她曾得到向

陽船隊的精心照顧和萬般寵愛，可她並不留戀這個收養她的地方，總是以岸上的人自居，一心想著要離開船隊；而當她以「小鐵梅」的身份得償所願地離開船隊而在岸上風光無限的時候，她同樣不滿意他人對自己的這一定位，她敢於說「我煩死李鐵梅了」，並果斷地剪掉了象徵著昔日榮光與自己身份的長辮子。不過，當她因為剪掉辮子「沒有一點李鐵梅的影子」，而在趙春堂「你不是李鐵梅，就什麼都不是」的喝斥下趕出綜合大樓時，又陷入了不知所措的茫然。慧仙雖然試圖認清自己的「身份」，卻依然無力掌控命運的軌跡。

被放逐的主人公們在歷史漩渦中的尋找，對命運無法把握的無奈與悲涼，以及對「歷史是個謎」的追問與思索，透過人物命運的悲歡起伏漸次滲透出來，看似荒誕卻逼近人性的深度，耐人尋味。

二

如果對作家的寫作進行追蹤式考察，那麼其創作主題的變化無疑是研究者奮力捕捉並樂於發現的。蘇童早期小說的一個重要主題為「逃亡」，從香椿樹街經驗著殘酷青春的少年，到演繹家族頹廢傳奇的楓楊樹先人，再到世俗生活中的飲食男女，逃亡者無處不在。「逃亡」既是蘇童作品中反覆出現的關鍵詞，是作者「迷戀的一個動作」〔註26〕，也是小說敘事的慣用手法，演繹出林林總總的「逃亡」故事：《一九三四年的逃亡》通過新老竹匠集體離開楓楊樹家鄉奔向城市謀生，書寫了一部家族逃亡史；短篇小說《逃》更是鮮明地以此為題，逃離家庭，逃離故鄉，逃離戰場，陳三麥終其一生都在莫名的逃亡中度過……

為什麼要逃？蘇童慣於在行文中留下大量敘事空白引人思索。逃亡的原因形形色色，但歸結起來無外乎對惡劣生存境遇的規避，「人只有恐懼了、拒絕了才會採取這樣一個動作，這樣一種與社會不合作的姿態，才會逃」〔註27〕。《罌粟之家》中的沉草，曾因對農村土地改革的恐懼而萌生逃意；《狂奔》中的榆終難擺脫宿命的糾纏，在發出「我怕」的淒厲尖叫之後拼命狂奔；《三盞燈》中的雀莊村民因戰爭疏散離村；《灼熱的天空》中的尹成畏罪而逃；《我的棉花，我的家園》則通過逃亡途中的書來，掃視著那些因洪水、乾旱、戰爭、霍亂等災禍而舉家逃亡的人們。驚心動魄的「逃亡」，在現實生活中替換為相對平實的「逃離」。《肉聯廠的春天》中的金橋，從走進肉聯產的第一天起就開始盤算怎樣逃

〔註26〕林舟《永遠的尋找——蘇童訪談錄》，載《花城》，1996 年第 1 期。
〔註27〕林舟《永遠的尋找——蘇童訪談錄》，載《花城》，1996 年第 1 期。

離那個油膩的令人反胃的地方;《乘滑輪車遠去》中的少年在目睹成人世界的醜陋隱秘之後,在夢中乘著滑輪車充滿激情地呼嘯遠去⋯⋯

　　在世人眼中,逃亡往往是不幸的,是軟弱怯懦的表現,但從另一種角度,逃亡恰恰是主動的,是努力改變生存境遇的奮爭。個體在逃亡的過程中,誠然展示出悲劇性的一面,卻也宣示了生命堅韌與壯烈的另一面。五龍因求生的本能跳上運煤的火車,正是有了這次逃亡,他得以生存下來並發跡成為碼頭兄弟會老大,也因此展開了罪惡而扭曲的一生(《米》);而幾番逃離的陳三麥,在妻子的眼中,出走後的他居然連相貌都「起了奇特的變化」,「他的頭髮雖然斑白,面容卻變得清澈而年輕。即使在垂死的時候他的眼睛仍然黑光四射,富於強盛的生命力」(《逃》)。「逃亡」看似無奈之舉,顯示的卻是作為生命個體的「人」的那顆不安定的靈魂,旨在為命運尋求新的軌跡。正因如此,當陳寶年竹器鋪發財的消息傳到村裏後,這一年一百三十九個楓楊樹竹匠不顧一切地蜂湧入城,加入到浩浩蕩蕩的逃亡人流中(《一九三四年的逃亡》)。逃亡之路雖然艱險渺茫,但其中所蘊藏的希望或者說欲望卻是顯而易見的。如果說逃亡具有某種精神上的魔力,那麼究其實質正是人的個性與欲望的張揚,是人對既定命運與身份的超越。

　　其實,《河岸》中喬麗敏何嘗不是一個逃亡者?喬麗敏在少女時期因不堪忍受「肉鋪家的王丹鳳」的卑微出身,果斷地與自己的血緣劃清界限,逃離家庭;當庫文軒作為階級異己分子被糾出時,她再次義無反顧地與之離婚,逃離被貶逐的境地。與喬麗敏主動地「逃亡」形成鮮明對比的,則是庫文軒被動地「放逐」。曾經風光無限的庫文軒,因烈士遺孤鑒定小組的到來改寫了命運的軌跡。從「孤兒院裏最髒最討人嫌的孤兒」變為「烈士鄧少香的兒子」,從「油坊鎮黨委書記」變為「金雀河上貶逐的流民」,在前後兩次身份的變異中庫文軒都顯得十分被動。小說用「天有不測風雲」概括了這次政治風雲的突兀與莫名,在最初企圖挽回局面的努力無補於事後,庫文軒從此一蹶不振。他唯一作出的掙扎,就是不分時間場合地「褪褲子」讓工作組檢查屁股上的魚形胎記。小說沒有正面描寫庫文軒的風光史,但通過被放逐後的落差,顯示出人物的淪落與頹敗。小說冷靜地展示著窩囊的庫文軒,在執意「決裂」的妻子面前的束手無策和小心翼翼,早在喬麗敏實施懲罰之前,馴順的庫文軒在精神上已成「一堆廢墟」,尊嚴盡失。「還有什麼比尊嚴更重要的呢?」作者曾在《肉聯廠的春天》中借金橋之口提出這樣的反問。如果說逃亡者迸

發出的欲望與人性之惡，縱然令人驚悚，但依然昭示著生命的張力；那麼，被放逐者如庫文軒卻徹底喪失了生命力，淪為行屍走肉。

不難看出，與「逃亡」主題相比，「放逐」側重表現與強調的是社會、歷史、政治對個人的巨大壓迫，外在因素的巨大影響力很大程度上消磨掉了個人的掙扎，反襯出個體的人在環境中的無力與衰微。小說中有兩個細節值得注意，一是放逐前的庫文軒，在春風旅社的閣樓上接受隔離審查，兩個月後被放出來時，竟已習慣了低頭「彎腰」走路；二是放逐後的庫文軒，因常年窩在船上，當他嘗試下岸時卻發現自己已經「暈岸」。「彎腰」和「暈岸」作為小說中的隱喻，其意蘊是十分豐富的，外在環境之於個人的異化力量如此巨大，社會、時代、政治的畸形壓抑最終導致人性的變異，這些在大時代的背景下風雨飄搖的小人物的命運，令人心有餘悸。

三

優秀的小說家總是要在自己的敘事中完成對「時空座標」的建構。在「時間」的維度上，蘇童常常是模糊而隨意的，選材大都迴避時代遠離現實，自長篇小說《蛇為什麼會飛》起，蘇童試圖打碎標籤，「腳踏實地，真正直面慘淡人生」〔註28〕。《河岸》在選題上承續了上述轉變，主動地關照那個被放逐的「時代」，如其自言，「時代與小說的聯繫在我的寫作中從來沒有這樣緊密過，時代賦予人物的沉重感也是前所未有的」〔註29〕。不過，儘管《河岸》有著明確的時間標識，儘管蘇童將表達「那個時代」的故事和處境視為最大敘述目標，小說最終呈現在讀者面前的依然是模糊的歷史背景，與不乏虛幻、荒誕色彩的「文革」書寫相比，更為深入人心的是作者對向陽船隊與放逐之「河」的想像及虛構。

顯然，在「空間」維度的建構上，蘇童花費了更多心力，尤其是成功地標記了兩處主要的地理座標，楓楊樹村及香椿樹街。實際上，無論香椿樹街－楓楊樹村，金雀河－油坊鎮，還是城－鄉、河－岸，都是蘇童文學地圖上所劃分的壁壘分明兩側的象徵符號。「人們就生活在世界的兩側」〔註30〕，蘇

〔註28〕陸梅《把標籤化了的蘇童打碎》，載《文學報》，2002 年 4 月 18 日。

〔註29〕汪秋萍《蘇童談新長篇小說〈河岸〉：不再遠離時代》，載《新華日報》，2009 年 4 月 10 日。

〔註30〕蘇童《蘇童文集·世界兩側·自序》，南京：江蘇文藝出版社，1993 年，第 2 頁。

童小說通過對峙空間的建構，為故事主人公鋪設種種難堪困窘的人生境遇，從主動「逃亡」到被動「放逐」，兩種生存狀態的書寫，歸根結底都源自作者對人類生存困境的想像和對人生價值的找尋，體現出獨特的美學追求。

但需要指出的是，上述的對峙空間並不意味著兩種價值觀的簡單對應，換句話說，作者並沒有慷慨地虛擬一個可供重返或守望的家園。與鄉土文學中慣常塑造的可供精神尋根的故鄉不同，蘇童切斷了精神原鄉與殘酷現實之間的虛妄參照，留下的是逼仄、糾結的對峙空間中，人物來來往往周而復始地漂泊與迷失。長篇小說《米》被認為是連接蘇童「城與鄉想像」的最佳範例，五龍因洪水從鄉村逃亡到城市，城市雖令他充滿仇恨，但心中牽念的故鄉並沒有因此而變得美好，夢境中的故鄉始終與洪荒、災難、愚昧、飢餓、逃亡聯繫在一起，此時的楓楊樹故鄉並沒有擔負起讓「失落了歸宿的靈魂得到一次短暫的棲息和永恆的回歸」〔註31〕的重任。小說中幾乎找不到五龍對楓楊樹故鄉的認同，反而是城市在很大程度上滿足了他的想像。而《河岸》中對峙的「河」與「岸」，兩處都讓庫文軒無所適從，無處皈依。性的衝動與禁錮在河流之上重新上演，而更為慘烈的情節則強化著被放逐之後無處可逃的悲劇。當昔日的私通者趙春美追到船上，逼其為不甘戴綠帽子而自殺的丈夫披麻戴孝時，庫文軒只好自我閹割以免辱沒母親的英名。與油坊鎮的世俗生活相對的這條放逐之河，既非庇護庫文軒父子的港灣，也沒有成為滌蕩靈魂的生命之河，更不是巴西作家羅薩筆下充滿理想光芒的「河的第三條岸」。

那麼，在對峙空間中，漂泊者們所找尋的人生價值究竟什麼呢？對於有著刻骨的飢餓體驗、曾為五斗米折腰的五龍來說，「雪白的堆積如山的糧食，美貌豐腴騷勁十足的女人，靠近鐵路和輪船，靠近城市和工業，也靠近人群和金銀財寶」，就是他冥冥中所向往的。「楓楊樹男人的夢想」在小說中被多次強調，五龍的自我定位與價值追求似乎就停留在了他在老家楓楊樹村種田時候的水平，停留在對生存物質的需求上。人生的真諦是對金錢、女人、地位的佔有，還是藉以向世人炫耀的欲望？那兩排閃閃發亮的金牙，何以就能成為他「此生最大的安慰」？五龍在臨死前執意回鄉，被很多研究者認為是精神返鄉的隱喻，實際上，五龍滿載一車白米，兩排金牙（或許還包括老家三千畝地的地契）的回鄉之旅，已經消弭了形而上的「靈魂救贖」的精神意

〔註31〕王干、費振鐘《蘇童：在意象的河流裏沉浮》，載《上海文學》，1988 年第 1 期。

味，餘下的除了對「米」的近乎宗教式的崇拜，還有發跡後「衣錦還鄉」的世俗認同。

再來反觀庫文軒，同為孤兒的他有著迥異於五龍的人生境遇，即使被放逐，似乎也無須為日常生計煩擾，這都使得庫文軒的身份尋找體現出更多精神層面的思考。根據美國著名社會心理學家馬斯洛（A‧H‧Maslow）提出的人的需要結構的理論，人的需要共分為五個層次：生理需要、安全需要、社交需要、尊重需要、自我實現的需要。如果說，庫文軒的自我閹割意味著對生理需要的切斷，自我放逐意味著對安全需要的切斷，永不下船的隔絕生活意味著對社交需要的切斷，那麼，庫文軒僅有的卑微而偏執的反抗，全部維繫於對「尊重」及「自我實現」的需求。對庫文軒來說，一直有一種自我認同的力量在支撐著他，雖然被撤職放逐，甚至在兒子面前尊嚴盡失，但他始終對自己高貴的血統和出身表現出偏執的堅守。小說中反覆渲染了兩個證明其身份合法性的佐證，屁股上的魚形胎記和紀念碑上雕刻的「嬰孩的腦袋」。小說的結尾，魚形胎記的褪色以及嬰孩腦袋的消失，令庫文軒陷入絕望，昔日如秋菊般的執著的自我認同剎那間潰於一旦。當庫文軒將自己的身體與紀念碑捆綁在一起，用盡最後的力量馱碑投河進行最後也是惟一的抗爭時，主人公毀滅的激情升騰出一種震撼人心的力量，將故事推向了高潮。

庫文軒的風流往事誠然可笑可恨，馱碑投河的舉動誠然可悲可歎，但其對「認同」的渴望卻是執著而真誠的。作為時代風雲裏挾下的小人物，對其內心掙扎、式微與決絕的入微體察，顯示出作者對人性的拷問。從貪婪的物慾中回歸人的精神理性，對「認同」的渴望，是作為個體的人在物質、生理、安全等基本需求之上的更高也是更為重要的價值訴求，也許這才是漂泊靈魂最終的棲息地。正是在這一意義上，《河岸》有了一種穿越時空的力量，即使跳出那個特定的歷史語境，依然是有力的叩問與質詢。

《河岸》為蘇童贏得了中華文學獎、曼氏亞洲文學大獎、華語文學傳媒大獎等眾多榮譽。作為眾望所歸的集大成者，小說在敘事節奏、人物形象塑造上尚有不盡如人意之處，尤其是人物性格與情節發展的張力之間缺乏更為有力的支撐，從而在一定程度上削弱了「找尋」的精神內涵與藝術感染力。這或許是我的苛評，但也因此讓我們對蘇童的「下一部」有了更多期許。

結　語

　　選擇現代作家創作序跋作為本文的研究對象，實際上源自對作者話語與文學史建構問題的長期思考。一方面，以創作序跋為代表的作者話語已成為文學史上不容忽視，實際上也無法逾越的重要內容，經過歷史的傳播、閱讀與沉澱，如今已經確確實實地成為了文學史上無法抹煞的客觀存在；而另一方面，現代作家在創作序跋寫作中所顯現出的強大的自我闡釋與自我建構的能力，又引起我們的格外警惕，需要學者辨偽存真、去粗取精，尤其注意闡釋的向度與限度。借用韋勒克（ReneWenek）的闡述：「作者自述應當考慮，但同樣必須根據完成的藝術作品加以批評」。對於創作序跋所顯示的自我闡釋與自我建構，我們關注的重點不僅在於其詮釋了什麼、建構了什麼，更在於其如何詮釋、如何建構，以及詮釋與建構的效果究竟如何。

　　得出這樣一個需要辯證對待，有折衷嫌疑的結論，實際上並不能令我滿意，不過，本文的撰寫過程卻促使我對文學、對文學研究的意義有了新的思考，當我們糾結於創作序跋的或虛或實、或真或偽的同時，是否已然喪失了普通讀者帶著渴望與期待，迫不及待地翻看自己所鍾愛的作家的隻言片語的那份純真？當我們不憚以最大的惡意揣測作家，顯微鏡般放大作家的一言一行，執著於辨析文字與現實的落差時，是否也在不經意間錯失了作家用心想像、詮釋與建構的那個美好而理想的文學世界？當我們全力探究力圖還原創作序跋清晰、準確、客觀、真實的原貌時，也許恰恰與文學的本義背道而馳，文學的魅力或許正在於語言的主觀性、模糊性、豐富性和不確定性。在這個意義上，創作序跋的寫作豐富並延伸了正文文本的文學世界，建構起帶有作家個人情感與溫度的言說空間，並為讀者、批評者提供了可資閱讀、研究的

豐富文本，只不過，對於創作序跋的閱讀感受，智者見智仁者見仁，遠近高低各不同而已。

　　本書的考察僅僅是提出了一個問題，還有更多的疑問有待進一步深入探討。

後　記

　　今年的寒假注定是不同尋常的假期，疫情肆虐，在足不出戶的一個月裏，我開始靜心校對當年的博士後出站報告。印象中難忘的是 2012 年的秋天，風有些大，北京的秋在草木搖落的蕭瑟中卻盡顯斑斕，銀杏黃、楓葉紅，層林盡染，分外爛漫，三年的北師大時光就那樣一晃而過，留在記憶中的是加足了濾鏡的色彩飽和的一地斑斕秋意。

　　在金秋的光影中，最美好的記憶是作為「李門」弟子潛心學習的歡暢時光，雖然學藝不精，但是耳濡目染，記憶猶新。感謝我的導師李怡老師，讓我有了這樣的幸運，能在北師大延續三年的學習歷程。真正踏上學術研究之路，始於李老師的薰陶，從川大到北師大，老師淵博深厚的學養，洞察學術前沿的睿智，尤其是那份潛心學術的執著和熱忱，無不讓人敬重敬仰。進流動站後，從選題到報告的撰寫再到如今的有機會結集出版，都離不開老師不厭其煩地悉心指導與多番督促，正如師兄妹們常常說起的，身為「李門」弟子，是無比幸運又幸福的。

　　這本書是在博士後出站報告的基礎上完成的，仍有很多不足之處，感謝劉勇老師、李玲老師、鄒虹老師、錢振綱老師、陳暉老師等眾位師長在開題及出站答辯中給予的種種指導。感謝北師大師弟師妹們曾為我分擔的諸多瑣事，特別是劉佳師妹、袁少沖師弟、趙靜師妹在開題、答辯過程中給予的幫助無比溫暖，謝謝你們！

　　最後，感謝家人的支持和陪伴，女兒已經 6 歲半了，當年寫出站報告的時候才剛剛有了你，似水流年，你們是我今生最溫暖的港灣。

　　沒有一個冬天不可逾越，沒有一個春天不會不來，期盼下一個如約而至的秋天……

2020 年 2 月 14 日

參考文獻

1、序跋集

1. 阿英《阿英序跋集》，鄭州：河南大學出版社，1989 年。
2. 巴金《巴金全集》（第 17 卷），北京：人民文學出版社，1987 年。
3. 巴金《花城文庫·序跋集》，廣州：花城出版社，1982 年。
4. 編委會主編《書話與序跋》，貴陽：貴州人民出版社，1998 年。
5. 冰心《冰心全集》（第 1 卷），卓如編，福州：海峽文藝出版社，1994 年。
6. 冰心《冰心文集》（第 5 卷），上海：上海文藝出版社，1990 年。
7. 陳紹偉編《中國新詩集序跋選》（1918～1949），長沙：湖南文藝出版社，1986 年。
8. 大連圖書館參考部編《明清小說序跋選》，大連：春風文藝出版社，1983 年。
9. 單純、曠昕主編《良知的感歎──二十世紀中國學人序跋精粹》，深圳：海天出版社，1998 年。
10. 丁錫根編著《中國歷代小說序跋集》（上中下），北京：人民文學出版社，1996 年。
11. 范橋等選編《二十世紀中國文化名人散文精品：名人序跋》，貴陽：貴州人民出版社，1994 年。
12. 傅璇琮，曾子魯校注《中國古典散文精選注譯（序跋卷）》，北京：清華大學出版社，2009 年。
13. 郭沫若《郭沫若集外序跋集》，上海圖書館文獻資料室、四川大學郭沫若研究室編，成都：四川人民出版社，1983 年。
14. 郭沫若《郭沫若自序》，黃諄浩編，北京：團結出版社，1996 年。

15. 胡適《胡適書評序跋集》，黃保定、季維龍選編，長沙：嶽麓書社，1987年。

16. 胡適《胡適文集》（第 3 卷），樂文、施瑋主編，北京：燕山出版社，1995年。

17. 柯靈主編《1919～1949 中國現代文學序跋叢書 散文卷》（2 冊），海口：海南人民出版社，1988 年。

18. 老舍《老舍序跋集》，廣州：花城出版社，1984 年。

19. 林語堂《林語堂書評序跋集》，季維龍、黃保定選編，長沙：嶽麓書社，1988 年。

20. 樓滬光、孫琇主編《中國序跋鑒賞辭典》，石家莊：河北教育出版社，2003年。

21. 魯迅《魯迅全集》（第 10 卷），北京：人民文學出版社，1981 年。

22. 魯迅《魯迅序跋》，陳漱渝編，天津：百花文藝出版社，1986 年。

23. 魯迅《魯迅序跋集》（上下卷），王運峰編選，濟南：山東畫報出版社，2004 年。

24. 茅盾《茅盾序跋集》，丁爾綱編，北京：三聯書店，1994 年。

25. 佘樹森編《現代散文序跋選》，天津：百花文藝出版社，1983 年。

26. 施惟達主編《學術序跋集》，昆明：雲南大學出版社，2008 年。

27. 施蟄存《施蟄存序跋》，南京：東南大學出版社，2003 年。

28. 史鐵生《信與問：史鐵生書信序文集》，廣州：花城出版社，2008 年。

29. 孫犁《耕堂序跋》，長沙：湖南人民出版社，1988 年。

30. 王夢奎《前言後語》，中國發展出版社，2000 年。

31. 王文才、張錫厚《升菴著述序跋》，昆明：雲南人民出版社，1985 年。

32. 王緒成，李樹房主編《名人序跋》，濟南：山東友誼出版社，1999。

33. 文選德《前言後語》，長沙：湖南文藝出版社，1996 年。

34. 夏衍《夏衍論創作》，上海：上海文藝出版社，1982 年。

35. 楊犁編《胡適文萃》，北京：作家出版社，1991 年。

36. 葉聖陶《葉聖陶序跋集》，北京：三聯書店，1983 年。

37. 俞平伯《俞平伯序跋集》，孫玉蓉編，北京：三聯書店，1986 年。

38. 郁達夫《郁達夫文集》（第 7 卷：文論、序跋），北京：三聯書店，1982年。

39. 臧克家《臧克家序跋選》，劉增人編，青島：青島出版社，1989 年。

40. 周俊旗、汪丹著譯，李喜所、徐兆仁主編《歷代序跋名篇選譯》，北京：中國青年出版社，1998 年。

41. 周揚《周揚序跋集》，繆俊傑，蔣蔭安編，長沙：湖南人民出版社，1985 年。

42. 周作人《苦雨齋序跋文》，止菴校訂，石家莊：河北教育出版社，2002 年。

43. 周作人《知堂序跋》，北京：中國人民大學出版社，2004 年。

44. 朱自清《朱自清序跋書評集》，北京：三聯書店，1983 年。

2、理論書籍

1. 〔德〕HR・姚斯《接受美學與接受理論》，周寧、金元浦譯，瀋陽：遼寧人民出版社，1987 年。

2. 〔德〕漢斯・羅伯特・耀斯《審美經驗與文學解釋學》，顧建光、顧靜宇、張樂天譯，上海：上海譯文出版社，1997 年。

3. 〔德〕加達默爾《真理與方法》，洪漢鼎譯，上海：上海譯文出版社，2004 年。

4. 〔德〕沃・伊瑟爾《閱讀行為》，金惠敏等譯，長沙：湖南文藝出版社，1991 年。

5. 〔法〕蒂費納・薩莫瓦約《互文性研究》，邵煒譯，天津：天津人民出版社，2003 年。

6. 〔法〕羅蘭・巴特《批評與真實》，上海：上海人民出版社，1999 年。

7. 〔法〕皮埃爾・布迪厄《藝術的法則：文學場的生成和結構》，劉暉譯，北京：中央編譯出版社，2001 年。

8. 〔法〕托多洛夫《批評的批評》，王東亮等譯，北京：三聯書店，1988 年。

9. 〔加〕弗萊《批評的解剖》，陳慧等譯，天津：百花文藝出版，2006 年。

10. 〔美〕曼紐爾・卡斯特《認同的力量》，夏鑄九、黃麗玲等譯，北京：社會科學文獻出版社，2003 年。

11. 〔美〕桑塔格《反對闡釋》，程巍譯，上海：上海譯文出版社，2003 年。

12. 〔日〕淺見洋二《距離與想像——中國詩學的唐宋轉型》，金程宇譯，上海：上海古籍出版社，2005 年。

13. 〔意〕安貝托・艾柯《詮釋與過度詮釋》，王宇根譯，北京：三聯書店，1997 年。

14. 〔英〕鮑曼《立法者與闡釋者——論現代性、後現代性與知識分子》，洪濤譯，上海：上海人民出版社，2001 年。

15. 陳家琪《話語的真相》，上海：上海人民出版社，1998 年。

16. 戴冠青《文本解讀與藝術闡釋》，北京：北方文藝出版社，2006 年。

17. 鄧新華《中國古代接受詩學》，武漢：武漢出版社，2000 年。

18. 傅義正《魯迅序跋解讀》，呼和浩特：內蒙古文化出版社，2005 年。

19. 何玉蔚《對過度詮釋的詮釋》，北京：中國社會科學出版社，2009 年。

20. 賀仲明《中國心象：20 世紀末作家文化心態考察》，北京：中央編譯出版社，2002 年。

21. 洪漢鼎主編《理解與解釋——詮釋學經典文選》，北京：東方出版社，2001 年。

22. 姜濤《古代散文文體概論》，太原：山西人民出版社，1990 年。

23. 金宏宇《新文學的版本批評》，武漢：武漢大學出版社，2007 年。

24. 金宏宇《新文學的版本批評》，武漢：武漢大學出版社，2007 年。

25. 金元浦、陶東風《闡釋中國的焦慮——轉型時代的文化解讀》，中國國際廣播出版社，1998 年。

26. 金元浦《範式與闡釋》，桂林：廣西師範大學出版社，2003 年。

27. 金元浦《文學解釋學——文學的審美闡釋與意義生成》，吉林：東北師範大學出版社，1997 年。

28. 李建盛《理解事件與文本意義——文學詮釋學》，上海：譯文出版社 ，2002 年。

29. 李清良《中國闡釋學》，長沙：湖南師範大學出版社，2001 年。

30. 潘德榮、劉耘華《詮釋學與先秦儒家之意義生成》，上海：上海譯文出版社，2003 年。

31. 錢鍾書《管錐篇》，北京：中華書局，1986 年。

32. 沈衛威《文化心態人格：認識胡適》，鄭州：河南大學出版社，1991 年。

33. 蘇鳳昌《文體論》，臺北：臺灣商務印書館，1998 年。

34. 童慶炳《現代學術視野中的中華古代文論》，北京：北京出版社，2002 年。

35. 王兆芳《文體通釋》，上海：中華印刷局，1925 年。

36. 西槙光正編《語境研究論文集》，北京：北京語言學院出版社，1992 年。

37. 余嘉錫《余嘉錫說文獻學》，上海：上海古籍出版社，2001。

38. 周光慶《中國古典解釋學導論》，北京：中華書局，2002 年。

39. 周慶山《文獻傳播學》，北京：書目文獻出版社， 1997 年。

40. 周裕鍇《中國古代闡釋學研究》，上海：上海人民出版社，2003 年。

41. 朱立元譯《二十世紀西方美學經典文本》，上海：復旦大學出版社，2001 年。

42. 朱義祿《逝去的啟蒙——明清之際啟蒙學者的文化心態》（中國知識分子

叢書），鄭州：河南人民出版社，1995 年。

43. 朱迎平《古典文學與文獻論集》，上海：上海財經大學出版社，1998 年。

3、學術論文

1. 畢緒龍《魯迅的序跋文體及其文學批評》，載《山東師範大學學報》，2007 年第 3 期。

2. 蔡雪梅《翻譯的闡釋學思考》，載《攀枝花大學學報》，1997 年第 2 期。

3. 陳鳴樹《闡釋學方法述評》，載《河北學刊》，1991 年第 4 期。

4. 方向《論作者的「自我闡釋」——兼談文學互動》，載《樂山師範學院學報》，2008 年第 1 期。

5. 郭英德《論「知人論世」古典範式的現代轉型》，載《中國文化研究》，1998 年第 3 期。

6. 景海峰《中國哲學的詮釋學境遇及其維度》，載《天津社會科學》，2001 年第 6 期。

7. 李建東《闡釋學簡論》，載《河南師範大學學報（哲學社會科學版）》，1995 年第 5 期。

8. 梁笑梅《中國新詩發生期新詩集序的媒介價值》，載《文學評論》，2009 年第 5 期。

9. 劉奇玉《性別・話語・策略——從序跋視角解讀明清女性的戲曲批評》，載《中南大學學報（社會科學版）》，2009 年第 5 期。

10. 陸遠《序跋：理解陳寅恪學術理路的一種向度》，載《東方論壇》，2008 年第 3 期。

11. 蒙培元《中國哲學的詮釋問題——以仁為中心》，載《人文雜誌》，2005 年第 4 期。

12. 彭林祥、金宏宇《作為副文本的新文學序跋》，載《江漢論壇》，2009 年第 10 期。

13. 彭林祥《規訓與認同的話語實踐——以 1950～1957 年現代作家選集的序跋為例》，載《中國礦業大學學報》，2009 年第 3 期。

14. 彭林祥《論郭沫若的序跋》，載《新鄉學院學報》，2009 年第 3 期。

15. 彭林祥《新文學序跋論略》，載《南通大學學報（社會科學版）》，2008 年第 6 期。

16. 湯一介《關於僧肇注〈道德經〉問題——四論創建中國解釋學問題》，載《學術月刊》，2000 年第 7 期。

17. 湯一介《論創建中國解釋學問題》，載《社會科學戰線》，2001 年第 1 期。

18. 湯一介《三論創建中國解釋學問題》，載《中國文化研究》，2000 年第 2 期。

19. 湯一介《再論創建中國解釋學問題》載《中國社會科學》，2000 年第 1 期。

20. 王志耕《「話語重建」與傳統選擇》，載《文學評論》，1998 年第 4 期。

21. 王志偉《論理解的循環》，載《徐州師範大學學報（哲學社會科學版）》，1996 年第 3 期。

22. 楊子江《從自序的緣起到自傳之濫觴》，載《學術研究》，2001 年第 4 期。

23. 袁吉富《加達默爾超越歷史認識客觀性主張質疑》，載《史學理論研究》，2001 年第 3 期。

24. 張首映《闡釋學的蛻變與本體目的論的建構——〈文學闡釋學〉導論》，載《中國社會科學院研究生院學報》，1990 年第 1 期。

25. 周光慶《中國古典解釋學方法論反思——兼與楊潤根先生商榷》，載《學術界》，2001 年第 4 期。

26. 周光慶《中國解釋學的多向進路》，載《洛陽師範學院學報》，2006 年第 1 期。

27. 高雨《唐遊宴序考論》，遼寧師範大學碩士論文，2004 年。

28. 赫靈華《魯迅序跋研究》，延邊大學碩士論文，2006 年。

29. 黃愛平《唐詩詩序研究》，武漢大學碩士論文，2004 年。

30. 黃偉龍《呂氏春秋研究》，西北師範大學博士論文，2003 年。

31. 姜明翰《中唐贈序文研究》，私立東吳大學碩士論文，1997 年。

32. 李志廣《唐代序文文體概說》，遼寧師範大學碩士論文，2004 年。

33. 李珠海《唐代序文研究》，國立臺灣大學碩士論文，1996 年。

34. 王洪峰《淺論韓愈贈序文的思想內涵與藝術特點》，東北師範大學碩士論文，2006。

35. 王玥琳《序文研究》，北京師範大學博士論文，2008 年。

36. 薛峰《序體研究》，社科院碩士論文，2003 年。

37. 詹看《〈毛詩序〉創作年代及作者之考證》，華東師範大學碩士論文，2006 年。

38. 張靜《唐代贈序文研究》，鄭州大學碩士論文，2001 年。

39. 張蕾《〈玉臺新詠〉論稿》，河北大學博士論文，2004 年。

40. 趙厚均《兩晉文研究——對幾種文體的綜合考察》，復旦大學博士論文，2003 年。

附　錄

一、魯迅創作序跋目錄

作品篇目	創作序跋	寫作時間	版　本
別諸弟三首	跋	1901-04	《集外集拾遺補編》
哀范君三章	附記	1912-07-23	《魯迅佚文全集》，群言出版社，2001 年 9 月
孔乙己	附記	1919-03-26	《新青年》第 6 卷第 4 號，1919 年 4 月 15 日
吶喊	自序	1922-12-03	《晨報・文學旬刊》1923 年 8 月 21 日
	捷克譯本序言	1936-07-21	上海《中流》半月刊第 1 卷第 4 期，1936 年 10 月 20 日
中國小說史略	序言	1923-10-07	北京大學新潮社，1923 年 10 月
	後記	1924-03-03	北京大學新潮社，1924 年 6 月
	再版附識	1925-09-10	北京北新書局再版合訂本，1925 年 9 月
	題記	1930-11-25	北京北新書局修訂本，1931 年 7 月
	日本譯本序	1935-06-09	日本東京賽棱社，1935 年 7 月
論雷峰塔的倒掉	附記	1924-11-03	《語絲》第 1 期，1924 年 11 月 17 日
幸福的家庭	附記	1924-02-18	《婦女雜誌》第 10 卷第 3 號，1924 年 3 月 1 日
忽然想到	附記	1925-01-15	《京報副刊》第 39 號，1925 年 1 月 17 日
阿 Q 正傳	俄文譯本序	1925-05-26	《語絲》第 31 期，1925 年 6 月 15 日

熱風	題記	1925-11-03	北京北新書局，1925 年 11 月
華蓋集	題記	1925-12-31	北京北新書局，1926 年 6 月
	後記	1926-02-15	北京北新書局，1926 年 6 月
學界的三魂	附記	1926-01-26	《語絲》第 64 期，1926 年 2 月 1 日
馬上日記	豫序	1926-06-25	《世界日報副刊》，1926 年 7 月 5 日
華蓋集續編	小引	1926-10-04	《語絲》第 104 期，1926 年 11 月 16 日
墳	題記	1926-10-30	《語絲》第 106 期，1926 年 11 月 20 日
	寫在後面	1926-11-11	北京未名社，1927 年 3 月
野草	題辭	1927-04-26	初《語絲》第 138 期，1927 年 7 月 2 日
	英文譯本序	1931-11-05	《二心集》
朝花夕拾	小引	1927-05-01	《莽原》第 2 卷第 10 期，1927 年 5 月 25 日
	後記	1927-07-11	《莽原》第 2 卷第 15 期，1927 年 8 月 10 日
大衍發微	附記	1928-09-20	《京報副刊》1926 年 4 月 16 日
而已集	題辭	1928-10-30	上海北新書局，1928 年 10 月
三閒集	序言	1932-04-24	上海北新書局，1932 年 9 月
魯迅譯著書目	附記	1932-04-29	《三閒集》，上海北新書局，1932 年 9 月
二心集	序言	1932-04-30	上海合眾書店，1932 年 10 月
魯迅自選集	自序	1932-12-14	上海天馬書店，1933 年 3 月
兩地書	序言	1932-12-16	上海青光書局，1933 年 4 月
短篇小說選集	英譯本自序	1933-03-22	
偽自由書	前記	1933-07-19	青光書局（上海北新書局），1933 年 10 月
	後記	1933-07-20	青光書局（上海北新書局），1933 年 10 月
南腔北調集	題記	1933-12-31	上海同文書店，1934 年 3 月
準風月談	前記	1934-03-10	興中書局（上海聯華書局），1934 年 12 月
	後記	1934-10-16	興中書局（上海聯華書局），1934 年 12 月
集外集	序言	1934-12-20	上海《芒種》第 1 期，1935 年 3 月 5 日
故事新編	序言	1935-12-26	上海文化生活出版社，1936 年 1 月
花邊文學	序言	1935-12-29	上海聯華書局，1936 年 6 月
且介亭雜文	序言	1935-12-30	上海三閒書屋，1937 年 7 月
	附記	1935-12-30	上海三閒書屋，1937 年 7 月

		1935-12-31	上海三閒書屋，1937 年 7 月
且介亭雜文二集	序言		
	後記	1935-12-31 ～ 1936-01-01	上海三閒書屋，1937 年 7 月

二、郭沫若創作序跋目錄

作品篇目	創作序跋	寫作時間	版本
女神	序詩	1921-5-26	上海《時事新報・學燈》，1921 年 8 月 26 日
勝利的死	附白	—	上海《時事新報・學燈》，1920 年 11 月 4 日
洪水時代	附注	1921-12	上海《學藝》，1922 年 1 月 30 日
卷耳集	序	1922-8-14	上海《中華新報・創造日》，1923 年 9 月 4 日
	自跋	1923-7-23	上海泰東圖書局，1923 年 8 月
牧羊哀話	志	1922-12-24	上海泰東圖書局，1923 年 10 月
三葉集	序	—	上海亞東圖書館，1920 年 5 月
棠棣之花	第一幕第二場附白	1920-9-23	上海《時事新報・學燈》，1920 年 10 月 9 日
	第二幕說明	—	《創造季刊》第 1 卷第 1 期，1922 年 5 月
	附白	—	《沫若文集》第 1 卷
狼群中的一隻白羊	序	1920-10-10	上海《時事新報・學燈》，1920 年 10 月 21 日
女神之再生	書後	1921-1	《民鐸》第 2 卷第 5 號，1921 年 2 月 25 日
	附白		上海《民鐸》第 2 卷第 5 號，1921 年 2 月 25 日
辛夷集	小引	1922-7-3	泰東圖書局，1923 年 4 月
孤竹君之二子	附白	1922-11-23	《創造季刊》第 1 卷第 4 期，1923 年 3 月
	幕前序話	—	《創造季刊》第 1 卷第 4 期，1923 年 2 月
好像是但丁來了（詩十首）	附注	1922-12-8	《創造季刊》第 1 卷第 4 期，1923 年 2 月
卓文君	附白	1923-2-28	創造社《創造季刊》第 2 卷第 1 期，1923 年 5 月
小品六章	序	1924-12-20	《晨報副刊》，1924 年 12 月 28 日

塔	前言	1925-2-11	上海商務印書館，1926 年 1 月
一個偉大的教訓	附白	1925-4-26	北京《晨報副鐫》，1925 年勞動節紀念專號
關於《創造週報》的消息	附白	1925-5-12	《晨報副刊》105 期，1925 年 5 月 12 日
文藝論集	序	1925-11-29	上海《洪水》第 1 卷第 1 期，1925 年 12 月 16 日
	跋尾	1930-6-11	上海光華書局，1930 年 8 月
三個叛逆的女性	寫在後面	1926-3-7	上海光華書局，1926 年 4 月
我的幼年	前言	1928-12-12	上海光華書局，1929 年 4 月
	後話	1929-1-12	
反正前後	發端	－	上海現代書局，1929 年 8 月
中國古代社會研究	三版書後	1930-2-7	上海聯合書店，1930 年 5 月
創作十年	作者附白	1932-9-11	上海現代書局，1932 年 9 月
	發端	－	上海現代書局，1932 年 9 月
沫若書信集	序	1933-8-25	泰東圖書局，1933 年 9 月
沫若自選集	序	1933-8-26	樂華圖書公司，1934 年 1 月
離滬之前	前記	1933-9-24	上海《現代》月刊第 4 卷第 1 期，1933 年 11 月
紅葸	序	1935-12-10	青島《詩歌生活》創刊號，1936 年 3 月 5 日
克拉凡左的騎士	小引（一）	1936-8-1	《質文》第 2 卷第 1 期，1936 年 10 月
	小引（二）	1937-4-20	《綢繆》第 3 卷第 9 期，1937 年 6 月 1 日
蹄	序文《從典型說起》	1936-6-1	上海不二書店，1936 年 10 月
	後記	1936-9-5	上海不二書店，1936 年 10 月
沫若抗戰文存	小序	1937-11-30	上海明明書局，1938 年 1 月
北伐	小引	－	上海《宇宙風》半月刊第 2 集，1937 年 4 月
	後記	1937-2-15	上海北雁出版社，1937 年 6 月
由四行想到四川	附記	1941-8-15	群益出版社，1945 年 1 月

羽書集	第一序	1941-10-18	香港孟夏書店，1941 年 11 月
	第二序	1944-11-15	重慶群益出版社，1945 年 1 月
	改編小序	1958-11-30	《沫若文集》第 11 卷
屈原	寫完《屈原》之後	1942-1-20	重慶《中央日報》，1942 年 2 月 8 日
	校後記	1948-3-31	上海群益出版社
	序俄文譯本史劇《屈原》	1950-10-22	《奴隸制時代》，上海新文藝出版社，1952 年 6 月
	新版後記（一）（二）	1953-1-4 1953-1-29	《沫若文集》第 3 卷
虎符	緣起	1942-2-12	重慶《時事新報》1942 年 2 月 22 日、24 日
	後話	1942-2-28	重慶《時事新報》1942 年 4 月 7 日、8 日
	校後記	1948-3-24	上海群益出版社，1949 年 8 月
	教後記之二	1956-7-30	《沫若文集》第 3 卷
蒲劍集	序	1942-4-12	重慶文學書店，1942 年 4 月
屈原研究	跋	1942-5-5	重慶群益出版社，1943 年 7 月
築	序言	1942-6-16 1942-6-20	《新華日報》，1942 年 6 月 29 日
	校後記	1948-3-28	上海群益出版社，1949 年 9 月
孔雀膽	前記	1942-10-22	上海群益出版社，1948 年 2 月
	後記	1942-9-30	桂林《野草》月刊第 5 卷第 3 期，1943 年 3 月 1 日
今昔集	序	1942-10-23	重慶東方書社，1943 年 10 月
飛雪崖	補記	1942-12-13	重慶群益出版社，1945 年 9 月
鳳凰	序	1944-1-5	重慶明天出版社，1944 年 6 月
青銅時代	序	1945-2-11	重慶文治出版社，1945 年
十批判書	後記	1945-5-5	上海《文萃》週刊第 13、14 期，1946 年 1 月 1 日、8 日
	後記之後	1945-6-2 1945-6-28	重慶群益出版社，1945 年 9 月
	改版後記《蜥蜴的殘夢》	1950-2-17	上海新文藝出版社，1952 年

青年喲，人類的春天！	序言	1947-3-8	華僑知識社，1947 年 5 月
少年時代	序	1947-5-8	上海海燕書店，1947 年 4 月
騎士	後記	1947-8-23	《地下的笑聲》，上海海燕書店，1947 年
地下的笑聲	序	1947-9-2	海燕書店，1947 年
沸羹集	序	1947-11-9	上海大孚出版公司，1947 年 12 月
天地玄黃	序	1947-11-11	上海大孚出版公司，1947 年 12 月
蜩螗集	序	1948-3-16	上海益群出版社，1948 年 9 月
中蘇文化之交流	序	1948-9-1	上海三聯書店，1949 年 6 月
郭沫若選集	自序	1950-10-27	北京開明書店，1951 年 7 月
奴隸制時代	後記	1952-2-18	上海新文藝出版社，1952 年 6 月
	改版書後	1953-10-20	北京人民出版社，1954 年 4 月
高漸離	校後記之二	1956-7-14	《沫若文集》第 4 卷
百花齊放	序	1958-3-30	《人民日報》，1958 年 4 月 3 日
	後記	1958-4-9	人民日報社，1958 年 7 月
洪波曲	前記	1958-5-9	《沫若文集》第 9 卷
沫若文集	第 10 卷前記	1958-11-25	《沫若文集》第 10 卷
斷斷集	小引	1958-12-1	《沫若文集》第 11 卷
駱駝集	前記	1959-10-25	人民文學出版社，1959 年 12 月

三、茅盾創作序跋目錄

作品篇目	創作序跋	寫作時間	版本
野薔薇	寫在《野薔薇》的前面	1929-5-9	大江書鋪，1929 年 7 月
虹	跋	1930-2-1	開明書店，1930 年
	烏克蘭文版序言	1959-2	手稿
蝕	題詞	1930-3	開明書店，1930 年 5 月
	寫在《蝕》的新版的後面	1957-10-3	人民文學出版社，1958 年 3 月
	補充幾句——寫在《蝕》後面	1980-2-4	人民文學出版社，1980 年

宿莽	弁言	1931-2	大江書鋪，1931 年 5 月
路	校後記	1932-4-18	上海光華書局，1932 年 6 月
	改版後記	1935-11	文化生活出版社，1935 年 10 月
	法譯本序	1980-9-15	
子夜	後記	1932-12	開明書店，1933 年 4 月
	再來補充幾句——《子夜》再版後記	1977-10-9	人民文學出版社，1977 年 12 月
	《子夜》是怎樣寫成的——英文版《子夜》代序	－	《新疆日報·綠洲》，1939 年 6 月 1 日
	蒙文版序	－	蒙古人民共和國國家出版局，1957 年
	朝文版序	1960-5	手稿
	致德國讀者——德文版序	－	柏林歐伯爾倉姆文學政治出版社，1978 年
茅盾自選集	序文《我的回顧》	1932-12	天馬書店，1933 年 4 月
	後記	1932-12-22	天馬書店，1933 年 4 月
春蠶	跋	1933-3-20	開明書店，1933 年 5 月
茅盾散文集	自序	1933-7	天馬書店，1933 年 7 月
速寫與隨筆	前記	1935-12-2	開明書店，1935 年 12 月
隨筆三篇	作者題記	1936-8-21	《新少年》第 2 卷第 7 期，1936 年 10 月 10 日
印象·感想·回憶	後記	1936-10-29	文化生活出版社，1936 年 10 月
煙雲集	後記	1937-5-25	上海良友圖書印刷公司，1937 年 5 月
	內地版後記	－	良友興記公司，
如是我見我聞	弁言	－	香港《華商報·燈塔》，1941 年 4 月 8 日
文藝論文集	後記	1941-2	重慶群益出版社，1942 年 12 月
霜葉紅似二月花	片段序言	1943-1-11	《時事新報·青光》，1943 年 1 月 22 日
	新版後記	1958-4	《茅盾文集》（第 6 卷），人民文學出版社，1958 年 9 月
白楊禮讚	自序	1942-11-12	桂林柔草社，1943 年 2 月
見聞雜記	後記	1942-11	桂林文光書店，1943 年 4 月

第一階段的故事	後記	1945-1	重慶亞洲圖書社，1945 年 4 月
	四版序	1948-6-	
	新版的後記	1957-10-31	《茅盾全集》（第 4 卷），人民文學出版社，1958 年 5 月
回顧	後記	1945-7	未出版
時間的紀錄	後記	1945-7	重慶良友復興圖書公司，1945 年 7 月
	後記之後記	1946-7	大地書屋，1946 年 11 月
清明前後	後記	1945 中秋	開明書店，1945 年 10 月
茅盾文集	後記	1947 白露	春明書店，1948 年 1 月
蘇聯見聞錄	序	1948-2-3	開明書店，1948 年 4 月
雜談蘇聯	後記	1948-9	上海致用書店，1949 年 4 月
茅盾選集	自序	1952-3-12	開明書店，1952 年
腐蝕	後記	1954-7-29	人民文學出版社，1954 年
	關於《腐蝕》──《一個迷誤的女人的日記──〈腐蝕〉片段》序言	1959-2	蘇聯《涅瓦》，1959 年第 10 期
夜讀偶記	前言	1957-9	《文藝報》，1958 年 1 月
	後記	1958-7-29	百花文藝出版社，1958 年 8 月
劫後拾遺	新版後記	1958-4	《茅盾文集》（第 5 卷），人民文學出版社，1958 年 8 月
鼓吹集	後記	1958-11-11	作家出版社，1959 年 1 月
茅盾文集	序言	1959-5-12	《茅盾文集》，人民文學出版社，1959 年 6 月
	第 7 卷後記	1958-11-12	《茅盾文集》（第 7 卷），人民文學出版社，1959 年 3 月
	第 8 卷後記	1958-11-12	《茅盾文集》（第 8 卷），人民文學出版社，1959 年 6 月
	第 9 卷後記	1958-11-15	《茅盾文集》（第 9 卷），人民文學出版社，1961 年 10 月
	第 10 卷後記	1958-11-24	《茅盾文集》（第 10 卷），人民文學出版社，1961 年 11 月

太平凡的故事	附記	1958-11-14	《茅盾文集》（第 9 卷），人民文學出版社，1961 年 10 月
新疆風土雜憶	附記	1958-11-16	《茅盾文集》（第 9 卷），人民文學出版社，1961 年 10 月
歸途拾零	附記	1958-11-14	《茅盾文集》（第 10 卷），人民文學出版社，1961 年 11 月
鼓吹續集	後記	1962-9-4	作家出版社，1962 年 10 月
關於歷史和歷史劇	後記	1962-7-1	作家出版社，1962 年 11 月
脫險雜記	前言	1979-10-28	中國社會科學出版社，1980 年 3 月
茅盾短篇小說集	序	1979-8-23	人民文學出版社，1980 年 4 月
茅盾論創作	序	1979-8-15	上海文藝出版社，1980 年 5 月
茅盾短篇小說選	越文版自序	1958-6-3	手稿
	法文版自序	1980-1-16	法文版《茅盾短篇小說選》
鍛鍊	小序	1979-10-4	香港時代圖書有限公司，1980 年 12 月
茅盾文藝評論集	序	1980-5-20	文化藝術出版社，1981 年 2 月
茅盾文藝雜論集	序	1980-7-9	上海文藝出版社，1981 年 6 月
茅盾選集	序	1981-2-1	《光明日報》，1981 年 4 月 7 日，北京外文出版社英文版
我走過的道路	序	1980-9-17	人民文學出版社，1981 年 10 月
茅盾文集	俄文版自序	－	蘇聯國家文學出版社，1956 年
茅盾評論文集	前言	－	人民文學出版社，1978 年 11 月
動搖	法譯本自序	1980	手稿
追求	代跋《從牯嶺到東京》	1928-7-16	

四、巴金創作序跋目錄

作品篇目	創作序跋	寫作時間	版本
滅亡	序	1928-8	開明書店，1929 年 10 月
	七版題記	1936-5-20	
死去的太陽	序	1930-6	開明書店，1931 年 1 月
新生	自序（一）	1931-9	開明書店，1933 年 9 月
	自序（二）	1932-7	
家	《激流》總序	1931-4	
	呈獻給一個人（初版代序）	1932-4	開明書店出版本，1933 年 5 月
	初版後記	1932-5-20	
	五版題記	1936-5	開明書店五版校訂本，1936 年 4 月
	關於《家》（十版代序）——給我底一個表哥	1937-2	開明書店十版改版本，1938 年 1 月
	新版後記	1953-3-4	人民文學出版社，1953 年 6 月
	後記	1953-3-4	
	和讀者談《家》	1957-6	
	重印後記	1977-8-9	人民文學出版社，1977 年 11 月
	法文譯本序	1977-9-26	法文譯本
	羅馬尼亞文譯本序	1979-2-5	羅馬尼亞文譯本
	意大利譯本序	1980-6-24	意大利譯本
	《文學生活五十年（代序）》	1980-4-4	
	香港新版序	1984-12-11	香港新版
	為舊作新版寫序		
海底夢	序	1932-6	新中國書局，1932 年 8 月
	改版題記	1935-12	開明書店，1936 年 1 月
春天裏的秋天	序	1932-.5	開明書店，1932 年 10 月
砂丁	序	1932-9	開明書店，1933 年 1 月

雪（原名《萌芽》）	序	1934-9	文化生活出版社，1936 年 11 月
	付印題記	1933-5-11	
	日譯本序	1947-6-7	日譯本
利娜	序	1940 春	文化生活出版社，1940 年 8 月
愛情的三部曲	合訂本總序	1935-10-27	良友圖書公司，1936 年
	前記	1938-7-9	開明書店
	新版題記	1943-10	
	新記	1955-3	
	《霧》序	1931-11	新中國書局，1931 年 11 月
	《雨》序	1932-11	良友圖書印刷公司，1933 年 1 月
	《電》序	1934-9	良友圖書印刷公司，1935 年 3 月
火	第一部後記	1940-9-22	開明書店，1940 年 12 月
	第二部後記	1941-5-23	開明書店，1942 年
	第三部後記	1943-10	開明書店，1945 年 7 月
憩園	後記	1944-7	文化生活出版社，1944 年 10 月
	法文譯本序	1978-5-3	法文譯本
第四病室	後記	1946-11-11	晨光出版公司，1946 年 11 月
寒夜	後記	1948-1 下旬	上海晨光出版公司，1947 年 3 月
	挪威文譯本序	1981-12-30	挪威文譯本
復仇	序	1931-4	新中國書局，1931 年 8 月
光明	序	1931-11	新中國書局，1935 年 4 月
	最後的審判（代跋）	—	《文藝月刊》第 2 卷第 8 期，1931 年 8 月 15 日
電椅	代序	1932-10	新中國書局，1933 年 2 月
抹布	序	1932-11	星雲堂書店，1933 年 4 月
將軍集	序一（給 E.G.）	1934-6	《大公報》1934 年 7 月 4 日
	序二	1934-6	《我與文學》，生活書店，1934 年 7 月
	後記	1933-10	生活書店，1934 年 8 月

沉默集	序一	1934-9	生活書店，1934 年 10 月
	序二	1934-9	
沉落	序	1935-2	商務印書館，1936 年 3 月
鬼神人	序	1935-10	文化生活出版社，1935 年 11 月
	後記	1935-11	
長生塔	序	1937-1	文化生活出版社，1937 年 3 月
發的故事	序	1936-12-8	文化生活出版社，1936 年 12 月
	關於《發的故事》（代跋）	1936.9	《中流》第 1 卷第 1 期，1936 年 9 月 5 日
還魂草	序	1942-1	文化生活出版社，1942 年 4 月
小人小事	後記 265	1945-11	文化生活出版社，1947 年 8 月
英雄的故事	寄朝鮮某地（代序）269	1953-3	平明出版社，1953 年 9 月
	後記 372	1953-6-27	
明珠和玉姬	後記 410	1956-8	中國少年兒童出版社，1957 年 4 月
李大海	朝鮮的夢（代序）	1960-7	作家出版社，1961 年 12 月
	後記	1961-8-19	
海行雜記	序	1932-10	新中國書局，1932 年 12 月
旅途隨筆	序	1933-12	生活書店，1934 年 8 月
	再版題記	1934-10	《文學季刊》第 1 卷第 4 期，1934 年 12 月 16 日
	重排題記	1939-3-11	生活書店，1939 年 3 月
生之懺悔	前記	1934-11	《水星》第 1 卷第 1 期，1934 年 10 月 10 日
憶	後記	1936-6-28	上海文化生活出版社，1936 年
點滴	序	1935-2	開明書店，1935 年 4 月
控訴	前記	1937-11	烽火出版社，1937 年 11 月
短簡	序	1937-2	良友圖書印刷公司，1937 年 3 月
夢與醉	序（《在廣州》）	1938-6-22	《見聞》第 1 期，1938 年 8 月 1 日
旅途通訊	前記	1939-2-14	文化生活出版社，1939 年 3 月
感想	前記	1939-5	烽火出版社，1939 年 7 月

黑土	前記	1939-8	文化生活出版社，1939 年 10 月
無題	前記 303	1941-3	文化生活出版社，1941 年 6 月
龍‧虎‧狗	序（《〈‧虎‧狗〉題記》）	1941-8	《新蜀報‧蜀道》，1941 年 8 月 22 日
廢園外	後記	1942-2	文化生活出版社，1942 年 6 月
旅途雜記	前記	1945-12-8	萬葉書店，1946 年 4 月
懷念	前記	1947-4	開明書店，1947 年 8 月
靜夜的悲劇	後記	1948-7	文化生活出版社，1948 年 9 月
慰問信及其他	後記	1951-6-28	平明出版社，1951 年 7 月
華沙城的節日	後記	1951-2-11	平明出版社，1951 年 3 月
生活在英雄們的中間	後記	1952-10	人民文學出版社，1953 年 2 月
保衛和平的人們	衷心的祝賀（代序）	—	《文藝月刊》第 10-11 月號，1953 年 11 月 1 日
	後記	1954-7-6	中國青年出版社，1954 年 11 月
談契可夫	前記	1955-5	平明出版社，1957 年 12 月
大歡樂的日子	後記	1956-8-24	作家出版社，1957 年 3 月
友誼集	熱烈的、衷心的祝賀（代序）	1957-10	作家出版社，1959 年 9 月
	後記	1959-5-24	
新聲集	序	1959-4-12	人民文學出版社，1959 年 9 月
創造奇蹟的時代	後記	1958-8-8	《收穫》第 4 期，1958 年 7 月
讚歌集	後記	1959-12-20	上海文藝出版社，1960 年 4 月
傾吐不盡的感情	致芹澤光治良先生（代序）	1962-10-20	香港《文匯報》，1963 年 2 月 6 日
賢良橋畔	致江南同志（代序）	1964-5	作家出版社，1964 年 9 月
	後記	1964-6	
燼火集	序	1978-11-26	人民文學出版社，1979 年 12 月
	後記	1978-12-20	
隨想錄	合訂本新記	1987-6-19	北京三聯書店，1987 年 8 月
	總序	1978-12-1	香港三聯書店，1979 年 12 月
	後記	1979-8-11	

探索集	後記	1980-10-26	香港三聯書店，1981 年 4 月 廣州《羊城晚報》，1980 年 11 月 9 日
真話集	後記	1982-6-8	香港三聯書店，1982 年 10 月
病中集	後記	1984-2-24	香港三聯書店，1984 年 10 月
無題集	後記	1986-7-29	香港三聯書店，1986 年 12 月
巴金全集（第 1 卷）	自序	1986-1-10	人民文學出版社，1986 年
巴金全集（第 4 卷）	致樹基（代跋）	1987-7-25	人民文學出版社，1987 年
巴金全集（第 5 卷）	致樹基（代跋）	1987-8-15	人民文學出版社，1988 年
巴金全集（第 6 卷）	致樹基（代跋）	1987-12-18	人民文學出版社，1988 年
巴金全集（第 7 卷）	致樹基（代跋）	1987-12-4	人民文學出版社，1988 年
巴金全集（第 9 卷）	致樹基（代跋）	1988-6-15	人民文學出版社，1989 年
巴金全集（第 10 卷）	致樹基（代跋）	1988-7-16	人民文學出版社，1989 年
巴金全集（第 12 卷）	致樹基（代跋）	1988-11-11 1989-10-26	人民文學出版社，1989 年
巴金全集（第 15 卷）	致樹基（代跋）	1990-4-12	人民文學出版社，1990 年
巴金全集（第 16 卷）	致樹基（代跋）	1990-8-4	人民文學出版社，1991 年
巴金全集（第 17 卷）	致樹基（代跋）一	1990-6-13 1990-8-17	人民文學出版社，1991 年
	致樹基（代跋）二	1991-2-7	
巴金全集（第 18 卷）	致樹基（代跋）	1992-9-2 － 1992-9-9	人民文學出版社，1993 年
巴金全集（第 19 卷）	致樹基（代跋）	1992-7-9	人民文學出版社，1993 年
巴金全集（第 20 卷）	致樹基（代跋）一	1991-6-28 1991-7-5 1991-7-28	人民文學出版社，1993 年
	致樹基（代跋）二	1992-7-18	
巴金全集（第 22 卷）	致樹基（代跋）	1992-11-21	人民文學出版社，1993 年
巴金全集（第 25 卷）	致樹基（代跋）	1992-9-15	人民文學出版社，1993 年
從資本主義到安那其主義	序	－	上海自由書店，1930 年 7 月
巴金自傳	小序	1934-2	上海第一出版社，1934 年 11 月

巴金短篇小說集	第 1 集後記	1935-12	上海開明書店，1936 年 2 月
	第 2 集後記	1936-1-27	上海開明書店，1936 年 4 月
	第 3 集後記	1942-1-4	重慶開明書店，1942 年 6 月
巴金文集	前記	1948-9-1	上海春明書店，1948 年 9 月
巴金選集	自序	1950-5	北京開明書店，1951 年 7 月
巴金散文選	前記	1954-11-17	人民文學出版社，1955 年 5 月
巴金文集（13 卷）	後記	1960-2-29	
巴金文集（14 卷）	前記	1957-5	人民文學出版社，1958 年 3 月至 1962 年 8 月
	後記	1961-11-30	人民文學出版社，1962 年 8 月
巴金短篇小說選集	序	1962-4	未出版
巴金散文選集	序	1962-4	未出版
巴金選集（上下卷）	後記	1978-9-7	人民文學出版社，1980 年 3 月
巴金散文選	前記	1980-5-15	中國文藝聯合出版公司，1983 年 10 月
巴金選集	後記	1980-9-19	香港昭明出版社，1980 年
巴金選集（10 卷本）	後記	1982-2-15	四川人民出版社，1982 年 7 月
序跋集	序	1981-5-22	香港《大公報·大公園》，1981 年 5 月 29 日
	再序	1981-6-11	香港《大公報·大公園》，1981 年 6 月 20 日
	跋	1981-8-10	香港《大公報·大公園》，1981 年 8 月 21 日
懷念集	序	1982-1-13	香港《大公報·大公園》，1982 年 1 月 21 日
巴金論創作	序	1982-2-18	上海文藝出版社，1983 年 2 月
願化泥土	前記	1984-3-16	天津百花文藝出版社，1985 年 9 月
巴金六十年文選	代跋	1986-12-5	上海文藝出版社，1986 年 12 月
懷念集	代跋	1987-3-20	寧夏人民出版社，1989 年 6 月
巴金書信集	序	1989-5-11	人民文學出版社，1991 年 7 月
回憶	後記	1989-10-9	臺北龍文出版社股份有限公司，1990 年 5 月
巴金短篇小說集	小序	1990-11-26	東京 Jiee 出版局，山口守編譯

巴金談人生	前言	1991-2-14	中國青年出版社，李存光選編
炸不斷的橋	並肩前進（代序）277	—	《人民日報》，1964 年 12 月 20 日
	後記		
談自己的創作	小序 377	1961-11-29	《巴金文集》（第 14 卷），人民文學出版社，1962 年 8 月
創作回憶錄	文學生活五十年（代序）	—	香港三聯書店，1981 年
	後記 703	1980-12-28	
	再記 704	1981-3-5	

五、老舍創作序跋目錄

作品篇目	創作序跋	寫作時間	版　本
貓城記	自序	—	上海現代書局，1933 年 8 月
趕集	序	1934-2-1	良友圖書印刷公司，1934 年 9 月
老舍幽默詩文集	序一	狗年初春	時代圖書公司，1934 年 4 月
櫻海集	序	1935-5	人間書屋，1935 年 8 月
蛤藻集	序	1936-10-10	開明書店，1936 年 11 月
老牛破車	序	1936 秋	人間書屋，1937 年 4 月
三四一	自序	1938-6-4	獨立出版社，1938 年 11 月
忠烈圖	小引	1938-2-23	獨立出版社，1938 年 11 月
打小日本	序	—	獨立出版社，1938 年 11 月
文博士	序	1940-12-5	香港作者書社，1940 年 11 月
張自忠	序（《寫給導演者》）	—	華中圖書公司，1941 年 1 月
大地龍蛇	序	1941-10-10	民國圖書出版社，1941 年 11 月
劍北篇	序	1941-11-30	大陸圖書公司，1942 年 5 月
	附錄		大陸圖書公司，1942 年 5 月
火葬	序	1944-1-1	晨光出版公司，1944 年 5 月
四世同堂	序	1945-4-1	良友復興圖書印刷公司，1946 年 1 月
東海巴山集	序		新豐出版社，1946 年 2 月
惶惑	後記	1946-10-1	上海晨光出版公司，1946 年 11 月
微神集	序	—	上海晨光出版公司，1947 年 4 月

貓城記	新序	1947	上海晨光出版公司，1947 年
離婚	新序	1947-5	上海晨光出版公司，1947 年 9 月
月牙集	序	1947-6-23	上海晨光出版公司，1948 年 9 月
駱駝祥子	序	1950-4	上海晨光出版公司，1950 年 5 月
	拉脫維亞文譯本序二	1962-9	里加出版社，1963 年
過新年	序	1950-11	上海晨光出版公司，1951 年 2 月
老舍選集	自序	—	開明書店，1951 年 8 月
離婚	新序	1951 初冬	上海晨光出版公司，1952 年 2 月
龍鬚溝（修正本）	序	1953-1	上海晨光出版公司，1952 年 2 月
駱駝樣子	後記	1954-9	人民文學出版社，1955 年 1 月
無名高地有了名	後記	1954-12	人民文學出版社，1955 年 5 月
老舍選集	俄文譯本序	1956-4	莫斯科藝術文學出版社，1957
老舍短篇小說選	後記	1956 初夏	人民文學出版社，1956 年 10 月
十五貫	改編說明		北京出版社，1956 年 10 月
福星集	序	1958-1-3	北京出版社，1958 年 5 月
老舍劇作選	自序	1959-5	人民文學出版社，1959 年 9 月
老舍劇作選	越南文譯本序	1961-6	河內出版社，1961 年 10 月
荷珠配	序	—	中國戲劇出版社，1962 年 4 月
小花朵集	後記	1962-11	百花文藝出版社，1963 年 3 月
神拳	序	—	中國戲劇出版社，1963 年 5 月
出口成章	序	1963-10	作家出版社，1964 年 2 月